Die letzte Klausur

Reimer Jürgensen

Reimer Jürgensen

Die letzte Klausur

Kommissar Mommsens zweiter Fall

Ein FÖHR-Krimi

Verlag DeBehr

ISBN: 9783944028194
Erstauflage: 2012
Herausgeber: Verlag DeBehr, Radeberg

Vorwort

Auch der zweite Fall des Kommissars Mommsen spielt wieder auf Föhr. Das liegt vor allem daran, dass diese Insel mich immer noch fasziniert. Und so gilt mein erster Dank der Insel und ihren Bewohnern. Weiter habe ich Antje Arfsten vom Nordfriisk Instituut in Bredstedt zu danken, dass sie es mir ermöglicht hat, Passagen im friesischen Originalton in den Text aufzunehmen. Auch bedanke ich mich bei Peter Groppler, dessen Anregungen zur sprachlichen Gestaltung ich gerne und mit Gewinn nachgekommen bin.

Auch wenn es fast überflüssig erscheint: Das vorliegende Buch ist ein Roman. Personen und Handlungen sind der Fantasie des Autors entsprungen. Eventuelle Ähnlichkeiten mit lebenden Personen oder tatsächlichen Ereignissen wären reiner Zufall und sind nicht beabsichtigt.

Vanity Fair

„Das ist ja nicht mehr auszuhalten! Dieser Sotter spreizt sich in seiner Eitelkeit wieder wie ein Pfau. Ich hole gleich meinen Beißring heraus." Bei diesen Gedanken griff Professor Doktor Arno van Demme mit nur mühsam unterdrückter Ungeduld in die Tasche seines zerbeulten Tweed Jackets und fühlte nach dem Plastikring, der seinem Sohn früher in der Babyphase als Beißring gedient hatte. Er hatte es sich angewöhnt, dieses Gedenkstück an frühkindliche Formen der Frustrationsverarbeitung in die Sitzungen des Fakultätsrats mitzunehmen, die während der Vorlesungszeit monatlich anstanden.

Als langjähriges Mitglied dieses Gremiums konnte er sich erinnern, dass diese Sitzungen früher meist ein Mindestmaß an sachlichen Erörterungen aufgewiesen hatten. Seit jedoch vor zwei Semestern Professor Doktor Gregor Sotter zum Dekan der Fakultät für Touristik der Hamburg University of Trade, Tourism and Traffic – kurz HUTTT – ernannt worden war, waren sie mehr und mehr zu einem Jahrmarkt der Eitelkeiten verkommen. „‚Vanity Fair' müsste ich wohl sagen, um dem überbordenden Hang zu Anglizismen zu entsprechen", dachte van Demme mit einem amüsierten Lächeln.

Sotter, der in seiner Funktion als Dekan auch die Sitzungen des Fakultätsrats leitete, rückte reflexartig seine Krawatte zurecht und ging mit gewichtiger Stimme zum nächsten Tagesordnungspunkt über, nachdem er Waltraud Sinz-Huber, der Geschäftsführerin der Fakultät, noch einige Anweisungen zum Protokoll zugeflüstert hatte. „Die Einführung für die Studienanfänger ist eine der Visitenkarten der Fakultät. Der bisherige Rahmen dieser Veranstaltung war ja immer recht nüchtern. Einige Kolleginnen und Kollegen haben sogar von ‚würdelos' gesprochen. Ich meine, wir sollten der Einführung eine gewisse Feierlichkeit verleihen. Dazu gehört zunächst einmal unser eigenes Auftreten, auch hinsichtlich unserer Garderobe, also kein Casual Dress."

Hierbei streifte Sotters Blick missbilligend Arno van Demme, der mit desinteressierter Schläfrigkeit vor sich hin starrte und dessen legerer Aufzug in deutlichem Gegensatz zu Sotters Erscheinungsbild des korrekt gekleideten Managers stand.

„Ich habe auch schon den Präsidenten unserer Hochschule angesprochen. Er hat zugesagt, die Begrüßungsansprache zu halten. Weiter konnte ich den Vorstandsvorsitzenden eines großen Touristikunternehmens gewinnen, den Studienanfängern die künftigen Berufsfelder zu erläutern. Beide Herren waren von meinen Vorstellungen ganz angetan, ich selber könnte dann die Studiengänge vorstellen. Und schließlich habe ich schon mit der Musikhochschule Kontakt aufgenommen, die wäre bereit, mit einem Streichquartett den musikalischen Teil zu übernehmen." Mit einem selbstzufriedenen Lächeln lehnte sich Sotter zurück und blickte in die Runde.

Zunächst herrschte Schweigen. Van Demme las in den Mienen der Mitglieder des Fakultätsrates unterschiedliche Reaktionen auf Sotters Ankündigungen. Die Mehrheit schwankte – wie er selber – zwischen Verärgerung, dass Sotter mit seinem Alleingang den Fakultätsrat übergangen hatte, und Peinlichkeit, weil eine solche Form die Veranstaltung zu einem Podium der Selbstdarstellung der Akteure machen und an den Bedürfnissen der Studienanfänger vorbeilaufen werde. Die Minderheit, die sich in der Regel eigener Vorteile willens Sotter andiente und seine Vorhaben unterstützte, schwieg ebenfalls, da sie die Ablehnung der Kollegen spürte.

Die zurückhaltende – richtiger *ausbleibende* – Resonanz der Runde irritierte Sotter. „Meine Damen und Herren, ich bitte Sie um Ihre Meinungen. Ansonsten, wenn keine anderen Vorschläge kommen, darf ich das als Zustimmung im Protokoll festhalten."

Van Demme hatte schon bei verschiedenen Gelegenheiten gemerkt, dass Sotter jede Sensibilität für Gruppenprozesse fehlte. Er überlegte kurz, ob er mit einem Gegenvorschlag eine doch noch halbwegs sachliche Diskussion anregen oder Sotter mit Ironie stoppen solle. Sotter erzählte zwar gelegentlich sogenannte „Männerwitze", war aber völlig humorlos und konnte mit Ironie nicht umgehen.

Aus seiner Verärgerung heraus entschied sich van Demme für die ironische Variante: „Herr Sotter, ich habe im Augenblick leider keine Übersicht über die Haushaltsrestbestände der Fakultät. Könnten wir nicht aus Mitteln der Fakultät Talare für die Professoren anschaffen? Das würde derartige Veranstaltungen noch mehr aus dem Alltagsrahmen herausheben. Wir könnten damit auch Vorreiter für die ganze Hochschule werden."

Beim Stichwort „Talare" merkte die Runde auf. Sotter hatte von van Demme keine Unterstützung erwartet. „Dass gerade von Ihnen dieser Vorschlag kommt, erstaunt mich etwas, Herr Kollege. Aber ich möchte Ihre Anregung gerne aufgreifen und zur Diskussion stellen."

Wie erwartet, meldete sich Doktor Janina Gorek, Professorin für Controlling, als Erste zu Wort. Sie schüttelte energisch ihren rötlich schimmernden Lockenkopf. „Arno, was soll das denn? Willst du wirklich solch einen Mummenschanz aufführen? Wir wollen doch keinen Karneval veranstalten. Also mal ernsthaft. Die jungen Leute, die zu uns kommen, haben zuerst einmal Schwierigkeiten, sich hier an der Hochschule zurechtzufinden. Salbungsvolle Festtagsreden, zumal von Leuten, die den Betrieb hier an der Fakultät auch nicht kennen, helfen ihnen nicht weiter. Und mit irgendwelchen Streichquartetten von Mozart oder Brahms können wir die gewiss nicht begeistern. Nein, ich plädiere dafür, dass wir uns endlich mal aufraffen, ein Curriculum für eine vernünftige Orientierungseinheit als Studienbeginn zu entwickeln. Wenn da jemand noch eine feierliche Begrüßungsansprache einbauen will, meinetwegen. Als ersten Schritt schlage ich vor, dass wir den Informationsbedarf der Studienanfänger erheben und analysieren. Das könnte der Kollege Heckenrock übernehmen. Solch ein Thema würde sich doch als Projekt im Rahmen des Moduls ‚Empirische Methoden‘ anbieten. Und wenn wir die Ergebnisse haben, bilden wir einen Ausschuss, der das Curriculum für die Orientierungseinheit erarbeitet. Ich wäre bereit, daran mitzuarbeiten.“

Arno van Demme stöhnte innerlich auf: „Wieder einmal typisch Janina, dreht pausenlos das große Rad und brütet die tollen Ideen aus! Die Arbeit überlässt sie dann den anderen, will aber überall mitreden. Kein Wunder, dass sie nie etwas zu Ende bringt. Das war auch der Grund, warum sie vor einem Jahr, als sie sich gegen Sotter um die Position des Fakultätsdekans beworben hatte, so sang- und klanglos eingebrochen ist.“

Bevor Arno van Demme auf Janina Goreks Vorschlag antworten konnte, bat Waltraud Sinz-Huber ums Wort. „In diesem Jahr sind die Mittel für Reisekosten geringer abgeflossen als geplant, da haben wir noch einige Reserven. Die könnten wir für die Anschaffung von Talaren verwenden. Herr van Demme, haben Sie eine Vorstellung, was ein Talar kosten würde? Wir haben immerhin einunddreißig Professoren an der Fakultät. Die Reserven aus dem Reisekostenbudget belaufen sich auf zweitausend Euro. Den fehlenden Betrag könnten wir vielleicht beim Förderverein der Fakultät einwerben.“ Beifallheischend blickte sie – ganz treue Dienerin ihres Herrn – auf Sotter, der mit konzentrierter Miene bedeutsam mit dem Kopf nickte.

Nun kam Unruhe auf. Mehrere Mitglieder des Fakultätsrats meldeten sich mit Handzeichen zu Wort.

Erste Unmutsäußerungen wurden laut. Sotter straffte sich und gab seinem Gesichtsausdruck einen energischen Zug, um seiner Rolle als Verhandlungsführer der Sitzung zu entsprechen. „Meine Damen und Herren! Ich bitte doch um etwas Disziplin.

Nach meiner Rednerliste hat jetzt der Kollege Heckenrock das Wort. Herr Kollege, bitte!“

Doktor Lars Heckenrock, Professor für Sozialwissenschaften und empirische Methoden, räusperte sich, wie er es immer tat, wenn er zu einem grundsätzlichen Redebeitrag ausholte. Seine Gesichtsfarbe war noch blasser als gewöhnlich. „Die Steigerung des Feierlichkeitsgrades der Einführungsveranstaltung scheint offensichtlich das Hauptanliegen der Fakultätsleitung zu sein. Da frage ich mich, nach welchen Kriterien hier Prioritäten gesetzt werden. Wir haben doch wirklich andere Probleme! Die Seminare und Vorlesungen sind völlig überbelegt, die Akkreditierung der neuen Studiengänge kommt nicht voran, wir haben überdurchschnittliche Abbrecherquoten bei den Studenten und die Ausstattung unserer Labore für Informationstechnologie hat nur noch Museumsstandard.“

Heckenrock hatte sich in Rage geredet und wies mit ausgestrecktem Finger auf Sotter. „Herr Dekan, ich erinnere, Sie hatten, kalt lächelnd, meine Anträge auf neue, zeitgemäße Statistiksoftware auf das nächste Haushaltsjahr zurückgestellt. Und hier führen Sie ernsthaft eine Diskussion um den Ankauf von Talaren. Sind wir denn hier im Kindergarten? Ich fass es nicht mehr!“

Sotter hatte diesen Vorwürfen Heckenrocks mit wachsender Unruhe und zusammengebissenen Zähnen zugehört. Auf seiner linken Stirnseite war eine Ader hervorgetreten und auch seine Nase schien spitzer geworden zu sein. Mit schnarrendem Tonfall ergriff er das Wort: „Ich habe zwar noch einige Wortmeldungen auf meiner Liste, muss aber zu den Beschuldigungen des Kollegen Heckenrock zunächst etwas richtigstellen.“ Jetzt hob er seinerseits den Finger. „Sie haben den Bedarf für die Statistiksoftware bei Ihrem Forschungsprojekt nicht mit Erfordernissen der Lehre begründet. Der für Forschung zuständige Vizepräsident unserer Hochschule hat mich wissen lassen, dass Ihr Zwischenbericht über den Stand des Projektes erstens viel zu spät eingereicht worden ist und zweitens als substanzlos anzusehen sei. Die Bewilligung der Mittel für die Weiterführung Ihres Projekts ist zurzeit äußerst zweifelhaft. In dieser Situation kann ich dem Präsidium doch nicht die Beschaffung von teurer Software für ein fragwürdiges Projekt vorschlagen! So, das nur zur Klarstellung."

Heckenrock musste einige Male tief durchatmen, aber er brachte die Selbstdisziplin auf zu schweigen, was Sotters Attacke nachträglich noch peinlicher machte.

Arno van Demme dachte: „Mein Gott, was habe ich da wieder angestoßen! Eigentlich wollte ich nur das blödsinnige Vorhaben Sotters stoppen und jetzt habe ich sie in die alten Grabenkämpfe gelockt, die mit dem ursprünglichen Thema nichts mehr zu tun haben. Mensch, Arno, das hättest du doch wissen müssen, dass das aus dem Ruder läuft. Sotter, dieses Ekel, lässt sich doch keine Gelegenheit entgehen, seine Widersacher öffentlich zur Sau zu machen."

Auch Sotter schien sich gefasst zu haben und schaute auf seine Notizen. „Als Nächster hat der Kollege Fasthoff das Wort. Bitte!"

Van Demme registrierte, wie Professor Doktor Leonhard Fasthoff, Fachgebiet Marketing, sein charmantes Lächeln aufsetzte, das er sonst nur den attraktiven Studentinnen zuteilwerden ließ. „Jetzt spielt er wieder die Rolle des großen Versöhners", schoss es van Demme durch den Kopf, „obwohl er Sotter eigentlich nicht mag, ist er ihm aber schon einige Male beigesprungen. Haben die beiden etwa eine gemeinsame Leiche im Keller?"

„Ich denke, wir sind jetzt etwas vom Thema der Tagesordnung abgekommen. Die Tagesordnung hat ja noch mehr Punkte. Das Thema ‚Forschung' wird uns nachher noch beschäftigen. Wenn wir uns an die Tagesordnung halten, vermeiden wir die Gefahr, die Probleme zu vermischen und zu erschweren. Auch wenn die Einführung für die Studienanfänger vielleicht nicht unser wichtigstes Problem ist, so sollten wir uns über eine Neugestaltung schon Gedanken machen. Und unter dem Aspekt der Außendarstellung der Fakultät sehe ich in den Vorstellungen des Dekans eine recht positive Diskussionsbasis."

„Danke, Herr Kollege. Auch ich möchte gerne Ihrem Vorschlag folgen und zu unserem eigentlichen Thema zurückkehren. Als Nächste ist Frau Öscan, studentische Vertreterin im Fakultätsrat, auf der Rednerliste. Also, wie ist denn die Ansicht der Studierenden zu diesem Thema?"

„Sicher sind auch die Studenten für eine positive Öffentlichkeitsarbeit der Fakultät. Aber wichtiger ist uns doch, dass durch eine gezielte Studieneinführung das Chaos und die völlige Orientierungslosigkeit für die Anfänger abgebaut werden. Dafür brauchen wir aber keine aufwendige empirische Erhebung. Damit würde das ganze Vorhaben ja wieder um mehrere Semester verschoben. Wenn wir studentische Tutoren aus den höheren Semestern einbeziehen, ist das der bessere Weg. Denn die kennen die Probleme der Studienanfänger aus eigener Erfahrung. Und das Geld für die Talare ist sinnvoller für die Bezahlung der Tutoren verwendet." Beim letzten Satz lächelte Ayla Öscan van Demme an, dessen Vorschlag sie – eher als manche Professoren in der Runde – als ironischen Beitrag verstanden hatte.

Die nächste Wortmeldung kam von Doktor Hiltrud Engström, Professorin für Wirtschaftsrecht, die bisher der Diskussion mit einem überheblichen Gesichtsausdruck gefolgt war, der ihren üblichen Eindruck der Unnahbarkeit und Überlegenheit noch erhöhte. „Ich möchte gerne auf den Vorschlag der Kollegin Gorek zurückkommen, ein neues Konzept für eine Orientierungseinheit zu entwickeln. Ich weiß nur nicht, ob unser Dekan durch seinen vorschnellen Versuch, vollendete Tatsachen zu schaffen, diesen Weg nicht schon verbaut hat. Aber das ist sein Problem, wie er da wieder herauskommt. Die Zuständigkeit für die Gestaltung von Lehre und Studium liegt jedenfalls eindeutig beim Fakultätsrat, nicht beim Dekan.“

Nach dieser Feststellung schaute sie mit einem freundlichen Lächeln um sich, das van Demme aber als Ausdruck von Schadenfreude interpretierte. Er wusste als einer von wenigen an der Fakultät, dass sie früher ein Verhältnis mit Sotter hatte, das aber seit gut einem Jahr beendet war. Gerüchten zufolge hatte eine neue Favoritin ihren Platz bei Sotter eingenommen. Seitdem ließ Hiltrud Engström kein gutes Haar mehr an ihm.

Die Diskussion ging noch eine Weile hin und her. Wie gewohnt waren auch die Sachbeiträge immer wieder mit unterschwelligen persönlichen Spitzen gespickt, was die Erörterungen phasenweise aufheizte. Schließlich wurde eine Arbeitsgruppe zur Entwicklung eines Konzepts für eine Orientierungseinheit für die Studienanfänger gebildet, die aber nicht Janina Gorek, sondern Doktor Hagen Cornelis, der ruhige und nüchterne Professor für Wirtschaftsinformatik, leitete. Da mit Ayla Öscan eine sachliche und intelligente studentische Vertreterin in der Arbeitsgruppe mitwirkte, hatte Arno van Demme die Hoffnung, dass am Ende ein vernünftiges Konzept zu erwarten sei.

Sotter schaute auf die Uhr. „Meine Herrschaften! Wie üblich, unterbrechen wir jetzt die Sitzung für eine Pause von fünfzehn Minuten. Ich darf um pünktliches Wiedererscheinen bitten.“

Van Demme stieß Hagen Cornelis an, der neben ihm saß. „Das reicht gerade für einen Espresso. Gehen wir in dein Büro?“ Hagen Cornelis nickte. Zwar verfügten die Professoren der Fakultät über eine kleine Pantry, in der befand sich aber nur eine veraltete Kaffeemaschine. Cornelis hatte daher eine private Espressomaschine in sein Büro mitgebracht, obwohl der Betrieb von Elektrogeräten jeder Art in den Büroräumen untersagt war. Während Cornelis für einen kräftigen Espresso sorgte, lehnte sich van Demme an ein Aktenregal.

„Hagen, sag mal, ist dir auch aufgefallen, dass Fasthoff vorhin wieder den Sotter unterstützt hat? Dabei wissen wir beide doch, dass er ihn nicht ausstehen kann. Hast du eine Ahnung, was da läuft?“

„Nee, weiß ich nicht. Aber das ist mir auch schon aufgefallen. Mir ist aber nicht klar weswegen. Sotter hatte sich auffällig für sein Forschungsprojekt eingesetzt und dem Fasthoff finanzielle Mittel zugeschanzt, die deutlich über dem üblichen Rahmen liegen. Vielleicht ist Fasthoffs Unterstützung für Sotter auch nur ein Zeichen seiner Dankbarkeit.“

„Glaubst du, dass Fasthoff Gefühle wie Dankbarkeit überhaupt kennt? Der ist doch von Ehrgeiz richtig zerfressen! Na, ist auch egal. Das riecht aber jetzt gut.“ Mit dieser Bemerkung nahm van Demme die Espressotasse entgegen, die Cornelis ihm reichte. „Ich hab mich vorhin wieder geärgert, dass Sotter den armen Heckenrock so bloßgestellt hat. Das war dieses Semester schon das zweite Mal. Arno, wir müssen uns mal etwas einfallen lassen, wie wir diese peinlichen Auftritte von Sotter unterbinden können. Letztlich schadet er sich damit auch selbst.“

„Das wagt der aber nur bei den schwächeren Kollegen wie Heckenrock, die nicht schlagfertig genug sind, sich in einem öffentlichen Disput zu wehren. Aber innerlich brodelt es in dem! Hagen, vor dir hat Sotter Respekt. Du solltest mal unter vier Augen mit ihm reden, dass er mit dem Anprangern von Kollegen vor Publikum sich nur unnütz Feinde schafft und obendrein die Motivation kaputtmacht.“

„Ich überleg mir das mal. Lass uns jetzt aber losgehen, damit wir pünktlich weitermachen können.“

„Ich hätte richtig Lust, mit Absicht zu spät zu kommen und Sotters Adrenalinspiegel hochzutreiben, er ist ja so schnell zu provozieren. Und dann kann man ihn leicht dahin bringen, dass er sich als Knalltüte bloßstellt.“ Cornelis warnte van Demme grinsend. „Arno, lass dieses Pennälergehabe. Du hast ja gesehen, wohin vorhin dein Vorschlag mit den Talaren geführt hat. Provokationen machen die Sache auch nicht besser. Die bringen nur neuen Streit, der uns vom eigentlichen Problem wegführt. Also komm!“

Als die beiden Kollegen in den Sitzungsraum zurückkehrten, rief Sotter gerade den nächsten Tagungsordnungspunkt auf: „Bericht der Beauftragten für die Akkreditierung der neuen Masterstudiengänge. Frau Kollegin Engström, Sie hatten vorhin darauf hingewiesen, dass Lehre und Studium in die Kompetenz des Fakultätsrates fallen. Dann wollen wir jetzt dieser Kompetenz ihren Raum geben. Bitte, Sie haben das Wort.“

Van Demme beugte sich zu Cornelis hinüber und flüsterte ihm zu: „Jetzt will Sotter auch einmal ironisch werden und schafft gerade mal eine Retourkutsche.“ Cornelis flüsterte zurück: „Arno, halt den Mund. Es reicht doch wohl, wenn Sotter die Engström wieder reizt. Hoffentlich geht sie darauf nicht ein, sonst sitzen wir morgen früh noch hier.“

Hiltrud Engström gelang es, sich zu beherrschen und einen sachlichen Bericht zum Stand der Verfahren zu geben. Allerdings konnte sie es nicht unterlassen, darauf hinzuweisen, dass sie sich von der Fakultätsleitung bei ihrer Aufgabe nicht hinreichend unterstützt fühle und die Daten zur Kapazität und Mittelausstattung für die Masterstudiengänge erst nach wiederholter Mahnung erhalten habe. Aber auch Sotters Eifer schien erlahmt zu sein, so dass er auf die Kritik nicht weiter einging.

Van Demme glaubte schon, dass damit dieser Tagesordnungspunkt recht schnell erledigt sei, als sich Janina Gorek zu Wort meldete. „Die Einführung und Akkreditierung der neuen Studiengänge hat auch nach dem aktuellen Hochschulentwicklungsplan oberste Priorität. Da wundert es mich schon, dass die Fakultätsleitung dem Problem so geringe Beachtung schenkt. Sicher ist das ein recht komplexes Thema und es erfordert einigen Aufwand, sich in die schwierigen Details einzuarbeiten – zumindest mehr Aufwand, als eine Feier für die Studienanfänger zu organisieren. Deshalb frage ich, mit welchen Aktivitäten die Fakultätsleitung dieses Projekt unterstützen will, außer hier im Fakultätsrat herumzusitzen und die Berichte der Beauftragten anzuhören."

Van Demme bemerkte, wie neben ihm Cornelis diese Attacke Janina Goreks mit einem resignierenden, leisen „Oh Gott, nicht das jetzt noch!" kommentierte. Als er in die Runde schaute, sah er, dass ein Teil der Anwesenden mit ausdrucksloser Mimik kreuz und quer im Raum umherblickte, ein anderer Teil angestrengt in Unterlagen blätterte oder sich flüsternd unterhielt. Dennoch war van Demme sicher, dass alle auf die Eskalation des Konfliktes zwischen Gorek und Sotter warteten, sich selber aber heraushalten wollten – ausgenommen wahrscheinlich Hiltrud Engström.

Van Demme ging davon aus, dass diese sich als Nächste der von Janina Gorek eröffneten Treibjagd auf Sotter anschließen werde. Er war daher erstaunt, dass Friederike Sottheim, Professorin für Kulturmanagement, plötzlich die Hand hob, bevor Sotter sich nach dem Angriff der Gorek gefasst hatte. Verdutzt erteilte Sotter ihr das Wort, ohne selbst auf die Vorwürfe zu reagieren.

„Liebe Kolleginnen und Kollegen! Ich habe den Eindruck, dass wir hier nicht mehr konstruktiv diskutieren, gegenseitige Vorwürfe bringen uns nicht weiter. Nur wenn wir mit beiderseitigem Respekt unter Hintansetzung persönlicher Empfindlichkeiten kooperieren, können wir unsere große Aufgabe, den Studierenden eine bestmögliche Ausbildung zu bieten, bewältigen. Ich appelliere an uns alle, lassen Sie uns aufeinander zugehen!" Van Demme ließ sich mit einem halblauten „Amen!" vernehmen, was ihm einen Rippenstoß von Cornelis einbrachte.

Die kurze, gefühlsbetonte Ansprache Friederike Sottheims blieb natürlich wirkungslos, hatte Sotter aber Zeit gegeben, sich zu fassen. Er schoss sich nun seinerseits auf Hiltrud

Engström und Janina Gorek ein. Zunächst stellte er dar, mit wie viel Mühe die Verwaltung die erforderlichen Informationen für die Akkreditierung erarbeitet habe, um dann darauf hinzuweisen, dass er zwei wichtige Termine mit der Akkreditierungsagentur alleine ohne die Kollegin Engström wahrnehmen musste und die Agentur schließlich wegen nicht nachvollziehbarer Begründungen den Antrag, der von der Kollegin Engström formuliert worden sei, an die Fakultät zurückverwiesen habe.

Nun beteiligte sich, wie von van Demme erwartet, Hiltrud Engström mit scharfkantiger Stimme an der Diskussion. „Herr Dekan“, begann sie förmlich, „ich finde es ungeheuerlich, dass Sie mir den Vorwurf machen, zwei Termine versäumt zu haben, obwohl Sie wissen, dass ich damals schwer erkrankt war. Das ist ein ganz schlechter Stil. Und den Vorwurf unzureichender Begründung müssen Sie sich auch selbst zugestehen. Sie haben den Bericht vorher vorgelegt bekommen und haben ihn abgesegnet.“ Sie machte eine kurze Pause, um dann im ruhigen Tonfall fortzufahren: „Ich beantrage, die Debatte über diesen Tagesordnungspunkt auf die nächste Sitzung des Fakultätsrates zu verschieben. Bei der gegenwärtigen Verhandlungsführung durch den Vorsitzenden habe ich Zweifel, ob noch eine sachliche Erörterung möglich ist.“

Insgeheim bewunderte van Demme den Mut, mit dem Hiltrud Engström die Kontroverse eskalieren ließ. Schließlich stand ihre Beurteilung durch den Dekan an, der damit über ihre befristete Leistungsprämie zur Aufstockung der bescheidenen W2-Besoldung entschied. Erst vor Kurzem hatte Sotter mit einer mäßigen Beurteilung die Leistungsprämie für Janina Gorek zurückgestuft. Dies mochte auch die bewusste Konfrontation erklären, die Janina Gorek zu Sotter suchte. In der Fakultät hatte damals das Verhalten des Dekans für unterschwelligen Unmut gesorgt. Sollte Sotter auch Hiltrud Engström in gleicher Weise behandeln, werde ihm das als unfairer Disziplinierungsversuch einer Kollegin mit abweichender Meinung, wenn nicht gar als Amtsmissbrauch angelastet werden.

Die Vertreter der Studenten und der wissenschaftlichen Mitarbeiter im Fakultätsrat hatten mit verwundertem Interesse den Streit unter den Professoren verfolgt, sich aber jeder Meinungsäußerung enthalten. Jetzt allerdings meldete sich Jonathan Kleimann, wissenschaftlicher Mitarbeiter im IT-Labor, zu Wort. Zuvor hatte er kurz Augenkontakt zu Hagen Cornelis gesucht. Als dieser ihm auffordernd zunickte, griff er den Antrag auf Ende des Tagesordnungspunktes „Akkreditierung" auf. „Die Tagesordnung sieht zu diesem Thema nur einen Berichtspunkt vor. Wir haben den Bericht gehört. Auch ich glaube, dass zurzeit eine weitere Diskussion den Verlauf des Verfahrens nicht beschleunigt. Ich bitte daher, über den Antrag von Frau Engström abzustimmen."

Dem konnte Sotter sich nicht widersetzen und ließ mit beleidigter Miene abstimmen. Der Antrag wurde bei nur einer Enthaltung – Sotters! – angenommen. Die restlichen Tagesordnungspunkte wurden in einer Atmosphäre verkrampfter Sachlichkeit abgehandelt.

Nach Ende der Sitzung standen van Demme, Cornelis und Heckenrock auf dem Flur vor dem Büro von Cornelis zusammen. Van Demme wandte sich an Heckenrock: „Herr Heckenrock, Sie sollten die Anwürfe Sotters nicht zu ernst nehmen. Schließlich kennen wir ihn alle und finden seine Ausfälle auch peinlich. Also nochmals, nehmen Sie sein Verhalten heute nicht zu schwer. Versuchen Sie ruhig einmal, schon in der Sitzung Ihrem Herzen Luft zu machen."

„Ich bin leider ein Typ, dem fallen die schlagenden Argumente immer erst hinterher ein. Aber solche Verletzungen sitzen bei mir tief. Sotter soll nur zusehen, dass er nicht überzieht, eines Tages gräbt er sich selbst sein Grab. So, jetzt gehe ich nach Hause. Da habe ich Sorgen genug." Heckenrock verabschiedete sich und ging.

Van Demme und Cornelis sahen ihm nach. „Seine Frau ist schon seit längerer Zeit krank. Wahrscheinlich Krebs. Er äußert sich dazu aber nur ausweichend. Hoffentlich lässt er sich nicht zu etwas hinreißen, was er hinterher bereuen muss. So, für heute reicht es mir. Arno, wir sehen uns morgen. Bis dann."

Cornelis hob grüßend seine Hand und verschwand in seinem Büro.

Prüfungsängste

Timo Johannsen schaute auf die Uhr. „Wir wollten uns doch pünktlich vierzehn Uhr dreißig hier treffen. Wenn Stefan nicht gleich kommt, fangen wir ohne ihn an. Ich habe keine Lust, immer auf ihn zu warten, schließlich beginnen die Prüfungen schon nächste Woche. Wir hinken sowieso mit unseren Prüfungsvorbereitungen hinterher.“ Seine Kommilitoninnen Gundula Thaler und Svetlana Kirch nickten zustimmend.

Timo hatte sich schon einige Male dazu beglückwünscht, dass er mit den beiden unkomplizierten und hübschen Mädchen in einem Team zusammenarbeiten konnte. Alle drei saßen in Timos Zimmer in seiner WG in der Holstenstraße in Hamburg. Sie studierten an der HUTTT Touristikmanagement und hatten sich mit Stefan Liesen zu einer regelmäßigen Arbeitsgruppe zusammengefunden, um sich auf die Semesterprüfungen vorzubereiten.

Gundula und Svetlana packten ihre Laptops aus. Svetlana Kirch, die trotz ihrer Herkunft aus Russland mit ihren langen schwarzen Haaren und ihrem Hang zu auffälligen Farben eine eher südländische Erscheinung war, warb darum, sofort anzufangen. „Ich muss in spätestens zwei Stunden zur Arbeit. Ab siebzehn Uhr beginnt in der Kneipe, in der ich jobbe, die After-Work-Party. Das bringt immer die besten Trinkgelder.“

„Okay! Also die erste Stunde üben wir für die Arbeitsrechtsklausur bei der Engström, dann eine Stunde für die Klausur in Rechnungswesen bei Sotter. Abgemacht?“ Gundula Thaler blickte fragend in die Runde. Die anderen beiden nickten. Sie riefen auf ihren Laptops die Datei mit den Fällen auf, die sie bei Frau Professor Engström in der Arbeitsrechtsvorlesung behandelt hatten. Timo schlug vor, noch einmal das Thema der Befristung von Arbeitsverhältnissen aufzugreifen, schließlich habe die Engström sich damit recht lange beschäftigt.

Man müsse also damit rechnen, dass das zum Thema in der Klausur werden kann.

Nach einer halben Stunde klingelte es an der Wohnungstür und Timo ließ Stefan Liesen ein. „Entschuldigt bitte, dass ich erst jetzt komme, aber die Sprechstunde bei der Gorek war derart überlaufen, ich musste über eine Stunde warten." Wie meist, wenn er aufgeregt war, lispelte Stefan beim Sprechen. „Wo seid ihr jetzt? Bei Arbeitsrecht? Das ist gut, ich habe da gleich mal eine Frage: Gilt das Kündigungsschutzgesetz erst in Betrieben ab fünf oder ab zehn Arbeitnehmern?" Timo winkte ab. „Stefan, nun mal langsam. Wir sind gerade beim Thema Befristungen. Du kannst nicht zu spät kommen und verlangen, dass wir gleich auf dein Thema aufspringen. Also, wir machen weiter."

Nach einer konzentrierten weiteren halben Stunde wechselten sie zum Fach Rechnungswesen. Stefan wurde beim Thema Rechnungswesen wieder ganz aufgeregt, was sich erneut in einem verstärkten Lispeln bemerkbar machte. „Da müssen wir ganz intensiv einsteigen. Sotter, die alte Sau, bringt in der Klausur immer solche Aufgaben, die man nicht erwartet. Das ist jetzt mein dritter, also mein letzter Anlauf. Wenn ich das diesmal nicht packe, kann ich das ganze Studium an den Nagel hängen. Fünf Semester umsonst."

„Bei mir ist es auch der dritte Versuch. Mir geht es genauso wie dir." Gundula blickte auf Svetlana und Timo: „Ihr habt es besser, bei euch ist es erst der zweite Versuch. Wenn ich an die Klausur denke, wird mir jetzt schon ganz schlecht. Bei der letzten hatte Sotter eine Durchfallquote von über sechzig Prozent. Und der alte Sadist hat daran noch seinen Spaß. Am besten wäre es, wenn der irgendwie ausfiele, zum Beispiel wegen Krankheit oder weil ihn ein Auto überfuhr. Er könnte dann die Klausur gar nicht durchführen."

Stefans Augen leuchteten auf. „In dem Fall müsste Schütz für ihn einspringen. Der ist menschlich. Seine letzten Klausuren waren wirklich fair. Da hätten wir eine reelle Chance durchzukommen. Aber solchen Leuten wie Sotter passiert nie was. Es sei denn, man hilft nach."

Timo verzog sein Gesicht. „Spinnt nicht so rum. Ist zwar richtig, Sotter macht uns das Leben verdammt schwer, seine Vorlesungen leiert der einfach runter und die Aufgabenstellungen in den Prüfungen sind gemein. Wenn du mal eine Frage hast, macht der dich vor der versammelten Mannschaft lächerlich, darin ist er ganz groß. Trotzdem, wir müssen da durch. Ich denke, es ist auf jeden Fall gut, wenn wir morgen Nachmittag die volle Zeit Rechnungswesen durchgehen. Und bis nächste Woche sollten wir noch einmal alle Aufgaben aus der Vorlesung durchrechnen. Aber jetzt fangen wir an."

Die vier Kommilitonen arbeiteten konzentriert, bis Svetlana aufbrechen musste. Danach wiederholten die Zurückgebliebenen auf Wunsch von Stefan nochmals einige Aufgaben, bis er das Gefühl hatte, auch diese zu beherrschen. Nachdem sie noch einen Kaffee getrunken hatten, bei dem die Anforderungen der verschiedenen Prüfer und die Voraussehbarkeit der Prüfungsthemen in einzelnen Fächern durchgesprochen wurden, machten sich auch Gundula und Stefan auf den Weg.

Timo beschloss, nach einer kleinen Pause seine Prüfungsvorbereitungen alleine fortzusetzen. Die Gelegenheit dazu war günstig, da seine beiden Mitbewohner für mehrere Tage auf einer Exkursion waren und er somit ungestört arbeiten konnte.

Obwohl Timo während einer weiteren Pause die Übertragung eines Teils des Europapokalspiels von Bayern München im Fernsehen angeschaut hatte, war er mit seinem Arbeitseifer zufrieden, als er gegen Mitternacht seinen Laptop schloss und seine Bücher wegräumte. Er hatte gerade eine Flasche Bier aufgemacht, da klingelte es an der Wohnungstür. Als er öffnete, lächelte ihn Svetlana zaghaft an. Damit hatte er nicht gerechnet!

Die beiden waren zwar gute Freunde, hatten auch auf der letzten Semesterparty etwas herumgeknutscht und als sie vor zwei Monaten mit ihrem damaligen Freund gebrochen hatte, war sie zu ihm gekommen, um bei ihm ihren Kummer rauszulassen. Die Hoffnung, dass er für sie mehr als ein guter Freund und Seelentröster sein könne, hatte er längst aufgegeben. Was könnte auch eine attraktive junge Frau wie Svetlana an einem Typen wie ihm finden: knochig, zu groß geraten und – um es vorsichtig auszudrücken – unelegant. Aber Timo freute sich über ihr Erscheinen, wenn auch auf eine etwas ängstliche Art.

„Ich habe bei dir noch Licht gesehen und dachte, vielleicht kann ich hier noch etwas zu trinken bekommen. Während der Arbeit in der Kneipe trinke ich grundsätzlich nicht und jetzt habe ich Durst." Timo trat zurück. „Komm rein. Das finde ich ganz toll, dass du noch vorbeikommst. Magst du ein Bier oder was anderes?"

„Was hast du denn sonst noch da?"

„Ich habe nur Bier, aber Fabian hat immer Rotwein da. Der ist zwar bis übermorgen auf Exkursion, aber davon können wir ruhig eine Flasche nehmen." Als Svetlana zustimmte, besorgte Timo den Wein, goss ihr und sich ein und setzte sich auf die Couch. Wie selbstverständlich ließ sich Svetlana neben ihm nieder und kuschelte sich an ihn. Sie tranken. Svetlana blieb eine Weile still, als grübele sie vor sich hin. Da Timo nichts Intelligentes einfiel, schwieg er ebenfalls und genoss ihre Nähe. Nach einer kleinen Weile richtete sie sich etwas auf.

„Du, ich musste heute bei der Arbeit ein paarmal an Stefan denken, der ist in seiner Prüfungsangst ja ganz verzweifelt. Hoffentlich dreht er nicht durch. Wenn der in dieser Verfassung in die Klausur geht, hat der sofort einen Blackout. Der weiß dann nicht mal mehr seinen Namen."

„Den pauken wir noch ein und vor der Klausur bekommt der eine Valium. Dann muss das klappen."

Timo wollte sich zu Svetlana umdrehen, um ihr ins Gesicht zu schauen. Dabei fiel sein Blick in die Öffnung ihrer Bluse, deren obersten Knöpfe jetzt weit offen standen. Er sah, dass sie nichts darunter trug. Den Verlockungen der Wölbungen ihrer straffen Brüste konnte er nicht widerstehen und versenkte langsam seinen Kopf in ihrem Busen. Sie ließ ihn eine Weile gewähren, dann griff sie mit den Händen in seinen Haarschopf, zog seinen Kopf hoch und küsste ihn mit zunehmender Leidenschaft und lebhaftem Zungenspiel. Gegenseitig öffneten sie die Knöpfe ihrer Bluse und seines Hemdes. Als sein Kopf wieder zwischen ihren nackten Brüsten lag, kicherte sie auf und flüsterte ihm zu: „Das nächste Mal rasierst du dich aber vorher. Das kratzt so. Aber heute darfst du dich noch einmal unrasiert auch um andere Körperteile kümmern."

Als Timo aufwachte, war er allein im Zimmer. Er brauchte einen Moment, bis er die Orientierung wiederfand. Konnte es sein, dass nach nur einer Nacht mit Svetlana der leere Platz an seiner Seite ihm schon Verlustängste bescherte? Oder warum war er so unruhig? Langsam sensibilisierte sich seine Sinneswahrnehmung und er vernahm leise Geräusche aus der Küche. Als er auch noch einen leichten Kaffeeduft roch, schlich er ihm nach. Svetlana hatte eines seiner T-Shirts übergezogen und hantierte am Küchenschrank. Sie bemerkte ihn und drehte sich nach ihm um. Mit einem irgendwo zwischen Naivität und Frivolität angesiedelten Lächeln begrüßte sie Timo. „Na, bist du endlich aufgewacht? Sag mal, bist du eigentlich ein Morgenmuffel oder ist das heute eine Ausnahme? Wenn du dich auf mich einlässt, wirst du in der Frühe nicht viel Schlaf bekommen, ich bin nämlich ein ausgesprochener Morgenmensch."

Timo hielt Svetlana im Arm und fuhr mit den Fingerspitzen ihren Rundungen nach. „Bei solch einer Begrüßung werde ich auch zum Frühaufsteher."

„Mensch, Timo, du kannst ja Komplimente machen. Ich entdecke nicht nur nachts, sondern auch schon vor dem Frühstück immer neue Seiten an dir. Was steht mir mit dir noch alles bevor?“ Mit fragend hochgezogenen Augenbrauen hielt sie ihm einen Becher Kaffee hin. „Trinkst du ihn schwarz oder mit Milch?“

„Schwarz, wie deine Haare! Nee, nehm ich zurück, war kein gelungenes Kompliment. Komplimente muss ich noch üben. Dazu hatte ich in letzter Zeit wenig Gelegenheit.“ Svetlana wurde nach einem langen Kuss wieder sachlich. „Wenn wir uns mit dem Frühstück beeilen, können wir noch in die Vorlesung von Sotter um zehn Uhr. Vielleicht können wir ihn dazu bringen, den Stoff für die Klausur etwas einzugrenzen.“

„Okay, ich bin gleich fertig.“

Gerade noch rechtzeitig betraten sie den Hörsaal, der angesichts der nahenden Klausur schon voll besetzt war. Punkt zehn Uhr betrat Sotter den Raum. Etwas pedantisch breitete er seine Unterlagen aus und setzte den Beamer in Gang. „Meine Damen und Herren, ich begrüße Sie. Bevor ich in den Stoff des nächsten Kapitels einsteige … – gibt es noch Fragen zum Stoff der letzten Veranstaltung?“

Als Timo Sotters übliche Einleitungsfloskeln hörte, dachte er: „Das ist doch nur rhetorisch gemeint. Wenn wirklich jemand Fragen stellt, machst du ihn doch jedes Mal vor dem ganzen Hörsaal lächerlich.“

Susi Regenhorst, eine kühle, blonde Hamburgerin, die Timo als recht arbeitsökonomisch – sprich faul – in Erinnerung hatte, meldete sich. Unter Aufbietung ihres beachtlichen Charmes versuchte sie, Sotter zu bezirzen: „Herr Professor, wir möchten Sie bitten, den klausurrelevanten Stoff etwas einzugrenzen. Ihre Kolleginnen und Kollegen machen das auch.“

„Verehrte Frau Kommilitonin, …“ – Sotter merkte sich die Namen von Studenten nur, wenn diese ihm negativ aufgefallen waren – „… als zukünftige Führungskraft der Wirtschaft werden Sie sich frühzeitig daran gewöhnen müssen, dass Sie nicht nur eingegrenzte Aufgaben zu bewältigen haben. Wenn wir die

Aufgaben der Klausur so weit einschränken, dass auch die letzte geistige Fehlzündung die Sicherheit hat zu bestehen, sind wir endgültig auf Klippschulniveau. Sie wissen sicherlich, dass zurzeit die Akkreditierungsverfahren für unsere Studiengänge laufen. Auch wenn Sie mich mit Ihren hübschen blauen Augen so einnehmend anlächeln, Ihretwegen möchte ich die Akkreditierung nicht gefährden, indem ich die Anforderungen auf ein Ihnen gemäßes Niveau herunterschraube."

Timo Johannsen wisperte Svetlana zu: „Es reicht Sotter wieder einmal nicht, Susis Vorschlag einfach abzulehnen, er muss sie auch noch in der Öffentlichkeit bloßstellen. Sicher ist sie eine faule Sau, aber das hat sie nicht verdient. Mein Gott, muss es jetzt in ihr kochen! Da hat er sich wieder eine Todfeindin geschaffen." Da Sotter mit seiner Vorlesung begonnen hatte, schwieg Timo und konzentrierte sich auf den Stoff.

Nach der Vorlesung zogen sie zum Mittagessen in die Mensa. Timo und Svetlana setzten sich an einen Tisch, an dem schon Susi Regenhorst mit einigen Kommilitoninnen und Kommilitonen Platz genommen hatten. Timo bemerkte, dass sie feuchte Augen hatte. Er konnte sich gut vorstellen, dass diese von Tränen der Wut herrührten.

Susi Regenhorst wühlte in ihrem Rucksack, dann drehte sie sich zu ihrer Nachbarin um. „Hast du mal ein Tempotaschentuch?" Als ihr dies gereicht wurde, trocknete sie sich die Augen und schniefte einmal kurz durch. „Dieses Schwein! Nur weil ich mal ganz harmlos nachgefragt habe, macht der mich so runter. Ich könnte den erwürgen!" Sie schwieg. Timo sah, dass sie immer noch nach Fassung rang.

Einige am Tisch versuchten, Susi Regenhorst zu trösten, indem sie ihrerseits Entgleisungen Sotters in Erinnerung riefen, bei denen sie die Opfer gewesen waren. Dann versiegten die Gespräche. In seltener Schweigsamkeit leerten sie ihre Teller. Timo und Svetlana verabschiedeten sich, nachdem sie sich mit einigen Studierenden zum Tutorium im IT-Labor verabredet hatten.

Beim Verlassen der Mensa schloss sich Susi Regenhorst den beiden an. Svetlana legte den Arm um sie. „Komm, mach dir nichts daraus. Wenn wir die Klausur packen, sind wir den Sotter los. Die Anschlussvorlesung im nächsten Semester macht Schütz. Dann gilt ‚Neues Spiel, neues Glück'."

„Erst mal müssen wir die nächste Klausur nach Hause bringen. Ich bin doch jetzt bei Sotter auf der schwarzen Liste. Wenn der meine Arbeit in der Hand hat, setzt er doch jede Zensur eine Note schlechter. Und ihr wisst ja, Rechnungswesen ist nicht my dream. Ich hinke mit dem Studium schon zwei Semester hinterher, da kann ich mir kein weiteres verlorenes Semester mehr leisten. Meine Eltern machen jetzt richtig Druck, dass ich endlich fertig werde." Timos nüchterner Realitätssinn machte sich bemerkbar. „Wie bereitest du dich eigentlich auf die Klausur bei Sotter vor, bist du in einer Arbeitsgruppe drin?", wollte er wissen. „Nee, nicht mehr. Weil ich zwei Semester verloren habe, ist meine alte Arbeitsgruppe schon weiter. Da hat es keinen Zweck, dass ich da mitmache. Ich muss mich alleine durch den Stoff wühlen."

Svetlana schaute Timo an. Der merkte, worauf sie hinauswollte, und nickte ihr fast unmerklich zu. „Wenn du Lust hast, kannst du bei uns mitmachen. Wir arbeiten mit Gundula und Stefan zusammen. Mit fünf Leuten ist eine Arbeitsgruppe zwar recht groß, aber ich denke, das wird gehen."

„Gundula kenne ich. Aber Stefan?" Timo klärte auf: „Stefan Liesen, Du weißt doch, der immer lispelt, wenn er aufgeregt ist. Der hat mit uns den Schein in Völkerkunde und interkultureller Kommunikation gemacht." Susi nickte heftig. „Ja, weiß ich. Sind die denn einverstanden, wenn ich einfach so dazustoße?"

Svetlana hakte sich bei ihr ein. „Klar, das kriegen Timo und ich schon hin. Morgen Nachmittag Treff um vierzehn Uhr bei Timo in seiner WG in der Holstenstraße. Abgemacht!"

Timo bemerkte erfreut, dass Susi „Timo und ich" gesagt hatte.

*

Egbert Regenhorst, Teilhaber und Geschäftsführer einer Reisebürokette, lenkte seinen BMW in die Einfahrt seiner Garage. Wie schon häufig war er auch heute froh, in einer ruhigen Straße in Hamburg-Othmarschen zu wohnen. Nach der Hektik eines langen Arbeitstages war es ein angenehmes Gefühl, in den trauten Schoß der Familie zurückzukehren und die Härten und aufreibenden Konflikte des Geschäftslebens hinter sich zu lassen.

Allerdings, bei näherem Hinsehen, war sein Familienleben vielleicht doch nicht so problemlos, wie er es sich gerne einredete, um sein Selbstbild als aufopfernd sorgender Familienvater aufrechtzuhalten. Dorothee, seine Frau, zeigte seit einiger Zeit Zeichen von innerer Unruhe und Unzufriedenheit. Dabei bot er ihr doch ein Leben frei von materiellen Sorgen, das genügend Platz für das Ausleben ihrer Interessen und Hobbys hatte.

Regenhorsts Sohn Holger hatte sich in eine Richtung entwickelt, die nicht seinen Plänen entsprach und ihn sehr enttäuschte. Statt, wie gewünscht, Betriebswirtschaft oder Jura zu studieren, um in das väterliche Unternehmen einzusteigen und die Nachfolge anzutreten, hatte er sich nach einer einjährigen Selbstfindungsphase entschlossen, katholische Theologie zu studieren.

Blieb Tochter Susi, sein Liebling, die Touristikmanagement studierte. An ihr blieben seine ganzen Hoffnungen hängen. Wenn schon Holger das berufliche Lebenswerk seines Vaters missachtete, so hoffte Egbert Regenhorst, dass wenigstens Susanne ihn nicht enttäusche und eines Tages – nach erfolgreichem Abschluss des Studiums – bei ihm im Familienunternehmen arbeiten werde. Susi wohnte zwar in einer eigenen kleinen Wohnung, hatte sich heute aber zum Abendessen bei ihren Eltern angesagt. Er sah darin ein Zeichen kindlicher Anhänglichkeit und von Familiensinn, das ihn in der Hoffnung bestärkte, dass sie eines Tages in seine Fußstapfen trete.

Als Egbert Regenhorst den Flur betrat, hörte er schon Susis helles Lachen. Sie unterhielt sich mit ihrer Mutter, der sie gerade fantasievoll einen Bericht über die Geburtstagsparty einer Freundin gab. Als sie ihn sah, unterbrach sie sich, wandte sich ihm freudig zu und gab ihm zur Begrüßung einen Kuss. Auch Dorothee empfing ihn mit selbiger Geste und stellte die gewohnheitsmäßige Frage: „Wie war's im Büro?", auf die er schon gar nicht mehr antwortete. Früher hatte er ihr darauf einen kurzen Bericht über besondere Tagesereignisse in der Firma gegeben. Als er registrierte, dass sie auf seine Ausführungen nicht einging, hatte er das eingestellt.

Fünf Minuten später saßen alle drei um den Tisch im Esszimmer. Dorothee hatte Susis Lieblingsgericht zubereitet: gebratene Heilbuttfilets auf Currylinsen. Wie gewohnt, bestritt vor allem Susi die Unterhaltung. Egbert Regenhorst dachte: „Susi findet für ihre Erzählungen bei ihren Gesprächspartnern immer Interesse. Sie ist prädestiniert für Tätigkeiten mit Kundenkontakten, also genau richtig für die Touristikbranche."
Das reichhaltige Essen und der Chablis, den der Vater aus Anlass des Besuchs seiner Tochter aus dem Keller geholt hatte, zeigten Wirkung. Die Lebhaftigkeit des Gesprächs ließ nach.

Nach einer kleinen Pause schnitt Egbert Regenhorst ein Thema an, das schon wiederholt seine Gespräche mit Susi eingetrübt hatte. „Susi, wie sieht es denn zurzeit mit deinem Studium aus? Du weißt, wir haben dir da nie reingeredet, aber du verstehst sicher, dass wir schon erfahren möchten, wie weit du bist. Laut Studienplan beträgt die Regelstudienzeit sechs Semester und du bist jetzt im achten. Wann rechnest du denn mit deinem Abschluss?"

„Papa, im letzten Semester habe ich viel geschafft und die fehlenden Scheine aus den vorigen Semestern eingebracht, bis auf den Schein in Rechnungswesen bei dem Sotter. Da bin ich beim letzten Mal durchgerauscht wie auch zwei Drittel der Kommilitonen. Die Prüfung werde ich am Semesterende wieder versuchen. Vor dem Sotter haben wir alle richtig Angst, der ist ein Sadist. Und mich hat der auf dem Kieker, nur weil ich ihn im Namen der Kommilitonen gebeten habe, den Stoff für die Klausur einzugrenzen. Er hat mich vor dem ganzen Semester richtig runtergeputzt."

„Ist das der, der auf Föhr sein Ferienhaus hat?" Auch Susis Mutter beteiligte sich jetzt am Gespräch.
Seit sie vor drei Jahren auch ein Feriendomizil auf der Insel erworben hatten, verfolgte sie Hinweise auf Föhr mit besonderer Aufmerksamkeit. „Das hat der aber gar nicht verdient, der Widerling."

Egbert Regenhorst hatte nachdenklich Susis Ausführungen zugehört. Nun schaute er sie ernst an. „Susi, lass uns eine Vereinbarung treffen. Das nächste Semester finanziere ich dir noch. Das ist aber endgültig die letzte Verlängerung. Ich brauche dich dringend in der Firma. Du weißt, wie es mit Holger steht, der hat uns im Stich gelassen. Wir setzen jetzt unsere ganze Hoffnung auf dich." Wie gewohnt, vereinnahmte er mit dem „Wir" auch die Meinung seiner Frau, deren Zustimmung zu seinen Plänen und Hoffnungen er wie selbstverständlich voraussetzte.

„Papa, mach es mir doch nicht schwerer, als es ohnehin schon ist. Wenn du mich so unter Druck setzt, baut sich noch mehr Prüfungsstress auf. Ich bin wirklich ganz intensiv am Arbeiten. Mit einigen anderen Kommilitonen erledigen wir in einer Arbeitsgruppe die Prüfungsvorbereitungen gemeinsam und treffen uns viermal in der Woche. Das bringt was."

„Egbert, du solltest Susi vertrauen, sie wird es schon schaffen." Bei dieser begütigenden Feststellung sah Dorothee Regenhorst erst ihren Mann und dann ihre Tochter lächelnd an. „So, jetzt hol ich unseren Nachtisch, Mousse au Chocolat!"

Susi schaute ihrer Mutter nach. Ihr Blick fiel auf deren rundliche Hüften. „Dass sich Mutterliebe immer in Kalorien ausdrücken muss", schoss ihr dabei durch den Kopf. Und sie hoffte, dass sich ihr Vater durch die Vorfreude auf sein Lieblingsdessert vom leidigen Thema „Studium" ablenken lasse.

Erlöschende Himmelsmacht

Gabriele Parau schaute sich, zufrieden lächelnd, in dem Wohnzimmer ihrer kleinen Wohnung um. Der Esstisch mit der Tischdecke, die ihre Großmutter noch eigenhändig bestickt hatte, war festlich gedeckt. Neben den beiden Gedecken waren die Bestecke akkurat ausgerichtet. Die Servietten harmonierten mit dem frischen Gelb des Tulpenstraußes. Die Kerzen in dem kleinen Kerzenhalter aus Meissener Porzellan – ebenfalls ein Erbstück ihrer Großmutter – warteten darauf, angezündet zu werden.

Gabriele Paraus Lächeln veränderte sich. Es drückte jetzt Zweifel aus. Mit leichter Resignation dachte sie: „Da geht es den Kerzen anders als mir. Die entflammbare Vorfreude auf Gregors Besuche, die ich zu Anfang unserer Beziehung noch so stark gespürt habe, ist inzwischen verflogen. Damals war ich wirklich in ihn verliebt, von der Himmelsmacht der Liebe ist wenig übrig geblieben. Wie war ich stolz auf meine Anziehungskraft, als ich mir eingebildet habe, dass Gregor meinetwegen die Engström aufgegeben hat. Und jetzt? Seine Besuche sind Rituale geworden. Sicher, mit ihm zu reden ist immer noch interessant, er sieht gut aus, als Liebhaber ist er ganz annehmbar und manchmal kann er auch großzügig sein. Ach, ich weiß nicht. Vielleicht ist das bei allen Beziehungen so, dass im Laufe der Zeit der Lack abbröckelt."

Gabriele Parau sah auf die Uhr. Viertel vor sieben! Um sieben wollte Gregor Sotter da sein. Sie schreckte aus ihren Gedanken auf und ging mit schnellen Schritten in die Küche. Hier öffnete sie den Backofen und stellte fest, dass das Gratin dauphinois gerade die richtige Bräunung aufwies. Die Rumpsteaks lagen griffbereit neben der Pfanne, der Wein war dekantiert – also alles so, wie Gregor es liebte.

Gabriele Parau besann sich …, doch, sie konnte Gregor dankbar sein. Nicht nur, dass er ihr einiges von seinem kultivierten Lebensstil vermittelt hatte, sondern auch, dass er ihr immer wieder neue Interessengebiete erschloss. Obwohl er sich fachlich der Betriebswirtschaft mit dem trockenen Schwerpunkt Rechnungswesen verschrieben hatte, war er ein Mensch mit einem Hang zu Musik und Theater. War ihr ursprünglicher Musikgeschmack auf die Bandbreite von den Stones bis zu Musicals beschränkt, empfand sie mittlerweile auch ihre gemeinsamen Besuche von klassischen Konzert- und Theaterveranstaltungen als Bereicherung.

Wenn bei Gabriele Parau zuweilen Bedenken aufkamen, ob sie sich in ihrer Beziehung zu Gregor Sotter wohl fühle, so lag das eher daran, dass er ihr Doktorvater war und sie sich bei der Arbeit an ihrer Dissertation von ihm abhängig vorkam. Sie hatte sich aus Verliebtheit auf ihn eingelassen, nicht um damit für ihre Promotion zu profitieren. Dennoch kamen in ihr zuweilen Gedanken hoch, ob sie sich nicht unbewusst prostituierte, um Vorteile bei ihrer Arbeit zu haben. In diesen Situationen merkte sie, dass sie – auch wenn sie allein im Raum war – aus Scham errötete. In der Regel konnte sie solche Gedanken verdrängen, aber sie kamen immer wieder. Mit Gregor mochte sie darüber nicht reden – aus Furcht, dass er, die Autoritätsperson, auch zum Zensor ihrer ganz persönlichen Gefühle und Ängste werden könne.

Gabriele Parau goss sich ein Glas Rotwein ein. Die Minuten vor seiner Ankunft waren in letzter Zeit wie ein Spagat zwischen Vorfreude und Bangen. Dabei wusste sie selber nicht, was sie zu befürchten habe. Sie hatten sich angewöhnt, bei ihren Zusammenkünften in ihrer oder seiner Wohnung den Themenbereich ihrer Dissertation auszuklammern.

Diese war Thema von Besprechungen, die dann in seinem Büro stattfanden. Aber auch die Tatsache, dass sie das Berufliche und das Private so bewusst trennten, war ein Zeichen, dass ihre Beziehung doch nicht so unbefangen war, wie sie es sich wünschte.

Als die Türklingel anschlug, verkrampfte sie kurz und eilte zur Tür. „Gregor, schön, dass du da bist, ich habe schon auf dich gewartet. Komm herein.“ Sie schloss die Tür und ließ sich zur Begrüßung von ihm in die Arme nehmen. Dabei merkte sie, wie sie sich wieder etwas entspannte.

Als Gregor Sotter das Wohnzimmer betrat, hatte er den Eindruck, dass der ganze Raum auf ihn gewartet habe. Er ließ sich von Gabriele einen Sherry einschenken. „Meine Liebe, wie viel Mühe du dir wieder gemacht hast und wie gut es riecht! Was kann sich ein Mann Schöneres wünschen, wenn er dich hat?“ Er nahm ihre Hand und hauchte einen Kuss darüber.

Gabriele Parau verschwand in der Küche. Als sie nach einiger Zeit wieder zurückkam, um das Essen zu servieren, hatte er sein Jackett ausgezogen und saß, in die Zeitung vertieft, auf dem Sofa. Sie bat ihn, am Tisch Platz zu nehmen, und legte ihm auf. Gregor griff mit Appetit zu und lobte ihre Kochkünste. Sie selbst hatte sich nur wenig auf den Teller gegeben, da die leichte Anspannung, die sie in letzter Zeit in seiner Gesellschaft spürte, ihren Appetit merklich gedämpft hatte.

Nach den ersten Bissen fragte sie ihn – einer Gewohnheit folgend –, wie sein Tag gewesen sei. „Ach, es ging so. Die vier Stunden Vorlesung heute haben meinen Stimmbändern wieder einmal zugesetzt. Und dann die lästigen Diskussionen mit den Studenten. Vor den Klausuren kommt immer die Bettelei auf, dass ich die Themengebiete für die Aufgaben eingrenze. Manche Kollegen lassen sich darauf ein, aber unser Niveau ist ohnehin schon so niedrig, dass eine Einschränkung des Stoffes aus der Prüfung eine Farce machen würde. Nein, bei mir beißen die auf Granit! Und wenn dann noch eine der faulsten Studentinnen – ach, ich komme jetzt nicht auf ihren Namen – die Wortführerin spielt, ist es ganz aus. Gut, das kennt man ja. Ärgerlicher war heute Nachmittag die Sitzung des Strategieausschusses der Fakultät. Seit einigen Jahren müssen die Fakultäten mit dem Präsidium der Hochschule jährliche Leistungsvereinbarungen treffen, in denen auch die Profile der Fakultäten dargestellt werden. Das Fakultätsprofil war bisher eine Ansammlung von Allgemeinplätzen. Weil die eben keinen konkreten Inhalt haben, war es überhaupt möglich, dazu einen Konsens zu bekommen. Das muss jetzt aber alles ganz genau festgelegt werden und wenn es konkret wird, kommen die Konflikte. Denn erst dann wird den Beteiligten deutlich, dass sich hinter den Allgemeinplätzen ganz unterschiedliche Vorstellungen verbergen. Und was nicht in den Leistungsvereinbarungen steht, ist gestorben – dafür gibt es keine Gelder. Daher versuchen die Kollegen, möglichst alle ihre Liebhabereien als Projekte in diesen unterzubringen. Am Ende kommt dann ein Wust von Beliebigkeiten heraus, dem werde ich aber einen Riegel vorschieben. Schließlich soll das Profil der Fakultät die USP darstellen."

Sotter war in Fahrt gekommen. Wie regelmäßig in solchen Situationen geriet er in seinen Vorlesungstonfall. Gabriele Parau suchte dann immer nach einem Aufhänger, an den sie eine Frage anknüpfen konnte, um ihm vom Thema abzubringen. „Was meinst du mit USP?" Obwohl ihr der Begriff durchaus geläufig war, wollte sie Gregor mit der Frage von der unergiebigen Erörterung der Konflikte mit seinen Kollegen abbringen. „Das ist ein Begriff aus dem Marketing – Unique Selling Proposition – also das Alleinstellungsmerkmal, durch das sich ein Produkt oder überhaupt eine Leistung auf dem Markt von anderen unterscheidet." Sotter hatte seinen belehrenden Tonfall immer noch nicht aufgegeben. Gabriele Parau legte daher mit einer anderen Frage nach: „Wer ist denn alles in dem Ausschuss, der das vorbereiten soll, wie heißt der noch?"

„Strategieausschuss."

„Ja, Strategieausschuss! Und wer ärgert dich denn so?"

„Na, das kannst du dir doch denken – die üblichen Verdächtigen halt: die Gorek und die Engström, van Demme und Fasthoff und schließlich jeweils zwei Vertreter der Studenten und der wissenschaftlichen Mitarbeiter. Und noch die Sinz-Huber."

„Wie ärgern die dich denn?"

„Van Demme lässt einfach seinem Sarkasmus freien Lauf und spielt seinen aufgesetzten Nonkonformismus aus. Fasthoff ist mir noch etwas schuldig. Die Engström und die Gorek haben generell etwas gegen mich, die sind auf ihre verbiesterte Art einfach auf mich sauer. Die Gorek hatte ja mit mir um den Posten des Dekans konkurriert und ist auf die Schnauze gefallen, das hat sie immer noch nicht verwunden. Und die Engström? Ja …, weiß ich eigentlich nicht. Früher war sie mir ganz umgänglich vorgekommen und ich hatte einige Projekte mit ihr angefangen. Dann begann sie ohne Grund gegen mich zu intrigieren."

Als Gabriele Parau diese eigenwillige Interpretation des früheren Verhältnisses von Sotter und Engström vernahm, dachte sie: „Meinst du etwa, ich wüsste nicht, dass du früher ein Verhältnis mit ihr hattest? Eine enttäuschte Frau ist zu allem fähig und die Engström ist zudem noch außergewöhnlich nachtragend." Doch laut sagte sie: „Um was geht es denn eigentlich bei eurem Konflikt?" Gabriele Parau schaute ihn fragend an.

„Jeder will die Themenbereiche seiner Projekte in das Profil der Fakultät aufgenommen sehen. Wenn die erst einmal da aufgeführt sind, gibt es die Chance auf Fördermittel der Hochschule für die Forschung. Aber auch die Chancen auf Drittmittel, also externe Mittel aus Wirtschaft und Politik, sind dann viel größer. Und last not least: Wer in den zentralen Profilbereichen der Fakultät arbeitet, hat ein höheres Ansehen und kann bei der Vergütung höhere Prämien herausschlagen."

„Und da kämpfen deine Kollegen ganz egoistisch für ihre eigenen Projekte? Das hat aber auch ein G'schmäckle!" Gabriele Parau nahm sich eine Denkpause. „Wenn die so persönlich mit eigenen Interessen engagiert sind, werden die nicht ohne Weiteres zu einem Konsens finden. Da müsstest du dir schon was einfallen lassen." Eine weitere Pause folgte. „Mir scheint, da steckt auch ein gruppendynamisches Problem drin."

„Was heißt schon gruppendynamisch? Soll ich etwa mit denen mit verbundenen Augen im Kreis herumlaufen, sie an die Hand nehmen und ‚Om mani padme hum' – oder wie das so heißt – singen?"

„Gregor, wir haben doch schon häufiger über Gruppendynamik gesprochen. Da geht es doch nicht um esoterische Spielchen, sondern erst einmal darum, ein offenes Gespräch zustande zu bringen und gegenseitige Vorurteile abzubauen."

„Leichter gesagt als getan. Wir haben da ein umfangreiches Gewirr von Problemen vor uns. Ich fürchte, wir werden eine ganze Serie von Sitzungen damit zu tun haben. Mir graust schon bei der Vorstellung, dass ich tagelang mit dieser Truppe „Ich-Botschaften" austauschen und gegenseitige Seelenmassage betreiben soll. Nein, da werde ich sie schon mit Druck dazu bringen müssen, sich auf vernünftige Ergebnisse zu einigen." Gabriele Parau schaute skeptisch. „Und wie willst du das machen?"

„Ich werde denen schon verdeutlichen, dass *ich* über ihre Leistungsprämien entscheide. Und die Fördermittel für ihre Projekte muss ich auch befürworten." Gregor Sotter schlug leicht mit der flachen Hand auf den Tisch. „Gregor, versuch doch zunächst einmal, mit den anderen Mitgliedern des Ausschusses ins Gespräch zu kommen. Am besten an einem neutralen Ort, der nicht mit den Erinnerungen an vergangene Konflikte, Siege oder Niederlagen verbunden ist. Wenn ihr es dann schafft, ein paar Erlebnisse von Gemeinsamkeit in Einklang zu bringen, hättet ihr schon einmal eine Basis. Mit Druck machst du dir wieder neue Feinde und davon hast du doch schon genug."

„Viel Feind, viel Ehr! Mir soll keiner nachsagen, dass ich vor ein paar Querulanten kneife." Mit entschlossenem Gesichtsausdruck schob er seinen Teller zurück.

Gabriele Parau erhob sich, um den Tisch abzuräumen. Sie legte leicht ihre Hand auf seine Schulter und streichelte seinen angespannten Nacken – eine Geste, mit der sie ihn meist besänftigen konnte. „Lass uns das Thema heute Abend vergessen. Ich hole jetzt den Nachtisch, russische Creme ist dir doch recht? Die habe ich schon gestern gemacht. Pfingsten hatten wir die schon mal, erinnerst du dich?“ Ihre Methode der Besänftigung war auch diesmal wieder erfolgreich.

Gregor Sotter zeigte seine charmante Seite: „Wie könnte ich je etwas vergessen, was du gekocht hast. Du weißt doch, dass du mich mit deinen kulinarischen Künsten verzauberst“ – mit einem begehrlichen Lächeln streichelte er ihre Hand – „und erst recht mit deinen weiblichen Verführungskünsten. Angesichts dieser Verheißungen wird mir das Dessert erst recht zu einem Genuss.“

Gabriele Parau löste sich von ihm und nahm das Geschirr mit in die Küche. Zwar war sie für Romantik durchaus empfänglich, aber in ihrer bodenständigen Art hatte sie für Sotters hochgestochene Redeweise wenig übrig. „Warum sagst du nicht einfach, dass du dich darauf freust, mit mir ins Bett zu gehen und zu bumsen“, dachte sie bewusst ordinär. „Hast du wieder zu viel Proust gelesen? Musst du dich auch in solchen Situationen als kultivierten Liebhaber zelebrieren? Was an dir ist eigentlich echt?“ Und verärgert – sie wusste nicht einmal, ob über ihn oder über sich – öffnete sie die Spülmaschine.

Die russische Creme verzehrten sie schweigend. Danach nahmen sie ihre Gläser und ließen sich auf dem Sofa nieder. Gabriele drehte sich ihm zu. „Du, ich habe gestern im Music-Shop eine CD mit den alten Aufnahmen von Paolo Conte gefunden. Die würde ich dir gerne vorspielen. Der hat so etwas verträumt Rockiges.“

Sotter reagierte lebhaft. „Oh, das ist toll, den mag ich. Vor einigen Jahren habe ich ihn im Congress Center Hamburg live erlebt, er ist schon ein beeindruckender Musiker. Ja, lass mal hören.“ Während die Musik lief, lehnte sich Gabriele an ihn, zog die Füße aufs Sofa und ließ das kühle Weinglas über ihre Stirn rollen. Sie spürte seine Wärme. „Warum ist das alles so kompliziert?“, sinnierte sie. Sie nahm Paolo Contes Rhythmen mit ihrem Körper auf und gab sie an Gregor Sotter weiter. Der ließ sich in die Musik hineinziehen. Den Gleichklang ihrer Körper setzten sie später im Schlafzimmer fort.

Das Blau des Morgenhimmels kündigte einen schönen Sommertag an. Gabriele Parau beantwortete die Sonnenstrahlen, die durch das Küchenfenster grüßten, mit leisem Gesang. „Bobby McGee“ brachte sie in der Version von Janis Joplin textlich noch einigermaßen zuwege. Dann ertappte sie sich allerdings dabei, dass sie die Melodie von „Stand by Your Man …“ nur noch summte, da ihr hierfür der Text abhandengekommen war. Sie hörte Gregor Sotter ins Bad gehen und ärgerte sich wieder über sich selber, als ihr der Gedanke kam: „Ist Gregor wirklich der Mann, zu dem ich stehen will?“ Und sei es, um Gregor zu ärgern oder um der drohenden Eintrübung ihrer Stimmung entgegenzuwirken, schaltete sie auf volkstümliche Schlager um und intonierte fröhlich: „Ein Stern, der deinen Namen trägt.“

Gregor Sotter hatte sich durch ihren Gesang in die Küche locken lassen. Während des Frühstücks sprachen sie ihre beiderseitigen Tagespläne durch. Nach einer kleinen Pause begann Gabriele: „Du, Gregor, ich musste noch einmal an unser Gespräch gestern Abend denken. Du weißt schon, die Geschichte mit eurer Strategiegruppe. Vielleicht wäre es keine schlechte Idee, wenn ihr euch in deinem Haus auf Föhr zusammensetzt. Da seid ihr weit vom Schuss und könnt so richtig in Klausur gehen. Keiner stört euch dort. Und Föhr ist so schön, da könnt ihr nebenher einiges gemeinsam machen. Das würde der Stimmung sicher guttun. Und du musst nicht mit denen Händchen halten und Psychospiele veranstalten.“

Gregor Sotter setzte seine Kaffeetasse ab. „Ich weiß nicht recht. Für mich wäre das schon eine große Überwindung, die in mein Privatissimum auf Föhr zu lassen. Ich hab nur Angst, dass die mit ihren Querelen mein Haus kontaminieren. Wenn das schiefgeht, ist der Ort vielleicht für immer von der Erinnerung an etwas sehr Unliebsames verseucht."

„Überleg dir das noch einmal in Ruhe."

„Dir zuliebe werde ich das." Sotter war wieder charmant. „Aber auch wenn ich deiner Anregung nachkomme – ich werde sicherstellen, dass unser Niveau nicht verwässert wird. Da kann ich zum Fels in der Brandung werden." Gregor Sotter pumpte sich mit einem tiefen Einatmen auf. „Sag mal, du hast gestern angedeutet, dass Fasthoff dir verpflichtet sei. Worum geht es denn da?" Gabriele Parau schaute ihn über den Frühstückstisch aufmunternd an. „Lass mal! Es ist besser, wenn ich nichts dazu sage, ich bin da selbst in einem Konflikt. Eigentlich müsste ich das an das Präsidium weitergeben, aber dann hätte der arme Kerl sicher eine Menge Ärger. Das möchte ich gerne vermeiden. Er ist meist ganz kooperationsbereit, also warum sollte ich ihm Schwierigkeiten bereiten?" Gabriele starrte ihn an. „Und was heißt das?"

„Dass wir freundschaftlich miteinander umgehen. Aber Freundschaft beruht auf Gegenseitigkeit. Da kann er mir auch mal zur Seite stehen."

Gabrieles Gesicht verdüsterte sich. Sollte Sotter seine Kollegen erpressen? Hatte der Sonnenschein, der in die Küche fiel, gerade noch ein Gefühl von Wärme und Heiterkeit in ihr hervorgezaubert, so versetzten die Worte Sotters sie in eine Atmosphäre von Enttäuschung. Gabriele Parau schaute nachdenklich an ihm vorbei. „Er glaubt doch tatsächlich seinen eigenen Schönredereien und nimmt seine Worthülsen für die Wirklichkeit", dachte sie. „Dann hat es auch keinen Zweck mehr, mit ihm darüber weiter zu diskutieren."

Wortkarg beendeten sie ihr Frühstück. Sotter brach nach einer eher flüchtigen Verabschiedung auf. Gabriele machte noch kurz Ordnung in der Küche und setzte sich dann an ihren Schreibtisch, um die Arbeit an ihrer Dissertation fortzusetzen.

Groll in der Karibik

Er merkte, wie die Unruhe ihn wieder in Besitz nahm. In den letzten Jahren kamen diese Spannungen wie Fieberschauer über ihn – und fast so regelmäßig wie die Jahreszeiten. Diese Schwankungen seiner Befindlichkeit störten sein Selbstbild einer konstitutionell und auch psychisch robusten Persönlichkeit. Robert Felden schaute über den weiten Strand, der vor der tief stehenden Karibiksonne wie goldener Samt aufleuchtete, den er nicht nur zu sehen, sondern unter seinen nackten Fußsohlen sogar zu fühlen vermeinte. Er begutachtete noch einmal seine Tauchausrüstung, die er am Nachmittag lagerfest gemacht hatte.

Sein letztes Projekt war nun beendet. Über ein halbes Jahr hatte er als Taucher im Team eines amerikanischen Unternehmens gearbeitet, das vor Sankt Lucia zwei Schiffe der spanischen Silberflotte aus der Mitte des sechzehnten Jahrhunderts gesucht, entdeckt und unter Wasser archäologisch erfasst hatte. Hierbei hatten sie eine beachtliche Menge von Münzen, Silberbarren und weiteren Wertgegenständen gefunden. Wie andere Kollegen hatte auch Robert Felden einige besonders kostbare Münzen nicht abgeliefert, wie es eigentlich seine Pflicht war, sondern als „Andenken“ behalten. Beim Verkauf auf dem amerikanischen oder europäischen schwarzen Markt werde er dafür eine nennenswerte Summe einlösen können. Und Geld brauchte er immer.

Die Arbeit war anstrengend gewesen. Die langen Arbeitszeiten und mehrmaligen Tauchgänge am Tag waren nicht spurlos an ihm vorübergegangen. Zwar war er alle zwei Wochen zum Wochenende von Sankt Lucia hierher nach Barbados zu seiner Freundin Joan Allingham geflogen, aber erholsam waren diese Wochenendtrips auch nicht immer gewesen. Einerseits, weil LIAT Airlines dem ironischen Motto „Leaves Island Any Time“, das die Passagiere ihr gegeben hatten , mit ihren unkalkulierbaren Verspätungen immer wieder Ehre gemacht hatte, andererseits, weil Joan als stellvertretende Managerin eines großen Hotels häufig auch am Wochenende Dienst machen musste.

Robert Feldens amerikanischer Auftraggeber hatte ihm ein Anschlussprojekt angeboten, das er aber vorerst abgelehnt hatte. Der neue Auftrag hätte ihn nach Indonesien geführt. Er merkte jedoch seit einiger Zeit, dass ihn das weltweite Vagabundieren, das ihm früher so gut gefallen hatte, nicht mehr reizte. Und mehr und mehr nahm in ihm der Gedanke Gestalt an, sich an einem Ort zu verwurzeln und zu bleiben. Angesichts dieser Überlegungen fragte er sich, ob die Wellen der Unruhe, die ihn hin und wieder erreichten, Ausdruck eines Gefühls des Heimwehs waren. Aber Heimweh wonach?

Er hatte einige Male versucht, mit Joan, der geborenen Kanadierin, darüber zu sprechen. Diese Gespräche waren letztlich nicht ergiebig gewesen. Er war dabei zu der Erkenntnis gekommen, dass der Begriff „Heimat“ kaum adäquat in andere Sprachen zu übersetzen sei, da er stark in der Kulturtradition der deutschen Romantik verwurzelt war. Der Stress der letzten Monate klang ab. Die dadurch bedingte Leere bot Platz sowohl für die Unruhe, die er nun verspürte, als auch für verwickelte Gedankengänge, die sich um seine eigene Befindlichkeit drehten.

Seit seine Schwester Charlotte vor fünf Jahren zu Tode gekommen war, hatte er keine Person mehr, die er mit dem Begriff Heimat verbinden konnte. Der Tod seiner Eltern hatte ihn als zwölfjähriges Kind überrascht. Er war damals mit Charlotte, der älteren Schwester, zu den Großeltern gekommen, die sie aus religiösem Pflichtgefühl und familiärer Verbundenheit zu sich genommen hatten. Wärme und Nähe hatte er jedoch nur bei Charlotte gefunden. Sie war auch in seinem späteren, unsteten Leben der einzige Mensch gewesen, dem er restlos vertraut hatte. Und seit ihrem Tod hatte er für sein diffuses Gefühl von

Heimweh kein Ziel mehr. Sicher, es hatte einige Frauen in seinem Leben gegeben, aber seine Beziehungen zu ihnen basierten eher auf Begehren als auf Vertrauen.

Robert Felden tauchte aus seinen Gedanken auf und bemerkte, dass die kurze karibische Dämmerung fast schon in die blaue Dunkelheit des unbegrenzten nächtlichen Horizontes übergegangen war. Es wurde Zeit, nach Hause zu gehen, oder – richtiger – seine Zuflucht aufzusuchen, das Appartement in Strandnähe in Christ Church, das er mit Joan bewohnte. Er schulterte seine Tauchausrüstung, die er in den nächsten Wochen kaum benötigen werde, und lief den kurzen Weg zum Appartementhaus.

Joan war noch nicht da. Da heute im Hotel eine große Hochzeitsfeier einer bekannten englischen Fernsehmoderatorin anstand, erwartete er sie erst am späten Abend zurück. Die Ausrichtung glamouröser Hochzeiten für Touristen im weiten Palmengarten mit Blick auf das Meer war eine der Attraktionen des Hotels, seit es Mode geworden war, den Ehebund unter karibischer Sonne statt im Licht der Lampen der heimischen Standesämter zu besiegeln. Robert Felden schoss die Frage durch den Kopf, ob damit auch das Treueversprechen der Angereisten bei der Trauungszeremonie jene Lockerheit bekam, die er auf den karibischen Inseln häufig erlebt hatte.

Nachdem er die Tauchausrüstung in der Abstellkammer verstaut hatte, bereitete er sich einen Whiskey Sour, den er den inselüblichen Rum-Cocktails wie Planters Punch oder Pina Colada vorzog.

Robert Felden überlegte, wie er den Abend verbringen solle. Er hatte eine Abhandlung über das Projekt der Bergung des Schatzes der beiden versunkenen Schiffe vor Sankt Lucia begonnen, die er einer Zeitschrift – entweder für Geschichte oder für Geografie – anbieten wollte. Er zögerte jedoch mit der Weiterarbeit, da je nach Ausrichtung der Zeitschrift der Bericht einen anderen Fokus bekommen müsse.

Zunächst wollte er verschiedene Redaktionen anmailen, um abzuklären, ob Interesse an seinem Thema bestehe. Da er in den vergangenen Jahren schon einige Male Artikel zur Unterwasserarchäologie an Zeitschriften verkauft hatte, war er optimistisch, auch diesmal Abnehmer zu finden.

Die Unruhe, die ihn vorhin am Strand überkommen hatte, spürte er noch in sich. Er blieb daher bei seinem Entschluss, die Arbeit an dem Artikel auf den nächsten Tag zu verschieben. Stattdessen machte er sich auf den Weg zum Sam Lord's Inn, einer Bar, deren Namen an den legendären Seeräuber Sam Lord erinnerte, der vor Jahrhunderten die Strände von Barbados unsicher gemacht hatte. Die Geschichten über die alten Seeräuber faszinierten ihn heute noch beinahe genauso wie in seinen Kindheitstagen. Vielleicht war diese Faszination für ihn auch der Anlass dafür gewesen, sich in der Welt umhertreiben zu lassen. Wie spannend musste es gewesen sein, auf den Freibeuterschiffen der spanischen Silberflotte hinterherzujagen oder schwer beladene Kauffahrteischiffe zu erbeuten – sicherlich noch aufregender, als heutzutage nach den Überresten der Piratenkämpfe auf dem Meeresboden zu tauchen.

Im Sam Lord's Inn herrschte gedämpfter Betrieb, die lange Bar war weitgehend besetzt. Im angrenzenden Restaurant herrschte Ruhe. Die eingedeckten Tische warteten noch auf Gäste. Einer der Besucher der Bar hatte Robert Felden erkannt und winkte ihn heran. In Winston Seymours schwarzem Gesicht breitete sich ein Lächeln aus, das seine weißen Zähne aufstrahlen ließ. Er reichte ihm die Hand. „Robert, lange nicht gesehen. Bist du noch in Sankt Lucia hinter den spanischen Dukaten her?“

„Hallo, Winston! Nein, jetzt ist Schluss. Da unten haben wir alles abgegrast. Jetzt brauche ich erst mal etwas Erholung.“

„Na, da kann dir Joan sicher helfen, die ist doch die pure Erholung für einen richtigen Kerl.“ Winston grinste mit spitzbübischer Anzüglichkeit. „Nun mal langsam, die hat auch einen harten Job. Heute ist die sicher wieder bis Mitternacht auf den Beinen."

„Wieder eine große Wedding-Party? Wie ist denn das mit euch, habt ihr nicht auch mal so eine Party vor? Ich komme bestimmt."

„Wenn es so weit ist, erfährst du das schon früh genug. Wie geht das Geschäft bei dir?"

Winston betrieb einen Katamaran-Verleih. Allerdings zweifelte Robert, ob die Vermietung der drei kleinen Boote so viel einbrachte, dass er davon seinen aufwendigen Lebensstil finanzieren konnte. Er fuhr einen großen Geländewagen, bewohnte mit seiner Familie ein geräumiges Haus, reiste mehrmals im Jahr in die USA oder nach Europa. Und es war mehr als ein Gerücht, dass er in Holetown eine „side woman" hatte. Winston hatte ihm erzählt, dass er auch Deutschland schon besucht habe, Robert mochte seine offene, herzliche Art. Womit Winston sein Geld wirklich verdiente, konnte ihm egal sein.

„Gut. Was willst du trinken?" Winston hatte die Hand schon erhoben, um dem Barkeeper zu winken. „Ein Banks." Robert, dessen Biergeschmack in seiner Jugend in Norddeutschland an herbem Pils geschult war, hatte sich inzwischen mit der einheimischen Biermarke versöhnt. Der Barkeeper schob ihnen zwei Bierflaschen zu. „Cheers!" Sie setzten ihre Bierflaschen ab. Winston legte seine große Hand auf Roberts Arm. „Was hast du denn jetzt vor?"

„Ich weiß es noch nicht so genau. Meine Firma hat mir einen neuen Job in Indonesien angeboten. Aber ich glaube nicht, dass ich das machen werde."

„Indonesien? Das ist ja am anderen Ende der Welt. Was willst du denn da? Und was soll aus Joan werden?" Nach kurzem Nachdenken sagte er: „Vielleicht habe ich was Besseres für dich." Robert wurde aufmerksam. Das Gespräch hatte eine neue Tonart bekommen. Nach dem lockeren Wortgeplänkel waren beide jetzt konzentriert. „Lass mal hören."

Winston schwieg einen Augenblick, dann fuhr er fort: „Ich muss erst noch ein paar Erkundigungen einholen. Wir können uns morgen Abend hier treffen, da kann ich dir mehr sagen. Mach vorher aber nichts anderes fest.“

„Okay!“ Sie unterhielten sich noch eine Weile über den üblichen Inselklatsch.

Nach einiger Zeit traf Winstons Frau Abigail mit zwei Freundinnen ein. Alle drei hatten sich zum Ausgehen fein gemacht und übertrafen einander in der Farbenpracht der Garderobe. Abigails Freundinnen hatten Robert kurz in Augenschein genommen. Offensichtlich hatte er ihre kritische Prüfung bestanden, denn sie nahmen ihn in ihre Mitte, drängten sich an ihn und boten ihre freizügigen Ausschnitte seinen Blicken dar. Robert blieb nichts anderes übrig, als ihnen einen Drink zu spendieren.

Der Barkeeper hatte die Musik lauter gestellt. Seine Begleiterinnen vibrierten nach dem dritten Drink im Reggae-Rhythmus. Robert schaute auf die Uhr: halb zwölf. Es wurde für ihn Zeit zum Aufbruch. Trotz des Protestes seiner beiden Begleiterinnen verabschiedete er sich.

Die nächtliche Brise vom Meer hatte die Hitze des Tages vertrieben. Robert atmete tief durch und beschloss, einen Umweg über den Strand zu machen. Als er den Sand unter seinen Füßen spürte, zog er die Schuhe aus. Barfüßig ging er ins Wasser und sog die Kühle von unten in den ganzen Körper hoch. Die wohltuende Einsamkeit des Meeres erfasste ihn. Es war ihm, als ob sich sein Selbst entgrenzte und in die Welt hinein auflöste. Zugleich kam die Angst, dass er die Kontrolle über sich verliere, solche Gefühle hatte er schon einige Male unter Wasser bei seinen Tauchgängen gehabt. Da waren sie Vorboten eines Sauerstoffmangels und deuteten Gefahr an. Robert Felden erschrak!

Er blickte hoch, um sich zu orientieren, und nahm Richtung auf sein Appartement. Als er die Tür öffnete, stolperte er über

Joans Schuhe, sie war also schon gekommen. Aus der Dusche hörte er Wasser rauschen. Er machte sich mit einem lauten Ruf bemerkbar. „Hallo, schön dass du schon da bist. Ich dachte, bei dir würde es heute noch später werden. Soll ich dir was zu trinken bringen?“

Joan kam triefend aus der Dusche. Bei ihrem Anblick wurde er sich bewusst, warum er den Verlockungen seiner beiden Begleiterinnen in der Bar so standhaft widerstehen konnte. Robert reichte ihr das Badetuch und sah ihr lächelnd zu, wie sie sich abtrocknete. Das Gefühl, sein Ich verloren zu haben, das noch kurz zuvor am Strand für einen kurzen Augenblick von ihm Besitz ergriffen hatte, war verschwunden. Er war wieder er selbst.

„Noch nicht, gleich. Was haben wir denn?“

„Zwei Flaschen von dem kalifornischen Rotwein. Soll ich eine aufmachen?“

„Trinkst du auch davon?“, wollte Joan wissen. „Nein, ich habe vorhin noch beim Sam Lord’s Inn vorbeigeschaut und einige Bier getrunken. Ich bleibe lieber dabei. Aber die Flasche kann ich trotzdem öffnen, den Rest können wir ja morgen trinken.“

„Ja gut, dann nehme ich ein Glas.“ Joan verschwand im Schlafzimmer. Als sie zurückkam, saß Robert Felden auf der Couch und spielte gedankenverloren mit der Flasche in seiner Hand. Er schaute auf. „Hast du ein neues Kleid?“ Sie drehte sich mit Schwung im Kreis, so dass der hochfliegende Saum ihre braunen Beine in ganzer Länge sehen ließ. „Nein, das habe ich doch schon im letzten Sommer auf unserer Reise in Caracas gekauft. In einer Boutique in der Nähe des Museo de Arte Contemporáneo. Weißt du nicht mehr? Aber ich habe es erst selten angehabt.“

Robert Felden reichte Joan ein Glas. Genießerisch ließ sie den Wein im Mund kreisen. „Na, wen hast du im Inn getroffen? War viel los? Ich bin schon lange nicht mehr dort gewesen. In den nächsten Tagen komme ich mal mit."

„Winston Seymour war da. Du weißt, von dem wir schon ein paarmal einen Katamaran geliehen haben."

„Ja, den kenne ich. Der bietet seine Boote auch unseren Gästen an. Was hat er erzählt?"

„Den üblichen Tratsch. Bald kam auch seine Frau mit zwei Freundinnen an, die hatten sich richtig aufgebrezelt. Irgendwie hatten die beiden Freundinnen es auf mich abgesehen, ich bin denen aber rechtzeitig entkommen. Ach ja …, Winston hat mich gefragt, was ich im Anschluss an meinen letzten Job vorhabe. Morgen will er mir vielleicht irgendein Angebot machen."

„Und was soll das sein?"

„Hat er noch nicht gesagt, ich denke, sicher nicht auf seine drei Boote aufpassen. Ich habe ihn im Verdacht, dass er sein richtiges Geld mit nicht ganz astreinen Geschäften macht. Mal hören, was er anbietet. Aber ich bin skeptisch, ob das eine saubere Sache ist. Zwar habe ich in der letzten Zeit ganz gut verdient, aber auf Dauer will ich mir mit der Taucherei meine Gesundheit nicht kaputtmachen. Als Hobby ist Tauchen toll, aber professionell kann ich das nicht ewig weitermachen. Gut, wenn bei Winstons Angebot ordentlich was rausspringt, könnte ich das schon gebrauchen."

„Höre dir erst mal alles an, aber lass dich nicht auf was Gefährliches ein. Bei mir wird es morgen auch wieder spät. Harriet von der Rezeption hat sich krankgemeldet. Bei der bin ich mir nie ganz sicher, ob sie wirklich krank ist oder nur einen neuen Lover aufgetan hat. Egal, ich muss morgen für sie einspringen, weil mit der späten Maschine aus London noch eine große Reisegruppe eintrudelt." Joan stand auf, nahm ihr Glas in die rechte Hand und hielt Robert die Linke hin. „Lass uns noch eine Weile auf die Terrasse gehen und die Nachtluft genießen. Morgen soll es wieder heiß werden."

Sie nahmen auf den Liegestühlen Platz. Robert ließ seine Gedanken ins Leere trudeln. Nach einiger Zeit nahm Joan verträumt seine Hand und hielt sie mit leichtem Druck fest, den er erwiderte. Er spürte noch, wie der Druck langsam nachließ. Vor Müdigkeit wurde auch seine Hand schlaff und dann spürte er nichts mehr.

Der neue Tag begann etwas diesig, ein Zeichen, dass sich die gestrige Wettervoraussage auf einen heißen Tag erfüllen sollte. Schon beim Frühstück begann Robert Felden zu schwitzen. Sie waren erst spät aufgestanden, trotzdem fühlte er sich unausgeschlafen. Joan schien auch die größte Hitze nichts auszumachen, sie strahlte morgens immer Frische und Spannkraft aus. Robert hatte ihr einst gesagt, dass sie wie frisch gebügelt aussehe, das war zwar als Kompliment gemeint, kam aber bei ihr nicht so an. Seitdem hielt er sich mit solchen Metaphern bei Komplimenten zurück.

„Joan, wann fährst du heute los? Gestern hat Alma angerufen. Eliza kommt nun in die Schule. Wir müssen uns jetzt entscheiden, welche Schule wir aussuchen. Für ihre spätere Ausbildung und für ein eventuelles Studium ist es wohl notwendig, dass sie in eine Privatschule geht. Das Schulgeld wird mich sicher einiges kosten. Also, ich will heute bei ihr in Bridgetown vorbeischauen und das mit ihr bereden. Ich könnte dich dann zum Hotel bringen und mit dem Wagen gleich weiterfahren."

Eliza war Roberts sechsjährige Tochter, das Produkt einer eher flüchtigen Liebschaft mit ihrer Mutter Alma. Almas unstete Lebensauffassung, ihr Hang zur Verschwendung und ihre Oberflächlichkeit waren die Gründe, warum er es nicht lange mit ihr ausgehalten hatte. Ihre Trennung kam kurz nach Elizas Geburt. Alma lebte jetzt mit einem neuen Partner zusammen, mit dem sie noch einen kleinen Sohn hatte.

Robert liebte seine Tochter, obwohl er sie nur recht selten sah. Nach dem Tod seiner Schwester war sie der Mensch, der seinem Leben Halt gab, mehr noch als Joan. Er hatte daher immer Wert darauf gelegt, seinen Unterhaltsverpflichtungen regelmäßig nachzukommen. Das war ihm aber nicht genug, er wollte ihr auch über die finanzielle Absicherung hinaus ein guter Vater zu sein. Manchmal fragte er sich allerdings, was es bedeute, einer sechsjährigen Tochter, die er kaum kannte, ein guter Vater zu sein.

„Ich muss um elf Uhr da sein, also eine Viertelstunde vorher hier losfahren. Passt das mit der Zeit?“, erkundigte sich Joan.

„Ja, bestens. Ich rufe gleich mal an, dass ich dann gegen halb zwölf dort bin.“ Robert erledigte sein Telefongespräch, er dachte ärgerlich: „Warum muss diese Frau immer quengeln? Das geht mir so auf die Nerven! Was auch passiert, nie ist es ihr recht. Das ist auch der Grund, warum es mir so zuwider ist, sie zu treffen. Aber egal, es muss sein.“

„Und Alma will sicher wieder mehr Geld. Das ist doch immer der Grund, dass sie sich bei dir meldet. Aber okay, ich will dir da nicht reinreden. Das musst du allein entscheiden. Ist ihr Freund auch da – der so eifersüchtig auf dich ist?“

„Ich hoffe nicht. Vor ein paar Monaten hatte er den starken Mann gespielt und wollte mich aus dem Haus werfen. Aus seinem Haus, hat er gesagt. Dabei gehört es Almas Eltern. Und ich hatte damals den Ausbau finanziert. Schließlich hat er mir noch Prügel angeboten. Alma war ganz ängstlich, ist mir nachgelaufen und hat mich angefleht, ich soll das nicht ernst nehmen, er sei betrunken. Aber was mir wichtig ist, Eliza kommt mit ihm ganz gut aus. Wir werden schon irgendwie klarkommen.“

Sie fuhren pünktlich los. Robert setzte Joan am Hotel ab und fuhr nach Bridgetown weiter. Alma erwartete ihn schon. Eliza war in der Vorschule und Almas Freund offensichtlich nicht zu Hause. Alma begrüßte Robert mit einer intensiven Umarmung, als wolle sie durch den Körperkontakt erproben, ob ihre Anziehungskraft noch auf ihn wirkt. „Ach Robert, ich bin ja so froh, dass du da bist. Ohne dich wissen Eliza und ich nicht mehr weiter. Was soll nur aus uns werden?“

„Du hast ja noch Ben. Der weiß sicher, was aus dir noch werden soll.“ Robert antwortete bewusst nüchtern und löste sich aus ihren Armen. Sie bot ihm Kaffee an. „Oder willst du einen Drink?“

„Nein danke, das ist mir zu früh. Ich muss auch noch Auto fahren. Einen Kaffee gerne.“

„Der schöne Toyota da draußen? Der ist sicher teuer. Ist das deiner?“

„Nein, der gehört Joan. Ich habe kein Auto, das weißt du doch.“ Robert wies ihre Anspielung auf seine Finanzkraft gleich zurück.

Alma ging in die Küche und kam mit zwei Bechern Kaffee zurück. „Mit wenig Milch und ohne Zucker. Wie früher.“ Sie lächelte ihn verführerisch an. Robert nahm seinen Kaffee, ohne auf ihren Versuch zu reagieren, Erinnerungen aufzufrischen. „Also, was ist mit der Schule?“

„Gut, ich habe mich bei den Schulen hier in der Umgebung erkundigt, den besten Ruf hat die Sankt-Barbara-Schule hier zwei Straßen weiter. Die staatliche Schule ist nicht gut, große Klassen, keine Disziplin und ein schlechter Unterricht. Die Schule der Methodisten ist auch gut, da muss Eliza aber mit dem Bus fahren, das will ich nicht.“

„Gut, dann will ich gleich mal an der Sankt-Barbara-Schule vorbeifahren und mich noch einmal erkundigen. Was soll die denn kosten?“

„Die Schule geht von morgens acht Uhr bis nachmittags um vier. Die Kinder bekommen ein zweites Frühstück und Mittagessen. Im Monat kostet das vierhundertachtzig Dollars.“

„Da ist eine ganze Menge Geld! Wenn die Kinder dort zu essen bekommen, brauchst du aber weniger Unterhalt.“

„Nein, auf gar keinen Fall. Jetzt kommt Schulkleidung dazu, Eliza braucht ein eigenes Zimmer, sie muss eine Menge Materialien für die Schule haben, im Gegenteil, es wird sogar teurer. Ich brauche mindestens hundert Dollars mehr."

„Kommt nicht in Frage. Ich zahle dir jetzt schon vierhundert Dollars, das wären dann insgesamt neunhundertachtzig! Maximal kann ich dir siebenhundert geben, das ist mein letztes Wort." Robert war aufgestanden. „Ich fahre jetzt zur Schule und schaue sie mir an. Hast du Eliza schon die Schule gezeigt? Will sie denn da überhaupt hin?"

„Ich wollte erst mit dir sprechen."

„Ich melde mich dann bei dir. Kann ich morgen Nachmittag Eliza abholen? Ich könnte mit ihr Eis essen gehen und über die Schule reden."

„Ist in Ordnung, aber nicht vor drei Uhr. Nach dem Mittagessen schläft sie immer, wenn es so heiß ist."

Obwohl nicht angemeldet, empfing die stellvertretende Schulleiterin der Sankt-Barbara-Schule Robert Felden. Er stellte ihr sein Anliegen dar. Sie erläuterte ihm das Schulkonzept und zeigte ihm während eines Rundgangs die Örtlichkeiten. Robert war von der Schule sehr angetan und sagte das auch seiner Gesprächspartnerin.

Nach dem Besuch in der Schule entschloss er sich, noch einen Bummel durch Bridgetown zu machen. Auch wenn der Ort keine Großstadt war, herrschte in der Innenstadt reges Treiben. Bridgetown war ein beliebtes Ziel der Kreuzfahrtschiffe geworden. Daher hatten sich viele Geschäfte für Luxusartikel angesiedelt, deren Angebote mit denen internationaler Großstädte durchaus konkurrieren konnten, allerdings auch mit deren Preisen!

Robert steuerte die romantische Waterfront an, deren Bars und Restaurants bei Touristen und Einheimischen besonders angesagt waren. Auf der Terrasse eines Bistros ließ er sich nach einem skeptischen Blick auf den Himmel nieder. Er wollte vermeiden, dass er sich vor einem der häufigen tropischen Regenschauer ins Innere des Lokals flüchten müsse.

Aber der Himmel war trotz der Schwüle, die im Laufe des Vormittags aufgezogen war, fast wolkenlos.

Robert bestellte ein Thunfischsandwich und ein Bier. Sein Blick verweilte auf den Gästen auf der Terrasse, ohne Mühe konnte er Einheimische und Touristen unterscheiden. Die Einheimischen gaben sich unbekümmert und lebhaft, die Touristen eher zurückhaltend, bisweilen verklemmt. Er hatte den Eindruck, dass viele von ihnen fast schon verzweifelt auf der Suche nach einer Lust am Leben waren, die ihnen unter dem Diktat des profitgeprägten Arbeitslebens der westlichen Welt abhandengekommen war. Robert bezweifelte, dass sie diese Lebenslust zum Preis einer Kreuzfahrt in die Karibik kaufen können. Man musste schon hier leben und Wurzeln fassen, um an der Unbekümmertheit und Heiterkeit der Inseln teilzuhaben.

Als er zum Auto zurückschlenderte, bemerkte er, dass sich die Touristen und die Inselbewohner auch im Gang unterscheiden. Während Erstere – meist ältere Menschen – je nach Körpergewicht entweder steif einherstakten oder schwerfällig watschelten, zeigten die Einheimischen beim Gehen einen Rhythmus, der ansteckte. Obwohl das Gespräch mit Alma, wie erwartet, unerfreulich verlaufen war und die drückende Hitze Robert schwitzen ließ, fühlte er sich beschwingt. Er beschloss, dieses großartige Gefühl zu verlängern und zum Schwimmen an den Strand zu fahren. Nach dem Schwimmen machte er noch einen Spaziergang am Wasser entlang.

Inzwischen hatte die Kraft der Sonne etwas nachgelassen und eine leichte Brise begann, die Schwüle des Tages zu vertreiben. Robert schaute auf die Uhr, es wurde Zeit, den Heimweg anzutreten. Er ging zum Auto zurück und fuhr zum Hotel, wo er Joan in ihrem Büro hinter der Rezeption aufsuchte. „Hallo, Honey, hast du viel zu tun? Lass dich nicht stören, ich wollte dir nur schnell das Auto bringen, damit du heute Abend sicher nach Hause kommst. Ich fahr dann mit dem Sammeltaxi weiter.“

Joan lächelte erfreut, als sie ihn sah. „Oh, schön, dass du kommst. Du störst überhaupt nicht, jetzt ist es gerade etwas ruhiger, der Ansturm kommt erst heute Abend. Na, wie war das Gespräch mit Alma, war es schlimm?“

„Es hätte schlimmer kommen können. Wie du schon gesagt hast, sie wollte wieder mehr Geld. Das wird noch ein längeres Thema werden.“

„Du triffst dich heute Abend mit Winston, bleibt es dabei?“

„Ja doch. Ich will mir zumindest einmal anhören, was er anzubieten hat. Jetzt, da das Schulgeld für Eliza auf mich zukommt, kann ich es mir nicht leisten, mögliche Chancen auszulassen.“ Mit einem Kuss verabschiedete er sich von Joan.

Im Appartement angekommen, loggte er sich ins Internet ein und suchte die Redaktionen englisch- und deutschsprachiger Geschichts- und Geografiezeitschriften heraus. Er formulierte sein Angebot für den geplanten Artikel und schickte es los. „Bin ja gespannt, wer davon reagiert und was die bieten“ war sein abschließender Gedanke.

Da Robert sich beim Schwimmen verausgabt hatte, verspürte er Hunger. Im Kühlschrank war wenig Verlockendes zu finden, daher musste er mit der Dose Thunfisch zufrieden sein, die er im Vorratsschrank fand. „Schon wieder Thunfischsandwich“, ging ihm durch den Kopf, „wenn Joan früher nach Hause kommt, wird mal wieder richtig gekocht. Alleine lohnt es sich ja nicht. Ich hätte mal Appetit auf Flying Fish in einer Marinade mit Ground Spice – so richtig frisch vom Fischmarkt in Oistins.“

Nachdem er gegessen hatte, machte Robert sich auf den Weg zum Sam Lord’s Inn. Ähnlich wie gestern war das Restaurant noch leer, aber an der Bar war schon etwas Betrieb. Winston war noch nicht da. Robert bestellte einen Whiskey Sour. Den Barkeeper kannte er noch nicht, so achtete er darauf, dass dieser die richtige Mischung aus Bourbon, Lemon Juice, Läuterzucker und Eis hinbekam. Erfahrungsgemäß – und Robert hatte

Erfahrungen mit Whiskey Sour – gelang das Kunststück der richtigen Mischung nur wenigen. Mit dem Produkt ihrer gemeinsamen Bemühungen war er aber zufrieden.

Robert hatte gerade den ersten Schluck getrunken, als sich ein neuer Gast auf den Barhocker neben ihm setzte. „Hallo, Robert, wie geht's?", fragte ihn John Ballestro, der Manager der Bankfiliale, die Roberts, aber auch Joans Konten führte. „Im Augenblick gut. Mein Job vor Sankt Lucia ist abgeschlossen, jetzt habe ich mir erst einmal etwas Erholung verdient. Aber ich fange langsam an, mich nach etwas Neuem umzuschauen. Du weißt: wenig Arbeit, viel Geld." John Ballestro lachte. „Wenn du so einen Job gefunden hast, gib mir Bescheid. Ich komme dann auch dahin."

„Sage mal, weißt du, ob Winston Seymour ein neues Projekt ankurbelt? Er wollte mich heute Abend hier treffen und mir eventuell ein Angebot machen." Robert war ernst geworden. „Ich habe läuten hören, dass er ein Auge auf einen Schoner geworfen hat, mit dem er Touristen um die Insel fahren will. Aber das finanzielle Volumen würde seinen Kreditrahmen sicher übersteigen. Aber das ist nur ein Gerücht, etwas Genaues weiß ich nicht." John Ballestro hatte sein Glas ausgetrunken und verabschiedete sich.

Nach einiger Zeit kam Winston Seymour herein. Er begrüßte Robert mit seinem strahlenden Lächeln. Während er auf seinen Drink wartete, redeten die Männer über das Wetter, über die beiden Kreuzfahrtschiffe, die heute in Bridgetown angekommen waren, und über zwei angeheiterte Touristinnen, die in einer Ecke der Bar laut und heftig miteinander diskutierten.

Als Winston Seymour sein Glas in der Hand hatte, trank er einen Schluck und begann: „Ich sagte schon gestern, dass ich vielleicht einen Job für dich habe. Also, es geht um einen Schoner, den ich an der Hand habe, mit dem würde ich gerne Tagestouren für Touristen anbieten. Der fasst gut vierzig Leute. Du sagtest mir gestern, du suchst einen neuen Job, ich habe da eine Idee: Wir könnten die Fahrten auf dem Schoner mit einem Tauchangebot verbinden, das du betreust. Vielleicht sollten wir sogar nach alten Wracks tauchen, die hier vor der Küste liegen. Was meinst du dazu?“

„Hm …? Ich müsste mir das einmal überlegen. Hast du dich schon über den Markt informiert, würde so ein Schiff ausgelastet sein?“

„Wenn wir bei den Hotels und Reisegesellschaften Werbung machen, ganz sicher. Das Problem ist, dass ich die Finanzierung noch nicht zusammen habe. Ich hab einen Partner, der sich beteiligen will und der auch ein Kapitänspatent hat, um den Kahn zu fahren. Aber uns fehlt noch ein dritter Partner.“

„Um welche Summe handelt es sich denn?“

„Hundertzwanzigtausend Dollars, … also, die fehlen uns noch. Aber das ist eine einmalige Chance. Ein sicheres Geschäft … und du brauchst nicht mehr in der Welt umherzugondeln.“

„Ich muss mir das erst in Ruhe überlegen. Zuvor sollten wir uns zu dritt zusammensetzen und eine exakte Investitionsrechnung durchführen. Morgen?“

„Morgen bin ich nicht da. Übermorgen bei mir zu Hause? Sagen wir abends um sieben?“

„In Ordnung.“

Auf dem Rückweg dachte Robert über das Angebot nach. Er war sich nicht im Klaren, was er davon halten solle, dennoch konnte er sich vorstellen, dass die Tätigkeit ihm liege. Dafür sprach weiter, dass er auf Barbados bleiben und das Heranwachsen von Eliza aus der Nähe begleiten könne, und ferner, dass die Verbindung mit Joan dauerhaft werde. Andererseits, Winston Seymour war zwar ein netter Kerl, aber seine Solidität in geschäftlichen Dingen konnte er nicht einschätzen. Den dritten Partner musste er auch erst einmal kennenlernen. Und schließlich hatte er die Summe nicht verfügbar; mindestens hunderttausend Dollars müsse er sich erst noch besorgen.

Somit verschob er seine weiteren Überlegungen auf den Abend, wenn er mit Joan darüber reden konnte. Robert setzte sich an den Computer und begann das Exposé für seinen Artikel.

Wie angekündigt, kam Joan erst spät nach Hause. Der lange Arbeitstag und die Hitze hatten ihr zugesetzt, so dass sie sich erschöpft auf dem Sofa ausstreckte. Robert brachte ihr etwas zu trinken, gegessen hatte sie schon im Hotel. Angesichts ihrer Müdigkeit beschloss er, Winston Seymours Angebot erst am nächsten Morgen mit ihr durchzusprechen. Er beließ es daher bei einer kurzen Schilderung. Joan war ihm dankbar, dass er am gleichen Abend keine Stellungnahme mehr von ihr erwartete.

Joan war trotz des anstrengenden Vortags am nächsten Morgen frisch und gutgelaunt. Robert, der morgens meist Schwierigkeiten hatte, den neuen Tag als Freund zu begrüßen, musste von ihr erst mit einem Kuss und einem heißen Kaffee ins Leben geholt werden. Da Joan auch heute wieder Spätdienst hatte, konnten sie ihr Frühstück in Ruhe ausdehnen.

„Robert, ich habe mir das Angebot von Winston heute Morgen in Ruhe durch den Kopf gehen lassen. Du warst ja wieder so rücksichtsvoll, meine Vorbereitungen für das Frühstück nicht durch zu frühes Aufwachen zu stören.“ Joan konnte durchaus einen Hang zu Ironie entwickeln. „Das Projekt mit dem Schiff klingt eigentlich ganz vernünftig. Du könntest hierbleiben, selbst über deinen Arbeitseinsatz bestimmen und ausgleichen, was Alma bei der Erziehung von Eliza versäumt. Und ich würde mich auch freuen. Den Markt an touristischen Events kann ich ganz gut überblicken, solch ein Projekt hat sicher gute Chancen. Ob Winston ein seriöser Partner ist, kann ich nicht beurteilen. Aber was ist mit dem Geld?“

„Die Summe habe ich nicht, ich will sie auch nicht als Kredit aufnehmen. Schließlich bin ich mit dem Unterhalt von Eliza schon ziemlich gefordert, aber ich habe eine Idee.“

„Wie? Das Geld hast du nicht, Kredit willst du nicht aufnehmen, … willst du eine Bank überfallen?“

„Wenn ich sehe, wie die Banken mit uns umspringen, hätte ich schon Lust dazu. Schließlich hat schon Brecht gesagt, eine Bank zu gründen ist ein schlimmeres Verbrechen, als eine Bank zu berauben.“

„Wer ist Mister Brecht? Muss ich den kennen?“

„Nein, Honey, den musst du nicht kennen. Der war ein großer deutscher Dichter und ein Kommunist. Er hat wie wenige andere aufgezeigt, was der Kapitalismus mit den Menschen so alles anrichtet. Aber lassen wir ihn ruhen. Also, eine Bank will ich nicht ausrauben, nein. Ich habe dir doch erzählt, dass meine Schwester bei ihrem Tod ein ziemliches Vermögen hinterlassen hatte. Ich war damals in Mexiko und konnte dort nicht weg. Ihr Mann hatte mir eine Kopie ihres Testaments geschickt, gemäß dessen war er der Alleinerbe. Im Laufe der Zeit sind mir ziemliche Zweifel gekommen, dass sie mir nichts hinterlassen hat, wir standen uns sehr nahe. Sie fühlte sich immer für mich, ihren kleinen Bruder, verantwortlich. Sie hatte auch mehrmals erwähnt, dass sie mich in ihrem Testament bedacht habe. Wir hatten auch nie einen Streit oder ein Zerwürfnis, das für sie Anlass hätte sein können, ihre Meinung zu ändern. Ich wollte in nächster Zeit ohnehin nach Deutschland, dann werde ich der Angelegenheit mal nachgehen.

Meinem Schwager traue ich nicht über den Weg, der ist ein Schwein. Charlotte hat ihm die letzten Semester seines Studiums und seine Promotion finanziert. Sie hat das Haus angeschafft, sein Auto, später auch das Ferienhaus. Mit ihrer gutgehenden Steuerberatung hat sie immer viel mehr verdient als er. Und selbst? Er hat nie auf sie Rücksicht genommen. Charlotte hatte mal angedeutet, dass er sie sogar mit einer Studentin betrogen habe. Ich halte den durchaus für fähig, ein Testament zu fälschen. Ich werde ihm so lange zusetzen, bis er mir meinen Anteil gibt.“

„Wenn sie aber das Testament wirklich so geschrieben hat, was dann?“ Robert hatte sich in Rage geredet, ein langjähriger Groll brach sich Bahn. „Das kann sie gar nicht so geschrieben haben. Ich weiß das einfach und lass mich nicht davon abbringen. Er muss zahlen.“

Joan wusste, dass Robert stur sein konnte. Ja, mehr noch, er konnte rücksichtslos vorgehen, wenn er sich erst einmal in ein Ziel verbissen hatte. Sie antwortete nicht. Wortlos ließ sie das Thema im Raum stehen.

Konkurrenz

„Der Verband hätte die Randbedingungen für die Ausschreibung schon konkreter fassen können. Ich habe immer das Gefühl, dass ich nur orientierungslos herumschwimme." Carmen Teves von der Beratungsfirma „Tourkonzept" schaute vorwurfsvoll in die Runde.

Die Firma bestand außer ihr noch aus ihrem Kollegen Gerard Sommer und den Professoren Hagen Cornelis und Leonhard Fasthoff von der Hamburg University of Trade, Tourism and Traffic, die als externe Berater die Projektgruppe ergänzten. Ihre Aufgabe bestand darin, einen Projektantrag zu erarbeiten, mit dem „Tourkonzept" sich um den Auftrag der Entwicklung eines Konzeptes zur Förderung des Tourismus an der Westküste Schleswig-Holsteins bewerben wollte. Dieser Auftrag war vom Touristikverband Westküste, einem Zusammenschluss von Gebietskörperschaften im Westen Schleswig-Holsteins, ausgeschrieben worden.

Gerard Sommer hob begütigend die Hand. „Carmen, guck uns doch nicht so böse an, wir können doch auch nichts dafür. Unseren Konkurrenten wird es genauso gehen, die wissen auch nicht mehr. Ich glaube sogar, dass auch die Auftraggeber nicht so recht wissen, was sie eigentlich wollen. Es ist immerhin gut, dass wir zwei erfahrene Fachleute wie Herrn Cornelis und Herrn Fasthoff dabeihaben. Wir müssen eben ein paar zündende Ideen entwickeln, mit denen wir uns von den Wettbewerbern abheben."

Hagen Cornelis nahm den Faden auf: „Der Kollege Fasthoff hat schon das Thema ‚Natur' angesprochen und einige Gedanken skizziert, wie man das durch Marketingmaßnahmen den potentiellen Besuchern der Westküste nahebringen könne. Ich schlage vor, dass wir hieran erst einmal weiterarbeiten. Die geschichtliche Vergangenheit der Gegend ist ja nicht – wie sage ich das mal vorsichtig? – weltbewegend. Auch architektonische Wunderwerke sind eher selten. Also: Meer, Wattenmeer, Küsten- und Naturschutz, Vogelwelt, das müssen wir vermarkten!“

„Wir sollten aber auch die regionalen Unterschiede der Westküste beachten. Ich denke daran, dass wir für den Norden die friesische Kultur beziehungsweise Sprache herausstellen.“ Fasthoff führte das Thema weiter. Die Runde vertiefte sich in die Diskussion und stellte eine Reihe von Maßnahmen zur Konkretisierung ihres Grundansatzes eines naturzentrierten Konzeptes zusammen. Nach drei Stunden beendeten sie ihre Arbeitssitzung. Hagen Cornelis hatte den Auftrag bekommen, für die nächste Zusammenkunft Überlegungen zur Befragung von Touristen und zur Auswertung der Ergebnisse durch die Datenverarbeitung vorzulegen. Sie stimmten einen Termin für ihr nächstes Treffen ab und brachen auf.

Hagen Cornelis und Leonhard Fasthoff gingen gemeinsam zur nächsten U-Bahn-Station. Nachdem sie einen Teil des Weges schweigend zurückgelegt hatten, verlangsamte Fasthoff den Schritt. „Wenn wir nur wüssten, wer in der Jury sitzt, die die Auswahl trifft, dann könnte man das Konzept so zuschneidern, dass die Vorlieben der Mitglieder dieser Jury passgenau eingearbeitet werden.“

„Ich glaube, Frau Teves hat ziemlich gute Verbindungen zu dieser Gegend. Stammt sie nicht aus Bredstedt? Soll ich sie mal anrufen, ob sie die Besetzung der Jury herausbekommt?“

„Ja, tun Sie das. Je eher wir das wissen, desto besser können wir uns darauf einstellen.“ Die Herren trennten sich, da sie in verschiedene Richtungen fuhren.

Als Hagen Cornelis nach Hause kam, rief er gleich Carmen Teves an und übermittelte ihr die Bitte, die Besetzung der Jury in Erfahrung zu bringen. Sie sagte zu, sich darum zu kümmern, und deutete an, dass sie einige Quellen habe, die sie zu diesem Thema anzapfen könne.

Drei Tage später traf sich die Gruppe wieder, um die Ausschreibung weiter zu bearbeiten. Hagen Cornelis legte seinen Vorschlag zur empirischen Erhebung der Wünsche von Touristen vor, die mit der an der Hochschule vorhandenen Software ausgewertet werden könne. Nach eingehender Diskussion wurde sein Vorschlag mit geringfügigen Ergänzungen angenommen.

Als dieses Thema abgeschlossen war, holte Carmen Teves einen Zettel hervor, den sie bedeutungsvoll aus dem Tisch ausbreitete und glatt strich. „Herr Cornelis hatte mich gebeten, in Erfahrung zu bringen, wer in der Jury sitzt, die die Bewerbungen begutachtet und eine Empfehlung an den Verband erarbeitet. Fragen Sie mich aber bitte nicht, woher ich diese Informationen habe. Also, Mitglieder der Jury sind: Cosima Bernstädt, Bernward Börnsen, Harriet Imhoven, Jens-Jacob Lüdersen und Gregor Sotter. Wenn Sie wünschen, kann ich Ihnen zu den einzelnen Personen noch einige weitere Auskünfte geben." Sie schaute selbstzufrieden umher.

Hagen Cornelis sah ungläubig auf. Auch Leonhard Fasthoff schaute verdutzt. Carmen Teves und Gerard Sommer blickten ihre Gesprächspartner erstaunt an. „Was ist? Sie schauen beide so überrascht aus. Kennen Sie die Jury-Mitglieder? Ach so, einer ist ja sogar ein Kollege von Ihnen."

Carmen Teves war nun ihrerseits über die Reaktionen überrascht. „Das ist es ja gerade. Wir sollten davon ausgehen, dass Kollegialität nicht zu seinen herausstechenden Eigenschaften gehört. Nein, Busenfreunde sind wir bestimmt nicht." Hagen Cornelis schüttelte nachdenklich den Kopf. „Wenn der herausbekommt, dass wir mit im Boot sitzen, haben wir vielleicht schlechte Karten. Aber das wird sich nicht vermeiden lassen."

Nach der Verabschiedung von Carmen Teves und Gerard Sommer machten sich Leonhard Fasthoff und Hagen Cornelis auf den Heimweg. Nach wenigen Metern verhielt Ersterer den Schritt und machte sich mit einem Räuspern bemerkbar. „Herr

Cornelis, Sie haben meines Wissens ja kein gespanntes Verhältnis zu Sotter.“ Fasthoff schaute Hagen Cornelis direkt an. „Ich habe sogar den Eindruck, dass Sie einer der wenigen sind, die er respektiert. Das Beste dürfte sein, ganz offen mit ihm zu reden. Das könnten am besten Sie.“

„Und was soll ich ihm sagen, dass wir auch an dem Wettbewerb teilnehmen? Das erfährt er doch sowieso.“

„Aber er ist eitel. Man könnte versuchen, ihn in ein Gespräch zu ziehen, wie der Region am besten geholfen wird, den Tourismus anzukurbeln …, an seine fachliche Kompetenz appellieren, seine Erfahrungen bewundern. Na, Sie wissen schon, was ich meine.“

„So blöde kann er aber gar nicht sein, dass er nicht merkt, dass wir ihn aushorchen wollen.“

„Nein, sicher ist er nicht so blöde, aber so eitel, dass er sich trotzdem darauf einlassen wird. Sie kennen ihn doch auch.“ Cornelis teilte Fasthoffs Einschätzung und stimmte zu, in den nächsten Tagen ein Gespräch mit Sotter zu suchen.

Als Hagen Cornelis zwei Tage darauf Sotter zufällig auf dem Flur traf, sprach er ihn an: „Herr Sotter, haben Sie ein paar Minuten Zeit für mich?“

„Lieber Herr Kollege, für Sie doch immer“, gab sich Sotter jovial und öffnete ihm die Tür zu seinem Büro, „nehmen Sie bitte Platz. Um was geht es denn?“

„Ich habe gehört, dass Sie in die Jury des Tourismusverbandes Westküste berufen worden sind.“

„Ja, das passiert immer wieder, dass man mich als Gutachter benötigt“, bestätigte Sotter mit einer gewissen Selbstgefälligkeit. Gleich darauf allerdings druckste er mit einem Anflug von Misstrauen. „Warum sind Sie daran interessiert?“

„Kollege Fasthoff und ich sind von einem der Bewerber der Firma „Tourkonzept“ angesprochen worden, als Berater in das Projekt einzusteigen. Den Nebentätigkeitsantrag bekommen Sie in den nächsten Tagen von uns.“ Sotters Gesichtszüge drückten Überraschung aus. „Wie umfangreich würde denn Ihre Mitwirkung werden? Werden denn Ihre Aufgaben hier in der Hochschule nicht darunter leiden?“

Hagen Cornelis dachte bei sich: „Hast du denn für deine Tätigkeit als Gutachter in der Jury überhaupt einen Nebentätigkeitsantrag gestellt?“ Laut sagte er: „Nein, das ist kein Problem. Wir nehmen nur beratend an einigen Sitzungen zur Vorbereitung des Antrags teil. Die eigentliche und aufwendige Ausarbeitung erledigen die Mitarbeiter der Beratungsfirma.“

„Dann dürfte die Genehmigung der Nebentätigkeit ja kein Problem sein. Wie Sie wissen, unterstütze ich die Kollegen gerne dabei, ihre Kompetenz auch der Praxis zugutekommen zu lassen, sie dürften aber auf ziemliche Konkurrenz treffen. Meines Wissens haben fast zwanzig Interessenten die Ausschreibungsunterlagen für das Projekt angefordert. Die Abgabefrist läuft ja nicht mehr lange. Wie weit sind Sie denn mit Ihrem Konzept?“, fragte Sotter leutselig-kollegial nach.

„Auf erste inhaltliche Eckpunkte und auf die Ablaufstruktur der Untersuchung haben wir uns schon geeinigt.“ Hagen Cornelis schaute Sotter mit einem fast schon spitzbübischen Lächeln an. „Einerseits begrüße ich es, dass Sie der Jury angehören, aber andererseits hätte ich gerne Ihre Meinung zu einigen Punkten gehört, da Sie ja breite Erfahrungen in der Tourismusbranche haben und auch an der Westküste fast schon zu Hause sind. Aber ich respektiere selbstverständlich, dass Sie sich als Jurymitglied mit Meinungsäußerungen zum Thema der Ausschreibung zurückhalten müssen.“ Hagen Cornelis musste sich zügeln, um Sotter nicht noch mehr mit unechten Komplimenten zu schmeicheln.

Wider Erwarten zeigte seine Strategie Wirkung, Sotter ging auf seine Bemerkungen ein. „Da haben Sie natürlich Recht. Ich darf mich zu dem Projekt gegenüber Bewerbern um die Ausschreibung nicht äußern. Aber lassen Sie doch mal hören!“

Hagen Cornelis gab eine grobe Übersicht über ihren Projektvorschlag. Sotter deutete mit behutsamem Nicken des Kopfes Zustimmung an. „Das klingt alles sehr sinnvoll, besonders dass Sie nicht nur das traditionelle Familienpublikum, sondern auch junge Leute als Zielgruppe ins Auge fassen. Aber mehr darf ich nicht dazu sagen, wie Sie ja wissen."

„Ich danke Ihnen jedenfalls, dass Sie mich angehört haben. Und – wie schon gesagt – unsere Nebentätigkeitsanträge bekommen Sie in den nächsten Tagen." Hagen Cornelis verabschiedete sich.

„Hoffentlich habe ich nicht zu sehr geschleimt, es war mir fast schon peinlich", schoss es ihm durch den Kopf, als er wieder in seinem Büro war. Dennoch war er zufrieden, wie das Gespräch gelaufen war. Sotter war nun informiert, dass sie sich an der Ausschreibung beteiligten, und er hatte eine positive Einschätzung ihres Projektvorschlages signalisiert.

Schock

Der Himmel über Föhr hatte aufgeklart. Einige Wolkenfetzen erinnerten an den Regen der letzten Nacht, der das Grün der Fennen in der Oevenumer Marsch aufgefrischt hatte. In der Morgensonne glitzerten Regentropfen auf den Blättern in den Vorgärten der Friesenhäuser von Oevenum und ließen darauf hoffen, dass die sommerliche Hitze der letzten Tage abklingen werde. Einige Urlauber hatte es zum Frühstück aus ihren Ferienwohnungen auf die Terrasse oder in den Garten gezogen, nachdem die frühmorgendliche Bettflucht ihrer Sprösslinge der elterlichen Nachtruhe ein jähes Ende bereitet hatte. Auch beim Bäcker ging es bereits lebhaft zu. Dennoch lag eine Stimmung von Behaglichkeit über dem Ort, die die Schritte von Urlaubern und Einheimischen verlangsamen ließ und zu einem Klönsnack auf der Straße einlud.

Auch Henni Jansen hatte es nicht eilig, sie war heute etwas früher dran als sonst. Dreimal in der Woche erledigte sie die Hauswirtschaft im Ferienhaus von Professor Gregor Sotter, wenn dieses belegt war – so auch am heutigen Montag. Zwar war ihr Arbeitgeber ein Frühaufsteher, der bei ihrem üblichen Arbeitsbeginn um acht Uhr dreißig meist schon sein Frühstück beendet hatte. Anders, wenn er in Damenbegleitung auf Föhr war, dann fand sie ihn und seine jeweilige Favoritin häufig noch am Frühstückstisch vor.

Diesmal war Gregor Sotter jedoch allein gekommen, das heißt nicht allein, aber ohne exklusiven weiblichen Anhang. Am Samstag und Sonntag waren einige Kolleginnen und Kollegen aus der Universität bei ihm zu Gast, die aber anderswo untergebracht waren. Sie hatten sich zusammengefunden, um fernab ihrer Alltagsumgebung ungestört zu beraten und zu arbeiten. Eine „Klausur“ hatte ihr Brötchengeber das genannt. Bisher war so etwas noch nicht vorgekommen und Henni Jansen fragte sich, ob Klausur nur eine Umschreibung für irgendeine neue Art von Party war. Heutzutage konnte man ja nie wissen, was die Auswärtigen so alles in ihren Ferienhäusern veranstalteten. Aber es war auf jeden Fall das erste Mal, dass Gregor Sotter nicht nur in Begleitung einer einzelnen weiblichen Person, sondern einer ganzen Gruppe auf der Insel war. „Hoffentlich haben sie aus dem Haus keinen Saustall gemacht“, dachte Henni Jansen, bevor sie an der Haustür klingelte, um sich bemerkbar zu machen. Nichts rührte sich. „Er müsste eigentlich schon wach sein“, erinnerte sie sich an Sotters morgendliche Gepflogenheiten, „normalerweise ist er um diese Zeit ja schon mit dem Frühstück fertig. Na, vielleicht hat ihn diese ‚Klausur‘ aus seinem Rhythmus gebracht.“

Sie holte ihren Schlüssel heraus und öffnete sich die Tür. „Herr Professor! Ich bin es, Henni Jansen!“ Mit lauter Stimme rief sie in das Haus hinein, um sicherzustellen, dass sie ihn nicht in einer peinlichen Situation – zum Beispiel in liebevollem Gerangel mit einem weiblichen Gast – überraschte. Keine Antwort. „Na, dann ist er wohl schon unterwegs und ich hab hier wenigstens freie Bahn“, murmelte sie. Ein erster Blick in die Küche zeigte ihr, dass tatsächlich eine Anzahl von Gästen im Hause gewesen sein musste: Tisch und Ablageflächen waren mit Gläsern und Geschirr vollgestellt, leere Bier-, Wasser- und Saftflaschen standen auf dem Boden und ein abgestandener Geruch lag im Raum. „Gott sei Dank haben die hier nicht gegessen, von den Kekskrümeln einmal abgesehen“, beruhigte sie sich.

Henni Jansen öffnete die Tür zum Wohnraum. Dieser wies ebenfalls Spuren einer intensiven Nutzung durch eine ganze Schar von Gästen auf. Sie lief in die Küche und holte schnell ein Tablett von dort, um auch hier Gläser und Geschirr abzuräumen.

Die Tür zum Arbeitszimmer war nur angelehnt. Um sicherzugehen, auch alle Überreste des Wochenendbesuchs zu beseitigen, stieß sie die Tür ganz auf. Als sie die Schwelle überschreiten wollte, überkam sie ein Schock. Mit angehobenem Fuß blieb sie wie versteinert stehen: Gregor Sotter saß – nein lag – über seinem Schreibtisch. „Er kann doch so nicht eingeschlafen sein! Was ist mit ihm passiert? Ein Schlaganfall? Ist er tot?“ waren ihre ersten Gedanken. Sie wollte irgendwas sagen, aber sie merkte, wie ihr die Stimme versagte.

In der schweren Stille des Raumes hörte sie nur ihr eigenes Stöhnen. Ihre Beine fühlten sich schwer wie Blei an, als sie sich zwang, einige zögerliche Schritte zu dem Opfer hinzugehen.

„Naan, uu naan! Am hemelswalen![1]“, schrie es aus Henni Jansen heraus, als sie ein großes Messer erblickte, das durch ein Stück Papier in Gregor Sotters Rücken hineingestoßen war. Ihr nächster bewusster Gedanke war: „Wie bin ich hier in die Küche auf diesen Stuhl gekommen?“ Die wenigen Sekunden ihres Rückzuges aus dem Grauen des Arbeitszimmers waren aus ihrem Gedächtnis gelöscht.

Sie atmete einige Male kräftig durch. Als ihr Blick auf eine Flasche Single-Malt-Whisky fiel, griff sie danach und nahm einen kräftigen Schluck. „Uk wan't nian kööm as – beeder üüs niks“, begann sie halblaut ein Selbstgespräch. „Oober wat skal ik nü du? A dochter uun Madlem uunrep? A kraankenwaanj? Of a politsei? As'r eentelkrocht woor duad? Ik mut diar wel noch ens weler iin an efterluke.“[2] Schwerfällig erhob sich Henni Jansen.

Die Tür zum Arbeitszimmer war zugefallen. Voller Anspannung drückte sie die Klinke herunter und trat in den Raum. Während sie auf Sotter zuging, sich zu ihm beugte und ihn erst

---

[1] Nein, oh nein! Um Himmels willen!

[2] „Ist zwar kein Köm, aber besser als nichts. Aber ich muss jetzt was tun. Den Doktor in Midlum anrufen? Den Rettungswagen? Oder die Polizei? Ist er wirklich tot? Ich muss da wieder rein und Gewissheit haben.“

leicht, dann stärker schüttelte, kam es ihr vor, als sei es nicht sie, sondern eine ganz andere Person, die da handelte.

Sotter rührte sich nicht. Als Henni Jansen seine Wange berührte, war diese ganz kalt. Wie im Nebel ging sie zum Telefon im Wohnraum und rief die Polizei an.

*

Friederichsen wurde die Gedanken nicht los, die ihn seit dem Frühstück beschäftigten: Carola, seine Frau, hatte ihn nun schon zum wiederholten Mal aufgefordert, sich zu entscheiden, entweder würde ihr alter Toyota noch einmal gründlich überholt oder er gehe auf das Angebot des örtlichen Toyota-Händlers ein und schaffe sich den einjährigen Corolla an. Der könne ja auch gut zu ihrem Namen passen. Aber bringe der alte Wagen noch mehr als den Schrottwert ein? Das Telefon riss ihn aus seinen Überlegungen. „Friederichsen, Polizeiwache Föhr", meldete er sich.

„Heer as Henni! Henni Jansen. Jam skel üüb steed kem. Heer as hoker duad, rocht duad. Uu hauaha!"[3]

Friederichsen mit polizeilicher Akribie und langjähriger Erfahrung mit den einheimischen Föhrern: „Sind Sie die Henni Jansen aus Oevenum? Nun noch mal ganz langsam, wo sind Sie und wer ist tot?"

„Ja, ja, det san ik. A prufeser as duad, Sotter het'r. Uun sin feerienhüs uun Ööwenem, uun a Buurnstraat."[4]

---

[3] „Hier ist Henni! Henni Jansen. Ihr müsst sofort kommen. Hier ist einer tot. Also ganz tot. Oh Gott!"

[4] „Ja doch, das bin ich. Tot ist der Professor, Sotter heißt der. In seinem Ferienhaus in Oevenum, in der Buurnstraat."

Friederichsen erinnerte sich des Hauses. „War der Arzt schon da? Der muss ihn erst einmal untersuchen und feststellen, woran er gestorben ist. Wo ist denn seine Familie? Wenn die nicht bei ihm ist, sollte die zunächst benachrichtigt werden. Das ist aber alles keine Sache der Polizei."

„As at dach al. Hi hee nemelk en knif uun a rag stegin."[5]

Friederichsen fuhr zusammen. Das konnte nicht sein, nicht auf Föhr! Ein Mord – und dann noch mit einem Messer erstochen. „Frau Jansen, ist er auch ganz sicher tot? Wie konnten Sie das feststellen?"

„Ik haa ham sködet an bi sin schuuken fääld, jo wiar ganz kuul."[6]

„Gut – oder vielmehr gar nicht gut. Bleiben Sie im Haus und fassen Sie nichts an. Wir sind sofort da."

Friederichsen sprang auf und rief dem Leiter der Polizeiwache im Nebenraum zu: „Henning, komm rüber. Wir müssen sofort nach Oevenum, eine Henni Jansen hat einen Mord gemeldet." Friederichsen lief voraus, startete den Dienstwagen und streckte seine Hand aus, um die Sirene anzustellen. Beim Einsteigen stoppte ihn Henning Lürrsen: „Mensch, auf keinen Fall mit vollem Orchester. Die Insel wimmelt von Touristen, die wollen wir nicht aufscheuchen. Wir halten das alles erst einmal unterm Deckel." Lürrsen konnte seinen Kollegen aber nicht daran hindern, wenigstens mit durchdrehenden Reifen einen Kavaliersstart hinzulegen.

Friederichsen informierte Lürrsen über den Anruf von Henni Jansen. Auf der Fahrt rief Lürrsen den Notarzt an, der zusagte, sofort am Tatort zu erscheinen.

Der sonnige Morgen hatte bereits Scharen von Urlaubsgästen auf die Fahrräder gelockt, die Friederichsen schwungvoll über-

---

[5] „Doch, ist es. Der hat nämlich ein Messer im Rücken stecken."

[6] „Ich habe ihn gerüttelt und sein Gesicht ist ganz kalt."

holte. „Ob wohl ein Mord auf der Insel die Gäste verängstigt oder eher eine prickelnde Unterbrechung des Urlaubseinerleis darstellt?“, Lürrsen war sich nicht sicher. Aber Mord als gruselige Touristenattraktion mochte vielleicht zu Ciudad Juárez, aber auf keinen Fall zu Föhr passen.

Nach wenigen Minuten waren sie angekommen. Vor dem Haus war alles ruhig. Henni Jansen hatte sich anscheinend an Friederichsens Anweisungen gehalten und sich nicht aus dem Haus gerührt. Lürrsen ging voran und klopfte laut an die Haustür. Henni Jansen öffnete mit einem Glas in der Hand. Offensichtlich hatte ein weiterer Whisky als Therapie gegen ihren Schrecken gedient. Mit einem „Bin ich aber froh, dass ihr endlich kommt“ öffnete sie und zeigte auf die Tür zum Arbeitszimmer.

Die beiden Polizeibeamten betraten den Raum und nahmen den Toten in Augenschein. „Ja, Frau Jansen hat Recht, das war Mord.“ Lürrsen war zwei Schritte von der Leiche zurückgetreten. „Da wird auch die Spurensicherung viel zu tun haben. Wenn der Doktor da gewesen ist, müssen wir die Mordkommission in Husum benachrichtigen“.

Wie verabredet, erschien auch schon der Notarzt. Lürrsen winkte ihn heran und zeigte auf den Toten. Doktor Wensky erfasste die Situation mit einem Blick. „Das ist nicht wahr! Oder?“ war sein erster Kommentar, dann unterzog er das Opfer einer kurzen Untersuchung. „Das sieht ziemlich klar aus, der Mörder hat zweimal zugestochen, einmal hat das Messer das Herz getroffen, der zweite Stich ging knapp neben das Herz. Er war auf jeden Fall gleich tot. Auch im Gesicht scheint er was abbekommen zu haben, schauen Sie mal, hier auf der rechten Wange, diese Abschürfung mit einer Druckstelle. Kann aber auch beim Aufprall des Kopfes auf die Tischplatte entstanden sein. Mehr kann ich Ihnen zurzeit nicht sagen. Aber er wird ja sicher noch obduziert.“

„Wann war denn der Todeszeitpunkt?“ Doktor Wensky wiegte leicht mit dem Kopf. „Das ist nicht ganz einfach zu sagen. Heute Nacht war es recht warm. Sagen wir einmal, mehr als sechs Stunden ist er auf jeden Fall schon tot, aber auch kaum länger als zehn Stunden.“

„Also zwischen dreiundzwanzig und drei Uhr?“

„Ja, so ungefähr. Vielleicht aber schon ab zweiundzwanzig Uhr.“

Lürrsen griff mit nachdenklichem Gesicht zum Handy und setzte den Polizeiapparat in Gang.

*

Kriminalhauptkommissar Ludwig Mommsen schlürfte an seiner Toten Tante, seinem gewohntem Getränk auf der Fähre der W.D.R, der Wyker Dampfschiffs-Reederei, von Dagebüll nach Wyk auf Föhr, das eigentlich eher in das Winterhalbjahr passte. Im letzten Jahr hatte er die Fahrt häufiger gemacht, seit die Beziehung zu Cosima Bernstädt intensiver geworden war. In der Zeit nach seiner Scheidung – oh Gott, das war nun auch schon acht Jahre her! – hatte er sich in seinen Beruf wie in einen Kokon zurückgezogen. Im vorigen Sommer dann bei seiner ersten Morduntersuchung auf Föhr die Begegnung mit Cosima, die als Malerin in Nieblum wohnte. Ihre spontane Unbedingtheit, ihr neugieriger Blick auf ihre Umwelt und ihre Mitmenschen sowie ihre sensible Intelligenz hatten ihn angezogen. Es war ihr gelungen, ihn aus seinem Kokon herauszuholen.

Die Besuche bei Cosima waren aber auch Begegnungen mit seinem anderen Ich, das der Vielfalt künstlerischer Gestaltung zumindest nachspüren konnte. Ludwig Mommsen war kein Künstler, wollte auch keiner sein, aber er war fasziniert von der Mannigfaltigkeit, in der Kunst ihm neue Erlebniswelten erschloss. Und Cosima Bernstädt war die anregende Weggefährtin durch diese neuen Welten.

Diesmal jedoch war Mommsen dienstlich unterwegs. Dirk Schön, sein gewohnter Teamkollege, war im Urlaub. Statt seiner war Caroline Hositz, eine frischgebackene Kommissarin, mitgekommen, die ihr burschikoses feministisches Gebaren häufig dadurch kompensierte, dass sie ihrer Umwelt einen offenherzigen Blick auf das ausgiebige Dekolleté ihrer üppigen Oberweite darbot. Seit sie vor drei Monaten seinem Team zugewiesen worden war, hatten sich die Besuche männlicher Kollegen in den Räumen seiner Abteilung merklich gesteigert. Caroline Hositz war eine begehrte Augenweide geworden.

Mommsen hatte sich schon seit Längerem vorgenommen, mit ihr über die Möglichkeit eines dezenteren Outfits zu reden. Heute jedoch war sie strenger gekleidet und in einem dunklen Blazer und hochgeschlossener Bluse erschienen. So wirktc sic reifer und ihr Bemühen um ein professionelles Auftreten überzeugender. Auch wenn sie zuweilen wie ein bunter Vogel daherkam, Mommsen hatte ihr Engagement, ihre systematische Arbeitsweise und ihre schnelle Auffassungsgabe schätzen gelernt. Er ließ seinen Blick über seine beiden männlichen Begleiter schweifen. Schröder und Mohnberg waren zwei langjährige Kollegen der Spurensicherung, die in ihrem Berufsleben viele schockierende Situationen durchgestanden hatten und ihr Handwerk verstanden. Mommsen hatte gelernt, ihnen zu vertrauen.

Schröder genoss – den Kopf in eine Hand gestützt – den Anblick der Halligen, die wie Träume von ferner Heimat auf dem spiegelnden Wasser der Nordsee vorbeizuschwimmen schienen. Mohnberg war in den Sportteil seiner Zeitung versunken. Während Caroline Hositz angesichts ihrer erst zweiten Mordermittlung eine leichte Unruhe anzumerken war, verbreiteten die beiden Kollegen eine Atmosphäre der Gelassenheit. Mommsen selber gab sich ebenfalls gelassen, spürte in sich aber eine Anspannung, die ihn bei Beginn einer neuen Untersuchung regelmäßig überkam.

Es war ihm bewusst, dass eine Mordermittlung ihn nicht nur mit einem abstrakten „Fall“ konfrontierte, dessen Lösung in der rationalen Eliminierung von Personen bestand – ähnlich einem Schachspiel, bei dem am Ende der König in die Ecke gedrängt und schachmatt gesetzt wurde. Die Aufklärung eines Mordes sog ihn auch in Verstrickungen menschlicher Beziehungen hinein, die oft in ihm ein Wirrwarr von Gefühlen hervorriefen, der von Abscheu über Mitleid bis hin zur Identifikation mit Opfern – zuweilen aber auch mit Tätern – reichen konnte. Es war ihm aber meist gelungen, seine emotionalen Anwandlungen zu sortieren und in den Griff zu bekommen.

Der Anruf von Henning Lürrsen, dem Leiter der Wyker Polizeiwache, hatte ihn erreicht, als er gerade aus der Dienstbesprechung der Dezernatsleiter gekommen war, die regelmäßig zu Wochenanfang stattfand. Lürrsen hatte ihn in seiner ruhigen, sachlich-knappen Art, die er schon von früherer Zusammenarbeit mit ihm schätzte, ins Bild gesetzt. So wie er ihn verstanden hatte, war das Opfer, ein Professor Sotter, mit einer ganzen Schar von Leuten zusammen gewesen. Es war also mit komplizierten Ermittlungen zu rechnen.

Der Kellner, ein junger Mann mit einem Akzent, der irgendwie osteuropäisch und aber auch bayerisch klang, kam mit der Rechnung, die er in ungewohnt freundlicher Weise kommentierte. In einer Anwandlung von Großzügigkeit übernahm Mommsen auch die Kosten für die Getränke seiner Begleitung.

Sie standen auf und drängten sich durch die Scharen von Touristen, die sich kurz vor der Ankunft in Wyk in den Gängen stauten, auf das Autodeck. Sie waren in zwei Dienstwagen gekommen, da Schröder und Mohnberg vorhatten, noch am gleichen Tag zurückzufahren. Zudem war der Wagen der Spurensicherung mit deren Ausrüstung beladen, so dass für vier Personen ohnehin kein Platz gewesen wäre.

Mommsen hatte mit Lürrsen vereinbart, dass dieser auf sie in der Parkbucht des W.D.R-Gebäudes auf der Mole warten werde, damit sie ohne weiteren Aufenthalt gleich zum Tatort in Oevenum fahren könnten. Lürrsen machte sich mit einem kurzen Winken bemerkbar und stieg zu Mommsen und Caroline Hositz in den Wagen.

„Herr Lürrsen, schön, dass wir uns wiedersehen, wenn auch der Anlass ja berufsbedingt weniger schön ist. Darf ich Sie mit der Kollegin Hositz bekanntmachen? Frau Hositz ist seit Kurzem bei uns in der Abteilung und wird zusammen mit uns die Ermittlungen vornehmen. Ich darf doch annehmen, dass Sie wieder mit uns zusammenarbeiten?"

Lürrsen schüttelte beiden die Hand. Mit einem Anflug von Charme, den Mommsen an ihm noch nicht kannte, lächelte er Caroline Hositz an. „Selbst wenn das nicht schon vorher klar gewesen wäre, jetzt, da ich weiß, dass eine solch reizende Kollegin mit von der Partie ist, würde ich mich darum reißen."

Mommsen beendete Lürrsens beginnende Charmeoffensive mit der nüchternen Frage nach Erkenntnissen über die Person des Opfers. „Das Opfer heißt Gregor Sotter, ist ein Professor aus Hamburg und hat hier in Oevenum seit ein paar Jahren ein Ferienhaus. Im Haus war er jetzt alleine. Über seine Familie ist noch nichts bekannt. Ich habe Henni Jansen gebeten, auf uns zu warten. Henni ist seine Zugehfrau hier auf Föhr, die ihn heute Morgen gefunden hat, Sie können sie dann gleich befragen, ob sie mehr über seine familiären Verhältnisse weiß. So, gleich rechts ab, dann die nächste Straße links. Das Haus da, mit dem Friesenwall."

Sie stiegen aus und betraten das Haus. Henni Jansen saß, umgeben von schmutzigen Gläsern und ungespültem Geschirr, mitten in der Küche. Sie drehte unruhig ein leeres Glas in der Hand. Friederichsen, der ihr Gesellschaft leistete, hatte wohl unterbunden, dass sie durch weiteren Zugriff auf die Whiskyflasche ihre Vernehmungsfähigkeit beeinträchtige.

Mommsen begrüßte kurz Henni Jansen und stellte seine Begleiter vor. Lürrsen öffnete die Tür zum Arbeitszimmer und zeigte auf die Leiche. Mommsen und Caroline Hositz betraten den Raum, blieben aber vor dem Schreibtisch stehen. Über eine Minute verharrte Mommsen fast regungslos und konzentrierte sich, das Bild, das sich ihm bot, möglichst detailgenau in seinem Gedächtnis zu speichern. Caroline Hositz entfuhr ein leises „Gott, wie schrecklich“ und sie hielt die Luft an.

„Frau Hositz, fällt Ihnen etwas auf?“ Mommsen versuchte, sie mit ruhiger Stimme aus ihrer Erstarrung zu lösen. Sie riss ihre Augen von der Leiche los und ließ sie im Raum umherwandern. „Es macht den Eindruck, als sei er beim Arbeiten gewesen. Vor ihm auf dem Tisch liegt ein Stapel handbeschriebener Blätter.“ Sie ging einen halben Schritt auf den Schreibtisch zu. „Das sind wohl Prüfungsklausuren, er war ja Professor. Es sieht aus, als hätte sie jemand durchwühlt, sie liegen ganz unordentlich übereinander … und natürlich, dass er mit einem schweren Messer erstochen worden ist. Offensichtlich kein Küchenmesser. “

„Natürlich würde ich es nicht nennen, dass er erstochen worden ist. Ja, es sieht so aus, als hätte er noch gearbeitet. Schauen Sie auch mal, wie er auf dem Schreibtisch liegt. Der Kopf und die Schultern auf der Tischplatte, aber beide Arme hängen schlaff herunter. Wenn er am Schreibtisch gearbeitet hat, erwarte ich eigentlich, dass ein oder beide Arme auf dem Tisch liegen würden, da er dort plötzlich zu Tode gekommen ist. Na ja, die Kollegen werden gleich noch ihre Tatortfotos machen und die Stellung genau festhalten. Was das zu bedeuten hat, das können wir später noch überlegen. Fällt Ihnen noch etwas auf?“ Carola Hositz blickte sich grübelnd noch einmal im Raum um. „Vielleicht, dass das hier einen aufgeräumten und ordentlichen Eindruck macht, während in der Küche alles durcheinander ist. Auch im Wohnraum sieht es aus wie Kraut und Rüben. Und ach – ich hätte im Arbeitszimmer einen Computer erwartet, aber ich sehe keinen.“

„Ja, das ist mir auch aufgefallen. Gut, dann lassen wir mal den Kollegen den Vortritt.“ Sie gingen in die Küche zurück.

Mommsen bat Schröder und Mohnberg, auch nach einem Computer und nach einem Handy Ausschau zu halten. Die beiden machten sich an die Arbeit. Mommsen wollte die Spurensuche im Wohnzimmer nicht gefährden, deshalb blieben sie in der Küche, obwohl es nun eng wurde. Hier waren etwaige Spuren ohnehin schon beeinträchtigt.

„Frau Jansen, jetzt erzählen Sie mal, wie das heute Morgen war.“

„Der Professor hatte mir schon in der letzten Woche gesagt, dass am Wochenende mehrere Kollegen von ihm aus Hamburg kommen. Die haben aber nicht hier gewohnt, so viel Platz hat das Haus auch gar nicht. Einige von denen haben in Wyk und einige haben im Midlumer Krog gewohnt. Hier in Oevenum war ja alles voll. ‚Klausur‘ hat er das genannt, die wollten nämlich nicht gestört werden, wie das in Hamburg immer passiert. Irgendetwas Dienstliches war das wohl, irgendwas mit der Universität, wo die alle arbeiten. Er war ja der Chef – nicht von der ganzen Universität, sondern von so einem Teil davon. Tourismus! Ich wusste also schon, dass das heute eine Menge Arbeit wird, wenn so viele Leute am Wochenende im Haus sind. Und als ich so kurz vor halb neun kam, da war das so, wie Sie es gesehen haben. Ich habe nichts angerührt, nur mal geguckt, ob der wirklich tot ist. Oh Gott, oh Gott!“ Henni Jansen schüttelte den Kopf und zeigte sich immer noch erschüttert.

Friederichsen suchte Augenkontakt mit Mommsen und wies auf die Whiskyflasche. Mommsen nickte. „Na, Frau Jansen, Sie haben ja heute von uns allen den größten Schreck bekommen. Der hilft Ihnen erst einmal, das alles zu verdauen.“ Friederichsen schenkte ein Glas ein und reichte es ihr. Mommsen ließ sie einen kräftigen Schluck aus dem Glas nehmen, bevor er fortfuhr. „Frau Jansen, kennen Sie seine Adresse in Hamburg? Oder auch, wo er in der Universität zu erreichen ist? Hat er eigentlich Familie? Hier scheint ja sonst keiner zu sein." Er wurde sich bewusst, dass diese Kaskade von Fragen sie irritieren musste. „Also erst einmal: seine Adresse in Hamburg." Henni Jansen überlegte einen Augenblick. „Wo er da wohnt, weiß ich nicht. Ich hab nur seine Telefonnummer." Sie gab den Ermittlern Sotters Privatnummer als auch die Nummer seines dienstlichen Anschlusses an der Universität. Lürrsen notierte beide. „Und was ist mit seiner Familie?"

„Ich glaube, er hat mal gesagt, dass seine Frau schon lange tot ist. Er war aber kein trauernder Witwer, es waren schon öfter Frauen an seiner Seite, die haben dann hier gewohnt. Kann man verstehen, die waren auch ganz hübsch." Henni Jansen bezeugte ihre Toleranz mit einem Achselzucken. „Frau Jansen, wer waren denn die Teilnehmer an der Klausur an diesem Wochenende?"

„Weiß ich nicht, die sind erst gekommen, als ich am Freitag schon weg war. Kollegen von der Universität, hat er gesagt." Mommsen blickte Caroline Hositz an. „Darum könnten Sie sich kümmern, am besten über seine dienstliche Nummer, dort müsste bekannt sein, wer zu dieser Klausur eingeladen war. Rufen Sie vorher aber in seiner Wohnung an, vielleicht erreichen wir ja dort jemanden."

Mommsen nahm das Gespräch mit Henni Jansen wieder auf. „Frau Jansen, wenn Ihnen sonst nichts Außergewöhnliches aufgefallen ist, wollen wir Sie nicht länger aufhalten. Ich denke, Sie müssen den Schreck erst einmal verarbeiten. Ich wäre Ihnen aber dankbar, wenn Sie über das, was hier vorgefallen ist, zu niemandem reden."

„Auch nicht zu meinem Mann?"

„Aber nur, wenn der nichts weitersagt." Friederichsen führte sie hinaus und verabschiedete sich von ihr mit dem Hinweis, dass sie ihre Aussage für das Protokoll noch einmal wiederholen müsse.

Mommsen hatte den Davongehenden versonnen nachgeblickt, dann wandte er sich an Lürrsen. „Was sagt denn der Arzt zur Todesursache und zum Todeszeitpunkt?“ Lürrsen gab einen kurzen Bericht. „Gut, dann wollen wir mal den Fahrplan für unsere nächsten Schritte machen. Frau Hositz, wie schon gesagt, Sie versuchen, alles über das Opfer in Erfahrung zu bringen, seinen Hamburger Hintergrund: Familienverhältnisse, Beruf, Probleme an der Hochschule und vor allem eine Liste der Gäste der Klausurtagung am Wochenende. Herr Lürrsen, kann Frau Hositz ihre Recherchen von der Polizeistation aus machen? Es wäre schön, wenn wir – wie beim letzten Mal – im Nebenraum der Station unser Büro einrichten dürften. Und können Sie und Kollege Friederichsen sich für einige Zeit aus Ihrem Alltagsgeschäft herausziehen und uns unterstützen? Sie sind mit den Verhältnissen auf Föhr besser vertraut. Zunächst sollten wir herausbekommen, ob von den Teilnehmern an der Klausur noch welche auf Föhr sind. Damit könnten Sie im Midlumer Krog anfangen. Dann müssten auch die Nachbarn befragt werden, ob denen in der letzten Nacht etwas aufgefallen ist. Er war ja offensichtlich häufiger hier, da wird er auf der Insel auch weitere Kontakte gehabt haben. Könnten Sie sich darum kümmern? Ja, und ich werde mich zu den Kollegen von der Spurensicherung gesellen und mit ihnen die Ergebnisse auswerten und werde hier auf den Staatsanwalt warten. Der wollte mit der nächsten Fähre rüberkommen.“

Mind-Map

Lürrsen und Friederichsen hatten das Haus verlassen. Lürrsen begab sich zunächst zum Midlumer Krog, um herauszufinden, ob dort noch Teilnehmer der Klausur zu finden waren. Friederichsen zog los, um die Nachbarn zu befragen. Auch Caroline Hositz war aufgebrochen. Vom Tatort im Arbeitszimmer drangen die Geräusche und die halblaute Unterhaltung der Kollegen von der Spurensicherung herüber. Mommsen war froh, sich einige Minuten sammeln zu können. Am Beginn einer Untersuchung kam er sich trotz seiner langjährigen und erfolgreichen Erfahrung immer etwas hilflos vor. Aufgrund umfangreicher Erkenntnisse rechnete er auch diesmal damit, dass er wieder in ein Geflecht enttäuschter Beziehungen, wirrer Konflikte, gescheiterter Schicksale und wankender Lügengebäude hineingezogen werden könnte. Um sich darin zurechtzufinden, musste er versuchen, dieses Geflecht in einer Art Landkarte, einer „Mind-Map", zu erfassen und darin den Mord an Sotter zu orten. Und er werde Witterung aufnehmen, Spuren verfolgen, sich in Sackgassen verrennen – und hoffentlich den Täter fassen können. Ob dieser aus Hilflosigkeit oder Skrupellosigkeit schuldig geworden war, müssten dann andere beurteilen.

Mommsens Überlegungen wurden durch die Ankunft von Staatsanwalt Renner unterbrochen, mit dem er schon häufiger zusammengearbeitet hatte. Dieser nahm den Tatort in Augenschein, ließ sich von Mommsen informieren und sprach kurz mit den Beamten der Spurensicherung. Er kam mit Mommsen überein, dass die Wyker Polizei die Überführung des Opfers in die Gerichtsmedizin in Kiel veranlassen werde. Er sagte zu, die Obduktion anzuordnen, und gab grünes Licht für die weiteren Ermittlungen.

Mommsen war froh, in dem zuständigen Staatsanwalt einen kooperativen Partner zu haben, der den Ermittlungsbeamten freie Hand ließ. Da Staatsanwalt Renner in Eile war, um die nächste Fähre nach Dagebüll zu erreichen, verabschiedete er sich bald. Kaum war der Staatsanwalt gegangen, läutete Mommsens Handy. Lürrsen berichtete, dass die drei Teilnehmer an der Klausur, die im Midlumer Marschenkrog Quartier bezogen hatten, noch auf der Insel waren. Es waren die Professoren Hagen Cornelis, Arno van Demme und Hiltrud Engström.

Sie seien zurzeit nicht zu erreichen, da sie zu einer Fahrradtour über die Insel aufgebrochen waren, man erwarte sie aber am Nachmittag zurück, habe der Wirt erklärt. Ihre Handynummern waren ihm nicht bekannt. Er wusste jedoch, dass die restlichen Kollegen in Wyk im Hotel „Halligblick" untergekommen waren. Lürrsen hinterließ im Marschenkrog die Bitte, dass die drei Professoren sich unverzüglich mit der Polizei in Verbindung setzen sollten. Er stimmte sich mit Mommsen ab, dass er seine Ermittlungen zunächst im Hotel „Halligblick" fortsetze. Um fünfzehn Uhr wollten sie alle auf der Polizeistation zu einer ersten Besprechung zusammenkommen.

Mommsen ging in das Arbeitszimmer hinüber, um sich nach dem Stand der Spurensicherung zu erkundigen und seine Kollegen über den Besprechungstermin zu informieren. Mohnberg winkte ihn heran. „Ludwig, schau mal, das Messer ist durch einen Papierbogen in das Opfer hineingestoßen worden. Der Bogen gehört zu einer Prüfungsklausur aus dem Department Touristik an der HUTTT. Oben links auf dem Bogen steht der Name Regenhorst, Susanne. Wahrscheinlich hat sie die Klausur geschrieben. Diese gehört zu einem Stapel von Prüfungsarbeiten im Fach ‚Rechnungswesen II', der auf dem Schreibtisch liegt. Was das bedeutet, müsst ihr herausfinden. Eins macht mich aber stutzig: Es sieht hier alles nach einem Überraschungsangriff aus. Und ich kann mir nicht vorstellen, dass der Täter die Möglichkeit hatte, sich zunächst eine Klausur rauszusuchen, diese auf den Rücken des Opfers zu platzieren und dann erst zuzustechen. Das hätte der doch gemerkt und sich gewehrt. Davon haben wir aber keine Spuren gefunden. Wir meinen, er wurde zuerst durch den Stich ins Herz getötet und danach wurde dem Toten der zweite Stich durch die Klausurarbeit hindurch beigebracht.“

Mommsen ging um den Toten herum und nahm dessen Rücken in Augenschein. „Ja, ich denke, ihr habt Recht. Bei der Obduktion werden sie herausfinden, ob die beiden Stiche unmittelbar hintereinander oder mit zeitlichem Abstand ausgeführt worden sind. Was nun das Aufspießen der Klausur zu bedeuten hat? Hm …, soll es ein Symbol für einen Racheakt sein? Soll es uns irreführen? Damit werden wir uns auch noch eingehend zu beschäftigen haben. Habt ihr einen Computer gefunden? Wie lange braucht ihr hier noch?“

Mohnberg reichte ihm einen kleinen Laptop rüber und zeigte auf einen Lesesessel an der gegenüberliegenden Wand. „Der war da unter den Sessel gerutscht oder geschoben. Sein Handy hatte er in der Hosentasche.“ Er wollte Mommsen das Handy geben, doch der winkte ab. „Ich kenne mich damit nicht aus. Könnt ihr das auslesen? Wir brauchen seine Kontakte, mit wem er telefoniert hat.“

„Nee, aber wir nehmen das mit, das sollen unsere Fachleute machen. Aber das kann dauern, bis der Provider die Kontakte herausgibt.“ Mohnberg schaute sich abschließend um. „Hier im Raum sind wir gleich fertig. Wir müssen uns die anderen Räume noch ansehen und auch die Fenster und Türen. Ich denke aber, dass wir um fünfzehn Uhr durch sind.“ Er gab sich optimistisch. „Kann ich mich schon einmal im Arbeitszimmer umsehen?“ Mohnberg winkte Mommsen mit einer einladenden Armbewegung herein. „Na klar. Wir fangen jetzt mit den Nebenräumen an.“

Ein Rundblick im Raum vermittelte Mommsen den Eindruck, dass hier tatsächlich gearbeitet worden war: Die rechte Seite des Schreibtisches war mit Büchern bedeckt – überwiegend zu betriebswirtschaftlichen Themen –, auf der linken Seite lagen zwei Stapel Klausuren, einer mit benoteten Arbeiten, der andere harrte offensichtlich noch der Korrektur. Mommsen überwand sich und trat neben den Toten, um an die Schreibtischschubladen heranzukommen.

Die drei Schubladen auf der linken Seite waren voll mit Unterlagen, die zum Teil in Heftern geordnet waren. Die meisten betrafen das Haus hier in Oevenum, aber es waren auch drei Hefter mit privater Korrespondenz unterschiedlicher Art vorhanden. In den Schubladen auf der rechten Seite befanden sich Ordner mit Hochschulangelegenheiten: Protokolle über Sitzungen, Prüfungslisten, Aufstellungen über Abgänge von Haushaltsmitteln und Ähnliches mehr. In der untersten Schublade schlummerten drei Masterthesen.

An der Stirnwand gegenüber dem Schreibtisch stand ein Bücherregal, das überwiegend mit Fachbüchern gefüllt war. Ein Fach allerdings war mit Aktenordnern bestückt, die Beschriftung auf ihren Rücken wies auf Hochschulthemen hin. An der Wand vis-à-vis den Fenstern hingen zwei Bilder mit Küstenmotiven, die Mommsen der Landschaftsmalerei gegen Ende des neunzehnten Jahrhunderts zuordnete. Cosima Bernstädt hatte ihn anlässlich eines Rundgangs durch das Museum der Westküste in Alkersum mit diesem Zweig der Malerei bekanntgemacht. Er hielt die Bilder für Originale, die recht wertvoll sein mussten.

Zwei weitere Sessel mit einem Beistelltisch sowie ein Fernseher mit Flachbildschirm vollendeten die Einrichtung des Zimmers. Nachdem er den Schreibtisch einer ersten Musterung unterzogen hatte, öffnete Mommsen den Deckel des Laptops und schaltete ihn ein. Der Zugriff auf die Dateien blieb ihm allerdings verwehrt, da er das verlangte Passwort nicht kannte. „Jetzt könnte ich Dirk Schön gebrauchen, er ist derjenige, der am meisten mit Computern anfangen kann, aber ohne dringenden Grund will ich ihn nicht aus dem Urlaub zurückholen. Er hat mal etwas Abstand zum Beruf nötig, um seine Beziehung zu seiner Freundin zu kitten. Aber vielleicht kommt die Hositz ja mit dem Laptop klar, sie soll es wenigstens versuchen. Auf jeden Fall steht uns allen mit der Auswertung der Unterlagen hier noch eine ganze Menge Arbeit bevor.“

Mommsen richtete sich auf eine langwierige Untersuchung ein. Er klemmte sich den Laptop unter den Arm und ging in das Wohnzimmer hinüber, in dem Mohnberg am Werke war. „Kennst du dich mit Computern aus? Ich komme ohne Passwort nicht in die Dateien.“

„Nee, bei mir reicht es auch nur für den Alltagsgebrauch, nicht um Passwörter zu knacken. Jens brauchst du auch nicht zu fragen, der ist auch kein Computerfreak.“ Dabei nickte Mohnberg zur Küche hinüber, in der Schröder zu hören war. „Wenn ihr hier fertig seid, versiegelt bitte das Haus und kommt zur Polizeiwache am Hafen rüber. Wir wollen ja um fünfzehn Uhr einen ersten Informationsaustausch machen.“ Mommsen legte Wert darauf, die ganze Crew möglichst zeitnah auf dem gleichen Informationsstand zu halten. „Ich werde mal losziehen, um zu sehen, ob die Kollegin Hositz mit ihren Ermittlungen im Umfeld des Opfers schon erste Erfolge hat. Wir treffen uns dann auf der Wache.“ Mommsen schnappte eilig seine Sachen, um den Bus nach Wyk pünktlich zu erreichen.

Caroline Hositz hatte sich im Nebenraum der Wyker Polizeistation eingerichtet. Ihr Notebook war ans Internet angeschlossen und ein Telefonapparat in Reichweite. Als Mommsen hereinkam, bearbeitete sie angestrengt die Tastatur, den Blick konzentriert auf den Bildschirm gerichtet. Erst nach einigen Sekunden hob sie fragend den Blick, als sei sie gerade aus einer magischen anderen Welt zurückgekehrt. Mommsen hatte, wenn er junge Leute am Computer erlebte, schon manches Mal das Gefühl gehabt, als lebten diese in zwei Welten, wobei die virtuelle Welt die reale verdrängte. IT-Systeme waren für ihn technische Hilfsmittel, die er häufig nur unzureichend beherrschte, sie erschlossen ihm aber keine neuen Welten.

„Aber vielleicht kommt die mangelnde Faszination der IT-Technik daher, dass du mit ihr nicht klarkommst“, gestand er sich ein.

Als Caroline Hositz seine Anwesenheit realisierte, lächelte sie zaghaft. „Viel habe ich noch nicht. Auf seinem Privatanschluss meldet sich niemand. An der Uni – also der Hamburg University of Trade, Traffic und Tourism – hab ich Folgendes erfahren: Er ist nicht verheiratet, sondern verwitwet, Familienangehörige sind nicht bekannt. Er ist Dekan der Fakultät für Tourismus. Hier auf Föhr hat er ein Ferienhaus, in dieses Ferienhaus hatte er einen Ausschuss zu einer Klausurtagung eingeladen, der den Entwicklungsplan für die Fakultät ausarbeiten sollte. Die Liste der Mitglieder beziehungsweise der Eingeladenen habe ich hier aufgeschrieben. Den Ausschuss hat aber nicht er ernannt, sondern der ist von den Kollegen aus der Fakultät gewählt worden. Da gerade die Semesterferien begonnen hatten, wurde er auch nicht so bald an der Uni zurückerwartet.“ Caroline Hositz reichte Mommsen eine handgeschriebene Liste mit den Namen und Anschriften der Teilnehmer an der Klausurtagung.

„Na, das ist doch schon einmal ein Anfang.“ Mommsen zollte auch begrenzten Erfolgen seiner Mitarbeiter Anerkennung. „Hoffen wir, dass wir die alle noch hier auf Föhr erwischen.“ Er warf einen Blick auf die Liste. „Hm! Das sind – außer den Toten – sechs Namen, die werden wir alle ausgiebig vernehmen müssen. Das wird eine Menge Arbeit. Sagen Sie mal, Frau Hositz, wie gut kennen Sie sich mit Computern aus? Ich habe hier den Laptop von Sotter, aber der ist mit einem Passwort geschützt. Kommen Sie da rein?“ Mommsen schob ihr den Laptop zu. „Mit dem Knacken von Passwörtern habe ich eigentlich wenig Erfahrung, aber ich werde es zumindest versuchen.“

Mommsen schaute auf die Uhr: vierzehn Uhr zwanzig. Er ging in den Wachraum hinüber.

Der wachhabende Beamte telefonierte gerade. Offensichtlich ging es um einen Fall von Zechprellerei. Als er auflegte, sprach ihn Mommsen an: „Können Sie uns auf die Schnelle noch etwas zu essen besorgen? Dann brauchen wir keine Zeit zu verlieren und können pünktlich um fünfzehn Uhr unsere Besprechung starten."

„Ja, wenn Sie keine besonderen Wünsche haben, am einfachsten geht Pizza. Wie viel Leute sind Sie denn?" Mommsen zählte schnell durch. „Sechs. Am besten bestellen Sie verschiedene Sorten, dann kann jeder aussuchen, was er möchte."

Mommsen ging hinaus. Vor dem Haus holte er sein Handy heraus und wählte den Anschluss von Cosima Bernstädt. Da er erst jetzt überblicken konnte, dass die Ermittlungen auf Föhr mehrere Tage in Anspruch nehmen werden, hatte er sie noch nicht früher über seinen Aufenthalt auf Föhr informiert. Cosima war von seinem Anruf freudig überrascht. Sie vereinbarten, dass er bei ihr wohne, Caroline Hositz könne im benachbarten Ferienhaus ihrer Freundin Bernadette Mohr-Kirchner wohnen, das zurzeit leer stehe. Cosima wollte gleich Bernadette anrufen, um ihr Einverständnis einzuholen. Jetzt während der Feriensaison war es immer schwer, kurzfristig eine Unterkunft auf der Insel zu finden.

Als Mommsen in das Büro hinter dem Wachraum zurückkam, telefonierte Caroline Hositz gerade. Sie legte den Hörer auf. „Das war die Sekretärin des Opfers. Vorhin hatte ich sie nicht erreicht, da war sie in der Mittagspause. Ich glaube, die weiß eine ganze Menge über ihn. Am Telefon kam sie damit nicht so recht heraus. Es würde sich sicher lohnen, sie einmal in einem persönlichen Gespräch auszuhorchen."

„Das ist ein einleuchtender Gedanke. Gute Sekretärinnen wissen in der Regel eine ganze Menge über ihre Chefs, manchmal sogar mehr als deren Psychiater. Schließlich erleben sie ihre Vorgesetzten auch in den Augenblicken, in denen diese sich unbeobachtet glauben. Wir werden nachher in der gemeinsamen Besprechung festlegen, ob einer von uns nach Hamburg fährt oder ob wir die Kollegen dort um Amtshilfe bitten. Machen Sie jetzt erst einmal hier weiter." Mit diesen Worten setzte sich Mommsen an den gegenüberliegenden Schreibtisch. Er zog ein Blatt Papier zu sich heran und begann, sich erste Notizen zu machen.

Pünktlich um fünfzehn Uhr kamen Lürrsen und Friederichsen zurück. Schröder hatte kurz vorher angerufen und mitgeteilt, dass sich die Spurensicherung um etwa zehn Minuten verspäten werde. Inzwischen waren auch die Pizzen gekommen. Die nächsten Minuten verbrachten sie kauend und hingen ihren Gedanken nach. Als Schröder und Mohnberg ankamen, hatte Friederichsen schon eine Kanne Kaffee gekocht, für die er lautstark nach Abnehmern suchte. Als alle versorgt waren, begann Mommsen: „So, ich glaube, wir haben alle erste Eindrücke gesammelt, die wir austauschen sollten. Frau Hositz, bitte, was haben Sie über das Opfer herausfinden können?"

„Also, das Opfer ist ein Professor Gregor Sotter, der an der HUTTT in Hamburg für Betriebswirtschaft zuständig ist. Seit fast zwei Semestern ist er auch Dekan der Fakultät für Tourismus. Unter seiner privaten Telefonnummer hat sich niemand gemeldet, Familie hat er offensichtlich nicht. Er besitzt hier in Oevenum ein Ferienhaus, das er von seiner verstorbenen Frau geerbt hat. In der vorlesungsfreien Zeit hält er sich häufig hier auf Föhr auf. Zum letzten Wochenende hatte er eine Arbeitsgruppe oder einen Ausschuss zu einer Klausurtagung eingeladen, um Themen mit Hochschulbezug zu beraten. Die sechs Mitglieder dieser Arbeitsgruppe sind in Wyk und in Midlum untergebracht, darüber wird Herr Lürrsen berichten. Ich habe mit der Personalabteilung der Hochschule und mit seiner Sekretärin gesprochen. Wie zu erwarten, scheuten sich meine Gesprächspartner, telefonisch persönliche Eindrücke über das Opfer preiszugeben."

„Danke, Frau Hositz.“ Mommsen bemerkte, dass sich der knappe, sachliche Berichtsstil von Caroline Hositz wohltuend von der spontanen – manchmal auch emotionalen – Art Dirk Schöns unterschied, der ihn sonst bei seinen Ermittlungen begleitete. Er wandte sich an die beiden Kollegen von der Spurensicherung. „Wollt ihr weitermachen?“

Schröder nahm das Wort. „Das Opfer ist durch einen Messerstich in den Rücken, der das Herz erwischt hat, getötet worden. Mit einem zweiten Stich in den Rücken wurde eine schriftliche Prüfungsarbeit – also eine Klausur – einer Susanne Regenhorst an die Leiche geheftet. Die Tatwaffe ist ein stabiles Messer mit feststehender Klinge. Ich habe früher mal bemerkt, dass solche Messer von Tauchern benutzt werden. Die Fingerabdrücke auf der Waffe sind sehr undeutlich, vielleicht hat sie jemand abgewischt. Wir nehmen das Messer mit und geben es ins Labor. Der Todeszeitpunkt liegt nach der vorläufigen ärztlichen Untersuchung zwischen Sonntagabend zweiundzwanzig und Montagmorgen drei Uhr. Wir werden sehen, ob sich durch die Obduktion noch weitere Einzelheiten ergeben. Aus der Lage der Leiche und der Beschaffenheit des Tatorts lässt sich schließen, dass das Opfer noch gearbeitet hatte, wahrscheinlich hatte es Prüfungsarbeiten korrigiert.“ Schröder schaute Mohnberg an. „Willst du weitermachen?“

„Okay. Im Wohnraum und in der Küche sah es so aus, wie man es erwartet, wenn sechs Personen zwei Tage lang zu Gast waren: leere Gläser und Flaschen, schmutziges Geschirr und so weiter. Türen und Fenster weisen keine Spuren einer gewaltsamen Öffnung auf – wahrscheinlich hat das Opfer den oder die Täter selbst hereingelassen. Wir haben eine Menge unterschiedlicher Fingerabdrücke genommen, bei so vielen Leuten im Haus kein Wunder! Die müssen wir noch auswerten. Oben im Schlafzimmer finden sich keine Hinweise auf andere Personen, er hat da wohl allein gewohnt. Das Gästezimmer sieht unbewohnt aus. Auch im Badezimmer war nichts Ungewöhnliches zu entdecken."

Mommsen ergänzte den Bericht der Kollegen von der Spurensicherung. „Ich habe mir den Schreibtisch vorgenommen, die Unterlagen müssen wir noch in Ruhe durchgehen. Den Laptop habe ich hier, leider sind die Dateien durch ein oder mehrere Passwörter geschützt, Frau Hositz wird sich daran versuchen. Noch eins: Die Leiche wurde heute Morgen gegen neun Uhr von der Reinigungskraft, einer Frau Jansen, gefunden. Das Wichtigste ist jetzt, dass wir von den Teilnehmern an der Tagung mehr erfahren. Herr Lürrsen, was haben Sie herausgefunden?"

„Drei Teilnehmer sind im Midlumer Marschenkrog untergekommen. Die sind heute auf einer Fahrradtour über die Insel unterwegs. Am späten Nachmittag werden sie zurückerwartet. Ihre Handynummern konnte ich nicht in Erfahrung bringen. Die anderen drei sind im Hotel „Halligblick" in Wyk abgestiegen. Eine Frau Professor Gorek ist heute Morgen schon nach Hamburg zurückgefahren, die beiden anderen, ein Professor Heckenrock und ein Professor Fasthoff sind noch da. Herrn Heckenrock habe ich kurz gesprochen, Herr Fasthoff war unterwegs zum Strand, den werden wir wohl auch erst gegen Abend erwischen, da auch seine Handynummer nicht bekannt ist. Heckenrock war richtig erschrocken, als ich ihm vom Ableben ihres Gastgebers berichtet habe, er musste sich erst einmal hinsetzen. Auf Nachfragen beteuerte er, dass ihm nichts aufgefallen sei, was im Zusammenhang mit Sotters Tod stehen könne, auch sei die Atmosphäre der Zusammenkunft gut – nein, er sagte *konstruktiv* – gewesen."

Mommsen dankte auch Lürrsen für seinen Bericht. „Herr Friederichsen, was haben Sie in der Nachbarschaft in Erfahrung bringen können?"

„Die Nachbarn haben nichts Auffälliges bemerkt. Allerdings war es am Wochenende im und um das Haus von Sotter viel betriebsamer als sonst, es waren ja auch die Gäste da. Es gab aber keinen Krawall, eher lebhafte Unterhaltungen und manchmal auch Gelächter. Gestern Abend hat Sotter sie gegen sieben Uhr verabschiedet, danach war es ruhig." Als Friederichsen geendet hatte, fragte Mommsen nach: „Haben Sie die Nachbarn gefragt, was sie von Sotter sonst noch wissen oder was sie von ihm halten?"

„Also, beliebt war er nicht. Es sind so Worte gefallen wie ‚hochnäsig', ‚streitsüchtig', ‚besserwisserisch', einmal sogar von einer älteren Frau zwei Häuser weiter ‚unmoralisch', weil er in wechselnder weiblicher Begleitung da war. Thies Brodersen, der rechts neben ihm wohnt, gibt ihm die Schuld, dass er Pleite gemacht hat. Thies ist Tischler und hatte in Sotters Haus vor zwei Jahren umfangreiche Umbauten vorgenommen. Sotter hatte zahlreiche Mängel in der Ausführung geltend gemacht und das zum Vorwand genommen, über fünfzehntausend Euro zurückbehalten, um die immer noch prozessiert wird. Thies behauptet, das habe ihm geschäftlich das Genick gebrochen und ihn in die Insolvenz getrieben.

Links neben Sotter befindet sich ein Ferienhaus, das einem Steuerberater aus Hannover gehört, dort sind zurzeit Feriengäste, die das ganze Wochenende mit ihren Kindern am Strand waren, die haben nichts mitgekriegt. Ach, Thies Brodersen hat mir noch erzählt, dass Friedrich Jessen auch Krach mit Sotter gehabt hat. Jessen gehört eine Fenne hinter Sotters Haus, er könnte daraus zwei Bauplätze machen, wenn Sotter ihm auf seinem Grundstück ein Wegerecht einräumen würde. Breit genug für einen Überweg wäre Sotters Grundstück schon, aber der weigert sich."

„Na, Herr Friederichsen, das ist schon einmal interessant, dem werden wir nachgehen müssen. Gut, ich denke, damit sind wir alle auf dem Laufenden." Mommsen wandte sich an die Kollegen von der Spurensicherung. „Seid ihr fertig oder müsst ihr weitermachen?"

„Im Haus des Opfers haben wir alles erledigt. Die Tatwaffe nehmen wir mit fürs Labor.“

„Dann könnt ihr heute noch mit der Fähre zurückfahren. Es wäre auch schwierig, jetzt noch Unterkünfte zu finden.“ Mommsen schaute auf die Uhr. „Gleich vier Uhr. So, nun zum Arbeitsplan. Wir sollten auf jeden Fall heute noch mit den fünf Teilnehmern an der Klausurtagung reden, die noch auf der Insel sind. Herr Lürrsen, Herr Friederichsen, können Sie noch einige Überstunden einplanen, damit wir die ersten Verhöre heute noch schaffen?“ Beide nickten. Lürrsen sprach für beide: „Klar, das geht vor. Wir müssen nur noch zu Hause Bescheid sagen.“

„Dann schlage ich vor, dass Frau Hositz und Herr Friederichsen zum Hotel ‚Halligblick‘ gehen und mit den Professoren Heckenrock und Fasthoff sprechen.“ Mommsen hielt es angesichts der charmanten Bemühungen, die Lürrsen bei der Begrüßung der neuen Kollegin aufgewendet hatte, für besser, ihn nicht weiter in Versuchung zu führen und ihn nicht in einem Team mit Caroline Hositz zusammenzubringen. „Herr Lürrsen, kommen Sie dann mit mir nach Midlum? Ziel unserer Befragungen ist es zunächst, eine Landkarte der Beziehungen zwischen den Beteiligten zu entwerfen, in die wir die Tat einordnen können, so eine Art „Mind-Map“, aber auch den genauen Ablauf der Klausurtagung und das Verhalten der Akteure während des Wochenendes zu ermitteln. Darüber hinaus sollten wir versuchen, möglichst viel über die Person Sotters herauszubekommen, auch über Feinde, Konflikte oder Ähnliches. Wir treffen uns morgen früh halb neun hier.“ Mommsen gab Friederichsen die Adresse von Cosima Bernstädt in Nieblum, zu der er nach den Befragungen Caroline Hositz bringen sollte.

Nachdem er die beiden verabschiedet hatte, läutete das Telefon. Hagen Cornelis meldete sich verwundert mit der Frage, weshalb er die Polizei anrufen solle. Lürrsen bat ihn nach einer entsprechenden Geste Mommsens, mit der Antwort abwarten zu können, bis er mit einem Kollegen zum Midlumer Marschenkrog gekommen sei. Als die beiden Kriminalbeamten dort auftauchten, wurden sie bereits von den drei Professoren in der Gaststube erwartet. Mommsen hoffte, aus ihren Reaktionen auf die unvorbereitete Nachricht von der Ermordung Sotters erste Erkenntnisse über ihr Verhältnis zum Opfer schlussfolgern zu können.

Die drei waren bereits vom Wirt über Sotters Tod in Kenntnis gesetzt worden, der durch den Gerüchteaustausch unter den Einheimischen über die neuesten Ereignisse auf der Insel auf dem Laufenden war. Insofern konnten sie durch Mommsen Mitteilungen nicht mehr überrascht werden. Sotters Tod rief bei ihnen – so schien es Mommsen – eher eine nüchterne Nachdenklichkeit als Bestürzung hervor. Er hatte den Eindruck, dass sie emotional nicht sehr betroffen waren. Vielleicht waren sie aber auch aufgrund der vorherigen Information durch den Wirt in der Lage, eventuelle verräterische Gefühlsäußerungen zu beherrschen. Nachdem Mommsen in kurzen Zügen vom Auffinden der Leiche berichtet hatte, machte er eine Pause.

Als Erste meldete sich Hiltrud Engström zu Wort. „War er denn sofort tot oder hat er noch gelitten?“ Mommsen fragte sich, ob aus ihren Worten doch eine persönliche Betroffenheit oder eine generelle weibliche Attitüde des Mitleids sprach. „Ja, er war sofort tot, davon gehen wir aus. Sie werden verstehen, dass wir möglichst umgehend so viele Informationen erhalten müssen wie irgend möglich. Zuerst also die Frage: Haben Sie eine Ahnung, wie es zu diesem Mord kommen konnte? Kennen Sie irgendwelche Feinde, wissen Sie von Auseinandersetzungen, Drohungen, Rachegefühlen oder von anderen Motiven für eine solche Tat?“

Arno van Demme blickte nachdenklich vor sich hin. „Klar hatte er Feinde“, ging es ihm durch den Kopf, „einen ganzen Haufen sogar. Und wenn Hiltrud keine Rachegefühle hat, nachdem Sotter sie so schnöde abserviert hat, weiß ich nicht, was das Wort bedeuten soll. Auch Janina Gorek und Lars Heckenrock dürften für den Toten keine freundschaftlichen Gefühle gehabt haben. Aber ich werde den Teufel tun und die Kollegen hier bei den Bullen anschwärzen. Einen Mord traue ich allerdings keinem von den dreien zu – na gut, vielleicht kenne ich bisher nur die Spitze der Eisberge und nicht den ganzen unterschwelligen Unterbau ihrer Gefühlswelt in Bezug auf Sotter." Arno van Demme wurde sich der Schräglage seiner Metaphern bewusst und brach seine Überlegungen ab.

Inzwischen hatte Hagen Cornelis in seiner abwägenden Art das Wort ergriffen. „Nein, von Feindschaft oder Rachegefühlen kann man nicht sprechen. Sicher hat es, wie in jeder Gruppe, Spannungen gegeben. Als Vorgesetzter kann man es nie allen recht machen, wie Sie wahrscheinlich auch wissen. Aber als Motiv für einen Mord? Nein, da habe ich keine Vorstellungen." Mommsen nahm sich vor, Professor Cornelis bei der Einzelbefragung konkreter auf die Spannungen in der Gruppe anzusprechen. Er hakte daher jetzt nicht nach. „Ich wäre Ihnen dankbar, wenn wir jetzt gemeinsam den Ablauf des Wochenendes rekonstruieren könnten. Wie ist es zu dieser Klausurtagung gekommen? Warum waren gerade diese Teilnehmer eingeladen? Was war der Anlass? Welche Themen wurden behandelt? Gab es Auseinandersetzungen oder Konflikte, Entgleisungen einzelner Teilnehmer? Sie wissen sicher, worauf es uns ankommt. Herr Lürrsen wird sich über unser Gespräch einige Notizen machen."

Mommsen schaute Arno van Demme an, der sich bislang noch nicht geäußert hatte. Van Demme merkte, dass auch Hiltrud Engström und Hagen Cornelis ihn auffordernd anschauten. „Na, das sind ja viele Fragen auf einmal, also ich will mal versuchen, sie zu beantworten. Anlass unserer Zusammenkunft war der Entwicklungsplan für die Fakultät für die nächsten vier Jahre, der mit dem Präsidium der Universität vereinbart werden soll. Da geht es um die Verwendung der Finanzmittel, um Einsparungen, um Verschiebungen in und zwischen den Studiengängen, um den Stellenplan und die Besetzung neuer Stellen, auch um die Prioritäten von Forschungsprojekten. Na ja, das waren die Hauptthemen. Der Kollege Sotter hatte uns hierher eingeladen, damit wir ungestört einen Vorschlag für den Fakultätsrat vorbereiten konnten. Im Alltag in Hamburg ist das so ja nur schwer möglich. Die Teilnehmer unserer Arbeitsgruppe sind vom Fakultätsrat ausgewählt worden. Ich denke, dass sich in der personellen Zusammensetzung auch das Spektrum unterschiedlicher Auffassungen der Kollegen zu diesen Themen widerspiegelt. So, das wäre zu den Fragen nach dem Anlass und nach den Themen.“ Van Demme lehnte sich zurück und schwieg, um deutlich zu machen, dass er sich zu den Fragen nach Auseinandersetzungen und Konflikten zwischen den Teilnehmern nicht äußern wolle.

„Gab es denn Auseinandersetzungen während Ihrer Beratungen?“ Mommsen wollte dieses Thema nicht in Vergessenheit geraten lassen. „Frau Professor Engström, ist Ihnen dazu etwas in Erinnerung?“

„Nein, es lief alles ganz sachlich ab und bei den meisten Problemen sind wir zu tragbaren Kompromissen gekommen. Nein, es ist keiner laut geworden, es ist zu keinen Drohungen gekommen, wenn Sie mit Ihrer Frage so etwas Dramatisches meinen.“

„Nein, ich meine nicht nur solche dramatischen Vorfälle, sondern auch unterschwellige Spannungen, für die Sie als Frau vielleicht eine besondere Witterung haben.“ Hiltrud Engström fühlte sich in ein Klischee von Weiblichkeit hineingezwängt, das sofort ihren Widerspruchsgeist weckte. „Also, Herr Kommissar, zunächst einmal, ich bin doch kein Reh, das auf der Lichtung steht und Witterung aufnimmt. Ich kann mir nicht vorstellen, dass Sie in Ihrer Arbeit mit einer solch schlichten Einteilung der Menschen nach Geschlechterklischees erfolgreich sein können. Witterungen sind sicher auch keine gerichtsverwertbaren Beweise. Also, nein, mir sind keine unterschwelligen Spannungen aufgefallen.“ Mommsen merkte, dass er mit seiner Wortwahl bei Hiltrud Engström auf eine Empfindlichkeit getroffen war, die er sonst nur bei ausgeprägten Anhängerinnen des Feminismus gefunden hatte. Er beschloss, in ihrer Anwesenheit vorerst noch vorsichtiger zu formulieren. Da sie auf seine eher harmlose Frage schon so gereizt reagierte, begann er, auch an ihrer Behauptung über die Sachlichkeit der Beratungen zu zweifeln.

Mommsen wechselte seinen Ansprechpartner. „Herr Professor Cornelis, können Sie uns bitte den zeitlichen Ablauf des Wochenendes schildern?“

„Frau Engström, Herr van Demme und ich sind gemeinsam schon am Freitagnachmittag angereist, mit der Fähre um siebzehn Uhr. Wir sind zuerst nach Midlum in den Marschenkrog gefahren, wo wir uns auf Empfehlung von Herrn Sotter einquartieren ließen. Die anderen Kollegen sind erst am Samstagvormittag angekommen, die wohnen aber in Wyk, wie Sie sicher schon wissen. Wir drei haben dann einen Bummel auf der Strandpromenade in Wyk gemacht und sind danach in ein Fischrestaurant in einer der kleinen Gässchen eingekehrt. Danach folgte noch ein Absacker in einer Bar oder Bistro, ich glaube, sie heißt ‚Vogelkoje‘. Dann sind wir mit dem Taxi nach Midlum gefahren, etwa eine Stunde vor Mitternacht.“

„Haben Sie das Opfer schon am Freitag getroffen?“

„Nein, dafür bestand ja kein Anlass. Die Beratungen sollten erst am Samstag beginnen.“

„Und wie ging es dann am Samstag weiter?“

„Nach dem Frühstück haben wir uns hier in Oevenum Fahrräder geliehen, wir wollten ja noch einige Tage länger bleiben. Um elf Uhr haben wir uns dann in Sotters Haus getroffen, kurz darauf kamen auch die anderen Kollegen an. Dann ging es los.“ Cornelis winkte der Bedienung und bestellte sich ein weiteres Bier.

Mommsen bemerkte, dass auch Hiltrud Engström – ebenso wie van Demme – ein weiteres Bier orderte. Lürrsen und er selber blieben bei ihrer Apfelsaftschorle. Mommsen fragte weiter nach: „Mit welchem Thema haben Sie begonnen? Ich möchte mir eine möglichst genaue Vorstellung über den Ablauf machen.“ Van Demme griff die Frage auf. „Zuerst hat Sotter ein Papier über die Finanzplanung für die nächsten vier Jahre verteilt. Das ist der Rahmen, in den sich unsere weiteren Planungen einfügen müssen. Das meiste Geld ist ja bereits festgelegt für Personalkosten, Gebäudeunterhaltung, Lizenzen für IT-Systeme und Ähnliches. Obwohl die Bildungspolitik ja angeblich höchste Priorität hat, werden die Hochschulen durch die Reduzierung der Studiengebühren mit weniger Geld auskommen müssen. Kitas, Schulen und Hochschulen sind eben keine systemrelevanten Banken, für die die Milliarden aus Steuergeldern nur so fließen. Und wir werden mit weit mehr Studenten rechnen müssen, wenn jetzt die doppelten Abiturjahrgänge in die Hochschulen strömen.“ Mommsen registrierte, dass van Demme sich richtig in Rage geredet hatte.

„Welche Folgen hatte das Papier nun für die Beratungen?“ Die Antwort übernahm Cornelis. „Wir müssen mehr Lehrkapazität bereitstellen, das wird zum Teil zu Lasten von Forschungsmitteln gehen. Da werden einige Projekte, auf die sich Kollegen schon aufwendig vorbereitet hatten, nicht realisiert werden können. Nebentätigkeiten wie lukrative Beratungen von Unternehmen werden drastisch eingeschränkt werden, die Teilnehmerzahlen in den Lehrveranstaltungen und damit die Belastungen durch Prüfungen werden erhöht, Überstunden werden zunächst nicht ausgeglichen und so weiter. Also ein unerfreulicher Einstieg.“ Cornelis hatte sachlich seine Kenntnisse vorgetragen.

„Sind Sie zu einem Ergebnis gekommen?“

„Sotter hatte einen Maßnahmenkatalog vorbereitet, der sehr genau diskutiert wurde. Nein, in einigen Punkten konnten wir uns noch nicht einigen. Da wird der Fakultätsrat Stellung nehmen müssen."

Mommsen nahm sich vor, in den weiteren Gesprächen herauszufinden, wer von den Kürzungen besonders betroffen war. „Wie lange hat diese Vormittagssitzung gedauert?"

„Bis gegen dreizehn Uhr dreißig. Sotter hatte bei einem Partyservice einen kleinen Imbiss bestellt, wir haben eine Stunde später weitergemacht. Da ging es dann um eventuelle Verschiebungen in den Studienplänen. Wie meist in Diskussionen zur Studienreform entarteten diese in ein Fingerhakeln nach dem Motto ‚Mein Fach ist das wichtigste'. Die persönlichen Interessen werden dabei unter dem falschen Etikett gehobener Sachlichkeit verhandelt." Cornelis konnte auch sarkastisch werden.

„Wie ging es dann weiter?"

„Nun, wir haben uns mit den Außenkontakten der Fakultät befasst – das bedeutet, Kontakte zu knüpfen zu Unternehmen, Touristikverbänden und Ähnlichem – und dabei genauestens überlegt, wie wir Sponsoren ansprechen, Praktikantenplätze für unsere Studenten finden, die Zusammenarbeit bei Forschungs- beziehungsweise Studienprojekten verbessern. Auch das Thema ‚Public Relations' für die Fakultät wurde behandelt."

„Und – war die Diskussion auch kontrovers?" Mommsen wollte es genau wissen. Seine Gesprächspartner schüttelten die Köpfe, während Cornelis fortfuhr. „Eigentlich nicht, die Diskussion hat zwar etwas Zeit in Anspruch genommen, aber dann sind wir uns einig geworden."

„Wie lange hat die Sitzung am Nachmittag gedauert?" Diesmal antwortete Hiltrud Engström. „Etwa bis achtzehn Uhr dreißig. Sotter hatte für uns alle einen Tisch im Wyker Hof, einem vorzüglichen Restaurant mit gehobener Küche, reservieren lassen. Dafür hatte er etwas übrig. Man konnte gegen ihn ja sagen, was man wollte, aber einen gewissen Stil hatte er schon, nicht nur beim Essen."

Van Demme stöhnte innerlich auf. „Mensch, Hiltrud, wenn der Kripomensch einigermaßen helle ist, fragt der sich doch sofort, woher du Sotters Lebensstil so genau kennst. Und was man – oder du – gegen ihn sagen kann. Oder hast du vor, ihm dein schiefgegangenes Verhältnis mit Sotter zu beichten? Unterschätze den Mommsen nur nicht!"

Lürrsen hob beschwichtigend die Hand, um das Tempo der Unterhaltung etwas abzubremsen, damit er mit seinen Notizen hinterherkommen konnte. Nach einer kurzen Pause nahm Mommsen den Gesprächsfaden wieder auf. „Wie ging es beim Essen zu? Haben Sie Ihre Themen aus den Sitzungen weiterbehandelt?"

„Nein, wir haben uns gleich bei Beginn geeinigt, das Dienstliche an diesem Abend ruhen zu lassen. Wir hielten so die Chancen für größer, die Diskussion am nächsten Tag frischer und unbelasteter anzufangen." Hagen Cornelis nahm einen Schluck aus seinem Bierglas. „Nun bin aber doch ein bisschen neugierig", Mommsen schaute Hagen Cornelis voll an. „Was hatte denn im Laufe des Tages die Gespräche belastet?"

Arno van Demme war beeindruckt, wie Mommsen an Nuancen der Wortwahl seiner Gesprächspartner anknüpfte, um dem konkreten Ablauf des Geschehens nachzuspüren. Hagen Cornelis wich mit seiner Antwort geschickt der Zielrichtung der Frage aus. „Na ja, es war für uns alle ein langer Tag, unsere Beratungen standen unter der politischen Drohung hoher Haushaltskürzungen, die Themen waren komplex ineinander verwoben – also das sind schon Belastungen!"

Mommsen war klug genug, es damit bewenden zu lassen. Vielleicht war in Einzelgesprächen ohne die Kontrolle durch anwesende Kollegen mehr zu erfahren. „Wie ging es dann am Sonntag weiter?"

Hiltrud Engström fühlte sich angesprochen. „Wir haben uns um neun Uhr dreißig wieder bei Sotter getroffen. Da ging es vor allem darum, wie die beschränkten Haushaltsmittel verwendet werden sollen. Klar gab es da Diskussionen. Wer lässt schon aus Einsicht in höhere Notwendigkeiten seine Lieblingsprojekte fallen? Zusätzlich haben uns die Kollegen ihre Wünsche hierher mit auf den Weg gegeben, mit der Maßgabe, auf jeden Fall für ihre Interessen zu kämpfen."

„Und – wofür und wie wurde gekämpft?" Mommsen schwamm im Gesprächsfluss mit und vermied auf diese Weise, dass das Gespräch den Charakter eines Verhörs annahm und so zu einer Frontenbildung führte.

„Ja …, eigentlich hatte jeder von uns seine besonderen Anliegen."

„Frau Engström, was waren denn Ihre Anliegen?"

„Vor allem fachliche: dass der Anteil der juristischen Fächer nicht gekürzt wird und dass auch für Recht Tutorenmittel zur Verfügung gestellt werden."

„Sehe ich das richtig, dass es vor allem Verteilungskämpfe waren, die am Sonntag ausgetragen wurden?" Mommsen war durch den bisherigen Gesprächsverlauf in seiner Ansicht bestärkt worden, dass die Sitzung am Sonntag doch nicht, wie behauptet, in der sachlichen Atmosphäre abgelaufen war. Da Arno van Demme seine eher teilnahmslose Miene beibehielt und sich auf seine Rolle als Zuhörer beschränkte, antwortete Hagen Cornelis diplomatisch. „Verteilungskämpfe wurden nicht ausgetragen, würde ich sagen, es wurden Fragen der Verwendung von Haushaltsmitteln diskutiert. Dass es dabei unterschiedliche Prioritäten gibt, ist üblich." Er dämpfte das Thema weiter ab. „Das ist seit eh und je Alltag in den Sitzungen der Gremien der Hochschule. Sie sind natürlich auf der Suche nach Motiven für die Tat, in unseren Gesprächen ist aber nichts vorgekommen, was Anlass für einen Mord hätte sein können." Mommsen beließ es dabei.

„Wie lange haben Sie am Sonntag noch getagt?“ Arno van Demme trank genüsslich sein Bier aus, bevor er antwortete: „Bis gegen achtzehn Uhr mit einer kurzen Unterbrechung für die Mittagspause, für die Sotter, wie am Tag zuvor, einen kleinen Imbiss bestellt hatte.“

„Eine vorerst letzte Frage zu Ihrer Sitzung: Sind Sie sich einig geworden?“ Wieder war es Demme, der sich äußerte: „Nicht in allen Fragen, das muss auch nicht sein. In den Fragen der Verwendung der finanziellen Mittel entscheidet letztlich der Dekan, das wäre also Sotter gewesen, nach Abstimmung mit dem Kanzler der Uni. Wir können nur Vorschläge machen.“

„Wie lange bleiben Sie noch auf Föhr?“ Hiltrud Engström suchte Blickkontakt mit ihren Kollegen. „Wir haben die Fähre am Mittwoch um vierzehn Uhr dreißig gebucht. Da wir schon einmal auf der Insel sind und der Wetterbericht viel Sonnenschein voraussagt, wollen wir die Gelegenheit nutzen und noch mehr von hier kennenlernen.“

„Gut, wir werden uns mit Ihnen noch ausführlicher unterhalten müssen. Geben Sie bitte Herrn Lürrsen Ihre Handynummern, damit wir die Termine ausmachen können. Ich bitte Sie, ohne unsere Zustimmung auf keinen Fall die Insel zu verlassen.“ Die beiden Beamten verabschiedeten sich und verließen den Marschenkrog.

Auf dem Weg zum Parkplatz fragte Mommsen seinen Begleiter: „Na, Herr Lürrsen, was halten Sie davon?“

„Da steckt eine ganze Menge mehr dahinter, als sie jetzt zugegeben haben. Vermutlich hindert sie ein gewisser Corpsgeist daran, über ihre Kollegen etwas zu sagen, was diese in ein schiefes Licht bringt. Wir haben nur in Einzelgesprächen die Chance, sie dazu bringen, offener zu reden. Auf jeden Fall brodelte es im Untergrund dieser Klausurtagung. Wir haben noch sehr viel Sondierungsarbeit vor uns. Bis Mittwoch ist das kaum zu schaffen.“

Mommsen seufzte kurz auf. „Ja, wir werden noch viele Aussagen sammeln müssen, die alle nicht mehr als Fragmente sind. Hoffentlich ergeben die dann ein verständliches Bild."

Lürrsen fuhr Mommsen nach Nieblum zum Haus von Cosima Bernstädt. Unterwegs merkte dieser, wie er sich darauf freute, in Cosimas Gesellschaft die innere Anspannung zu vergessen, die ihm regelmäßig zu Beginn einer neuen Ermittlung auf den Magen schlug. Cosima umarmte ihn zur Begrüßung mit einer sinnlichen Freude, die auf ihn übersprang. Er sah ihr nach, als er ihr in das Wohnzimmer folgte. „Sie strahlt so viel Lebendigkeit aus", dachte er, „ihr Körper und ihre Bewegungen drücken aus, was sie fühlt und denkt. Neben ihr komme ich mir steif und hölzern vor. Was findet sie nur an mir? – Ach was, genieße es, dass es einen Menschen gibt, der sich auf dich freut." Mit einem schnellen Schritt hatte er sie eingeholt und legte von hinten die Arme um Cosima. Mit einem einladenden leisen Lachen ließ sie es geschehen, dass seine Hände abwärts in ihr Dekolleté glitten.

Sie saßen bei einem Saint-Emilion im Wohnzimmer, Mommsen liebte die üppige, aber ausgewogene Reife der Bordeaux-Weine. Cosima hatte ihn über den neuen Fall befragt, der ihn wieder nach Föhr geführt hatte. Als sie den Namen Sotter hörte, richtete sie sich aus ihrer Sofaecke auf. „Was, der Professor Sotter ist ermordet worden? Den kenne ich, der ist doch Dekan an der HUTTT in Hamburg! Er ist der Vorsitzende der Gutachterkommission, die über die Ausschreibung eines Marketing-Projektes für die Westküste befinden soll. Ich habe dir doch erzählt, dass ich in diese Kommission berufen worden bin. Wir hatten bis jetzt zwei Sitzungen, da habe ich ihn etwas kennengelernt. Wie ist er denn umgekommen? Bist du sicher, dass es kein Unfall war, also wirklich Mord?"

Mommsen erzählte Cosima Bernstädt, welchen Augenschein der Tatort geboten hatte: „Was weißt du über Sotter? Die ersten Informationen sind – na, sagen wir mal – nicht sehr positiv. Bei unseren Zeugen scheint er nicht viele Sympathien gesammelt zu haben. War er wirklich ein so unleidlicher Mensch?" Cosima, die sich sonst gerne über die behutsame Ausdrucksweise Mommsens lustig machte, mit der er bei seinen Ermittlungen jeden Anschein der Voreingenommenheit vermeiden wollte, blieb diesmal ernst. „Also, er konnte charmante Umgangsformen mobilisieren, ohne jedoch wirklich Charme zu haben. Ich hatte den Eindruck, dass er ein kultivierter Mensch war, durchaus gebildet, mit Interessen über sein engeres Fachgebiet hinaus. Andererseits war er auch sehr von sich überzeugt, nicht unbedingt ein Egomane, aber doch recht eitel. Solche Menschen neigen üblicherweise auch zu Intrigen, ob das bei ihm so war, weiß ich allerdings nicht."

Mommsen war jedes Mal überrascht, wie differenziert und genau Cosima Menschen beobachten konnte. Und sie täuschte sich selten. „Also gibt es doch so etwas wie weibliche Intuition", überlegte er. „Kennst du ihn auch hier aus Föhr? Er hat seit Jahren in Oevenum ein Ferienhaus."

„Er hat das bei unserem ersten Treffen in Bredstedt kurz erwähnt, aber, soweit ich weiß, bin ich ihm hier noch nicht begegnet. Ich kann mich ja mal bei meiner Cousine in Oevenum erkundigen, die hat sicher schon mal von ihm gehört."

Sie hörten, wie ein Auto vor dem Haus anhielt und kurz darauf der schwere Türklopfer aus Messing betätigt wurde. Caroline Hositz stand vor der Tür, in ihrem Schlepptau Friederichsen, der ihr Gepäck trug. Während Cosima Caroline Hositz in ihr Quartier im Nachbarhaus brachte, verabschiedete Mommsen Friederichsen, der es offenbar eilig hatte, nach Hause zu kommen.

Bald kam auch Cosima zurück. „Deine Kollegin macht sich nur etwas frisch und kommt dann herüber. Sie macht ja einen unkomplizierten und aufgeschlossenen Eindruck. Du hattest sie als einen bunten Vogel mit einem Hang zu offenherziger Kleidung beschrieben, heute ist ihr Auftreten aber ganz seriös."

„Es ist ja noch nicht aller Tage Abend. Warte mal, was sie noch im Gepäck hat.“

Als Caroline Hositz erschien, lotste Cosima ihre Gäste gleich in die Küche, wo sie auf einer geräumigen Eckbank Platz nahmen. „Ludwig, beim Essen sind dienstliche Angelegenheiten tabu. Wenn ihr noch etwas zum Fall zu besprechen habt, macht das nachher. So, ich habe nur eine Kleinigkeit zum Essen. Frau Hositz, mögen Sie ein Halligbrot?“ Caroline Hositz schaute fragend. „Ist das eine spezielle Brotsorte?“

„Das eigentlich nicht. Schwarzbrot, Krabben und ein Spiegelei darüber.“

„Das klingt gut, ja, gerne.“

„Ludwig, dich muss ich ja nicht fragen. Oder hast du seit deinem letzten Besuch deine kulinarischen Vorlieben geändert?“

„Aber nein, ich steh immer noch darauf. Aber der Bordeaux passt nicht dazu. Hast du zufällig Bier im Haus?“

„Nein, nicht zufällig, sondern mit Absicht, als hätte ich mit deinem außerplanmäßigen Kommen schon gerechnet. Und zur Verdauung gibt es einen Jubi.“

Caroline Hositz schaute etwas verständnislos. Cosima klärte sie auf: „Das ist ein Aquavit, Jubiläumsaquavit, Ludwigs Lieblingsschnaps, falls man nicht auch Malt Whiskey als Schnaps bezeichnet. Aber da sei Bacchus vor. Nein, der ist ja nur der Gott des Weines, nicht der Schnäpse. Wer ist eigentlich der Gott der Schnäpse? Wahrscheinlich ist das kein griechischer Gott, passender wäre eher einer der nordischen Götter aus Walhall.“ Mommsen bemerkte, wie es Cosima gelang, mit ihrer anregenden Unterhaltung ihrem neuen Gast eine mögliche Befangenheit zu nehmen. Allerdings war er sich angesichts des Temperamentes von Caroline Hositz nicht sicher, ob diese überhaupt eine Befangenheit verspürte.

Das Essen verlief in angeregter Unterhaltung, in der Cosima immer wieder Eigentümlichkeiten der Föhrer und ihrer Insel erläuterte, die Caroline Hositz, die zum ersten Mal auf einer der nordfriesischen Inseln war, mit interessierten Nachfragen weiterverfolgte

Als Mommsen nach dem Essen aufstand, um den Tisch abzuräumen, wurde er von Cosima zurückgerufen. „Ludwig, lass, das mache ich. Ihr könnt noch euren Fall besprechen. Geht doch ins Wohnzimmer."

Caroline Hositz berichtete Mommsen in Kurzform, was sie bei ihrem Besuch bei den Professoren in Wyk in Erfahrung gebracht hatte. Sie einigten sich darauf, dass sie die Einzelheiten bei der Teamsitzung am nächsten Morgen vortragen werde. Wenige Minuten, nachdem Cosima wieder aus der Küche kam, verabschiedete sich Caroline Hositz.

Cosima und Mommsen saßen noch so lange beim Rotwein zusammen, bis die Flasche leer war. Erst danach bemerkte er, dass er während der ganzen Zeit nicht an seine Ermittlungen gedacht hatte, sondern sich von Cosima in den Bann ihrer Welt hatte ziehen lassen. Sie hatte ein Gespür dafür, wann es nötig war, ihn von seinen Problemen abzulenken, aber auch, wann es an der Zeit war, den Horizont seiner Situation abzustecken und ihn dazu zu bringen, sein Herz auszuschütten.

Als Caroline Hositz am nächsten Morgen zum Frühstück erschien, hatte sie sich für einen offenherzigeren Dresscode entschieden. Eine lockere Bluse, deren obere Knöpfe offen geblieben waren, fiel über eng anliegende Jeans herab und ließen ihre weiblichen Formen nicht nur erahnen. Cosima wechselte mit Mommsen einen bezeichnenden Blick, dieser hatte bereits Brötchen geholt. Er bot seiner Kollegin den Brötchenkorb an. „Versuchen Sie mal einen Kneppkuchen, das ist eine Föhrer Spezialität. Kaffee oder Tee?" Nach einigen Besuchen auf Föhr gab sich Mommsen schon als Landeskenner.

„Welchen Kuchen?"

„Hier, die Anisbrötchen heißen Kneppkuchen." Caroline Hositz aß mit Appetit. Cosima beneidete sie darum, dass ihre Kalorienzufuhr offensichtlich nicht zu einer Ausweitung ihrer Kleidergröße führte.

Mommsen und Caroline Hositz erschienen pünktlich um acht Uhr dreißig zur Teamsitzung in der Polizeistation. Als sie durch die Wachstube gingen, rechnete er angesichts der Aufmachung von Caroline Hositz schon mit bewundernden Pfiffen der Kollegen. Diese konnten sich allerdings beherrschen und begnügten sich mit einem träumerischen Hinterherblicken. Die entsprechenden Kommentierungen konnte Mommsen nicht mehr hören.

Lürrsen und Friederichsen saßen schon am Tisch. Mommsen begann damit, dass er die Ergebnisse ihrer Gespräche mit Engström, van Demme und Cornelis kurz referierte. Die Kollegen hatten konzentriert zugehört, verzichteten aber auf Fragen. Als er geendet hatte, fühlte sich Caroline Hositz aufgefordert, mit ihrem Bericht fortzufahren. „Also, Kollege Friederichsen und ich haben uns mit den Professoren Heckenrock und Fasthoff unterhalten. Den Ablauf der Klausurtagung haben sie so geschildert, wie Herr Mommsen gerade berichtet hat. Heckenrock hat ausführlich darüber geklagt, dass in dem Vorschlag Sotters die IT-Ausstattung, insbesondere die Software, völlig unzureichend berücksichtigt war. Ich hatte den Eindruck, dass er mit diesem vermeintlich sachlichen Thema seinen Frust über Sotter herauslassen wollte. Fasthoff dagegen hat sich damit begnügt, die Themen der Klausurtagung ohne Kommentar einfach nur aufzuführen. Auch zur Person Sotters haben sie sich unterschiedlich ausgelassen. Heckenrock nannte ihn einen Karrieristen, der Freude daran hatte, andere Menschen zynisch bloßzustellen, Fasthoff zeigte dagegen Verständnis dafür, dass Sotter als Vorgesetzter es nicht allen recht machen konnte. Fasthoff lobte auch Sotters Verdienste um die administrative Reorganisation der Fakultät."

Caroline Hositz leitete zu ihrem Kollegen über: „Herr Friederichsen, wie war denn Ihr Eindruck?“

„Ich kann nur bestätigen, was Sie gesagt haben. Heckenrock musste sich richtig zusammenreißen, um bei seiner Schilderung Sotters nicht ausfallend zu werden. Der war mächtig sauer über seinen Chef! Und Fasthoff? Der hat sich einfach zurückgehalten, scheinbar kam er mit Sotter besser klar.“

Mommsen erinnerte sich, dass eine Teilnehmerin an der Klausurtagung bereits am Morgen abgefahren war. „Was ist mit der Professorin Gorek? Warum ist die so eilig verschwunden? Wie können wir die erreichen?“

„Das wussten die beiden auch nicht. Sie hatte nur irgendwelche Urlaubsplanungen erwähnt, aber keine weiteren Angaben gemacht. Zu erreichen ist sie unter ihrer Handynummer, bis zu ihrer Abreise auch unter ihrer Hamburger Adresse. Laut Fasthoff hat sie angedeutet, dass sie Wert darauf lege, zwischen sich und Sotter eine möglichst große Distanz zu haben. Auf Nachfrage hat Fasthoff von einer Rivalität zwischen den beiden gesprochen. Die Gorek hatte sich Hoffnungen auf den Posten als Dekanin gemacht, war aber von Sotter ausgebootet worden. – Herr Friederichsen, Sie hatten doch ihre Handynummer notiert.“ Friederichsen schrieb die Nummer auf einen Zettel und schob ihn Mommsen rüber.

Nach einer kurzen, nachdenklichen Pause nahm Mommsen das Wort. „So, jetzt ist es Zeit für den Arbeitsplan. Welche Personalkapazität haben wir zur Verfügung? Zunächst einmal Frau Hositz und ich, Herr Lürrsen, inwieweit können wir mit Ihrer Hilfe rechnen?“

„Ich könnte mich für die nächsten Tage aus dem Tagesgeschäft hier etwas zurückziehen. Vormittags und am Nachmittag müsste ich mich allerdings jeweils für etwa eine Stunde um den Betrieb hier kümmern. Kollege Friederichsen wird aber nur in ganz geringem Umfang für den Fall Sotter zur Verfügung stehen können.“

„Gut, dann muss Dirk Schön seinen Urlaub vorzeitig abbrechen. Der kann sich als Erstes in Hamburg um Sotters Wohnung und um die Gorek kümmern, er soll sich auch an der Uni über Sotter umhören. Dann muss er hierherkommen, um uns bei den Befragungen zu unterstützen. Frau Hositz, nehmen Sie sich bitte als Erstes die Unterlagen aus Sotters Arbeitszimmer vor und versuchen Sie, in die Dateien auf seinem Laptop hineinzukommen. Wenn wir das Passwort nicht finden, muss das warten, bis Dirk Schön hier ist. Herr Lürrsen, wir fangen mit den Einzelgesprächen an. Zuerst die Profs in Midlum, dann die beiden im Hotel „Halligblick". Hm – sollen wir das hier machen oder in den Hotels? Besser dort, hier stören wir Frau Hositz. Machen Sie doch bitte einen Zeitplan und rufen Sie bei denen an." Mommsen schaute auf die Uhr. „Jetzt haben wir neun Uhr dreißig, fangen wir halb zehn an, jeweils eine Dreiviertelstunde. Und kalkulieren Sie bitte eine kleine Mittagspause ein." Die Runde löste sich auf.

Mommsen griff zum Telefon, um Dirk Schön anzurufen. Dieser meldete sich verschlafen. Nach einer kurzen Diskussion erklärte er sich bereit, seinen Urlaub zu unterbrechen und sich in den Fall Sotter einbinden zu lassen. Sie verabredeten, dass Dirk Schön sich in Hamburg in Absprache mit den dortigen Kollegen zunächst um Sotters Wohnung, aber auch um Gorek und Sotters Sekretärin kümmern solle. Danach werde er nach Föhr kommen.

Nachdem Mommsen aufgelegt hatte, fiel ihm ein, dass Caroline Hositz und Dirk Schön noch nie gemeinsam an einem Fall gearbeitet hatten. Angesichts seiner Einschätzung, dass Hositz mit ihrer feministischen Haltung und Dirk mit seinem Hang zu muskulären Sprüchen über kollisionsbereite Temperamente verfügen, nahm er sich vor, ein wachsames Auge auf den Beginn ihrer Kooperation zu haben. Mommsen hätte gerne schon Näheres von der Kriminaltechnik gehört, war sich aber bewusst, dass es dazu noch zu früh war. Drängen hatte da keinen

Zweck. Auch über die Obduktion werde er frühestens am nächsten Tag Informationen erhalten können.

Wieder einmal ging ihm durch den Kopf, dass in seinem Beruf Geduld, Zähigkeit und ein langer Atem wichtiger waren als Aktionismus und kurze Schlussfolgerungen. Die Zeit bis zur Abfahrt nach Midlum nutzte er, um sich vorbereitende Notizen für die Befragungen zu machen.

Offene Rechnungen

Lürrsen hatte den ersten Termin mit Hiltrud Engström ausgemacht, da diese noch am Vormittag eine andere Verabredung auf Föhr wahrnehmen wollte. Die drei Professoren waren in der Dependance des Marschenkrogs untergebracht, die sich in einem alten, strohgedeckten Friesenhaus befand, das zu einem gemütlichen Gästehaus umgebaut war. Die beiden Kriminalbeamten trafen Hiltrud Engström im Aufenthaltsraum. Diese begrüßte sie selbstbewusst, bat sie, Platz zu nehmen, und fragte wie eine Gastgeberin nach ihren Getränkewünschen. Mommsen und Lürrsen lehnten dankend ab.

Hiltrud Engström hatte eine unruhige Nacht hinter sich. Von Zweifeln gequält, ob sie ihr gescheitertes Verhältnis mit Sotter offenbaren sollte, konnte sie lange nicht einschlafen. Im Traum waren ihr dann quälende Bilder erschienen, in denen Sotter in verschiedenen Stellungen in seinem Blut lag. Erst gegen Morgen war sie in einen tiefen, traumlosen Schlaf gefallen, aus dem sie aber wie gerädert erwacht war.

Der erste morgendliche Blick in den Spiegel ließ sie erschrecken: Sie sah noch elender aus, als sie sich fühlte. Offenbar konnte ihr Unterbewusstsein ihr Verhältnis mit Gregor Sotter doch nicht in dem Maße bagatellisieren, wie sie es sich gewünscht hatte. Normalerweise betrieb sie mit ihrem Äußeren nur einen geringen kosmetischen Aufwand, heute jedoch fühlte sie sich veranlasst, die Spuren einer quälenden Nacht unter reichlich Rouge zu verbergen.

Nach einigem Abwägen hatte sie sich entschlossen, das Thema ihrer früheren Beziehung zu Sotter im Gespräch mit den Beamten direkt anzuschneiden, auch wenn sie davon ausgehen musste, dass diese hieraus ein Mordmotiv ableiten könnten. Sie kalkulierte, dass ihre Offenheit ihre Glaubwürdigkeit auch in anderer Hinsicht erhöhen werde.

Wie selbstverständlich eröffnete Hiltrud Engström das Gespräch. „Bevor Sie mit Ihren Fragen anfangen, möchte ich Sie informieren, dass ich im vorigen Jahr ein Verhältnis mit Herrn Sotter hatte. Ich bitte Sie, diese Information vertraulich zu behandeln, in meinem beruflichen Umfeld habe ich nur mit Herrn van Demme darüber gesprochen. Auch wenn die Beziehung nur eine Episode war und wir uns einvernehmlich getrennt hatten, werden Sie verstehen, dass sein Tod mich erschüttert hat."

Mommsen hatte sie gewähren lassen, als sie die Gesprächsführung übernahm. „Schau an", dachte er jetzt, „das macht sie aber geschickt. Sie muss davon ausgehen, dass wir ihre Beziehung zu Sotter irgendwann doch erfahren würden. Wenn wir sie damit konfrontiert hätten und sie hätte es erst dann zugegeben, stünde sie in einem schlechten Licht da. Dadurch, dass sie die Initiative ergreift, kann sie ihre Lage nur verbessern", gestand er ihr zu. „Frau Engström, ich danke Ihnen für Ihre Offenheit. Selbstverständlich werden wir diese Information diskret behandeln, sofern sich kein Zusammenhang mit unseren Ermittlungen ergibt. Aber bleiben wir erst einmal dabei: Wann begann und wann endete Ihr Verhältnis mit Herrn Sotter?"

Hiltrud Engström hatte sich weiterhin im Griff. „Zu Beginn der Sommerferien letzten Jahres sind wir uns nähergekommen. Am zweiten Advent haben wir uns getrennt."

„Was war der Grund für die Trennung?"

„Wir haben gemerkt, dass unsere Lebensanschauungen nicht zusammengepasst haben. Es kam hinzu, dass eine Beziehung am Arbeitsplatz immer wieder zu Komplikationen führt, zumal Gregor in gewisser Weise mein Vorgesetzter war – na ja, nicht direkt, eher so was wie eine Dienstaufsicht. Und mir hat die Geheimniskrämerei auf Dauer auch nicht gefallen."

„Gab es irgendeinen besonderen Anlass für die Beendigung gerade am zweiten Advent?"

„Nein, das hat sich so ergeben. Ich hatte schon einige Zeit den Wunsch, meine Freiheit wiederzubekommen."

„Haben Sie sich in der Beziehung denn unfrei gefühlt? Wie kann ich mir das vorstellen?“ Hiltrud Engström wurde lebhafter. „Gregor versuchte immer, unsere gemeinsamen Unternehmungen vorab zu planen und mich vor vollendete Tatsachen zu stellen. Und er war eitel, er erwartete Bewunderung. Ich bin aber nicht der Typ, der männliche Eitelkeit bewundert.“

„Frau Engström, eine Beziehung, wie Sie sie geschildert haben, kann natürlich auch das dienstliche Verhältnis belasten. Wie war das denn?“

„Wie das so geht. Um den Eindruck zu vermeiden, ich sei seine Favoritin, ist er mir bei Dingen wie Mittelzuweisungen, Ausstattung, Stundenplanwünschen bewusst weniger entgegengekommen als anderen Kollegen. Ich habe also aus unserem Verhältnis eher Nach- als Vorteile gehabt.“

„Sehen wir mal von Ihrer Person ab. Können Sie sich denken, weshalb er ermordet worden ist? Hatte er Feinde?“

„Es gab Konflikte, als Vorgesetzter fand er nicht immer den richtigen Ton. Ein Dekan muss Wünsche von Kollegen häufig beschneiden oder ablehnen. Aber es ist auch wichtig, wie er das kommuniziert.“

Mommsen schaute in seine Notizen. „Sagt Ihnen der Name Susanne Regenhorst etwas?“, fragte er. „Ja, das ist eine unserer Studentinnen. Sie ist auch der Grund, weshalb ich um diesen ersten Termin heute gebeten habe. Sie macht zurzeit hier auf Föhr bei der Kurverwaltung in Utersum ihr Praktikum, da habe ich mich gleich zu einem Besuch angesagt. Wie kommen Sie auf den Namen?“ Mommsen wiegelte ab. „Der ist so am Rande aufgetaucht. Gibt es einen Grund, warum diese Studentin einen Konflikt mit dem Opfer gehabt haben könnte?“

„Ich bin ihre Mentorin, daher weiß ich, dass sie mit ihrem Studium in Verzug ist. Susannes Familie macht wohl Druck, dass sie bald ihren Abschluss macht. Sie hat sich vor allem über Gregor – also Herrn Sotter – beklagt, dass er sie ungerecht behandelt habe. Aber das ist doch kein Grund für einen Mord! Dennoch, wie kommen Sie auf ihren Namen?“

„Das darf ich Ihnen nicht sagen. Wie Sie sicher wissen, dürfen wir über unsere Ermittlungen nicht sprechen. Wie kann ich Frau Regenhorst erreichen?“

Hiltrud Engström zog ihre Handtasche heran. Mommsen fiel auf, dass diese eine geradlinige, rechteckige Form ohne jeden Zierrat hatte und den Eindruck strenger Sachlichkeit unterstrich, den Hiltrud Engström auch in ihrem Verhalten zum Ausdruck brachte. Sie holte ihr Handy heraus, wählte die Telefonliste und gab Mommsen die gewünschte Nummer. „Wie ich schon sagte, Frau Regenhorst absolviert zurzeit ein Praktikum bei der Kurverwaltung in Utersum, da müsste sie tagsüber zu erreichen sein.“

„Frau Engström, wie war denn das Verhältnis des Opfers zu den Kollegen, die hier an der Tagung teilgenommen haben?“

„Kollegial würde ich sagen. Die einen hatten mehr, die anderen weniger mit ihm zu tun. Der Alltag des Lehr- und Prüfungsbetriebs läuft weitgehend selbstverantwortlich, Forschungsprojekte erst recht. Da kommt man sich kaum in die Quere.“

„Ist Ihnen im Ablauf Ihrer Klausurtagung etwas aufgefallen, was einen Hinweis auf den Mord bedeuten könnte?“

„Nein, nichts.“

„Pflichtgemäß muss ich auch Sie fragen, wo Sie Sonntagnacht zwischen zweiundzwanzig und drei Uhr waren?“

„Sind wir alle verdächtigt, dass wir ein Alibi brauchen?“

„Frau Professor Engström, bitte, wir müssen unseren Job tun.“

„Ich habe nichts zu verbergen: Um zweiundzwanzig Uhr habe ich mit den Kollegen ein italienisches Lokal in Wyk verlassen. Wir, das heißt Cornelis, van Demme und ich, haben hier im Krog noch einen Schlaftrunk genommen, ich bin dann auf mein Zimmer gegangen.“

„Wie spät war das genau?“

„Ich habe nicht auf die Uhr geschaut. Eine reichliche Stunde vor Mitternacht?“

„Herr Lürrsen, haben Sie noch Fragen?“ Lürrsen entsann sich, dass die Tatwaffe ein Tauchmesser sein könnte. „Frau Professor Engström, tauchen Sie?“

„Wie bitte?“

„Ich meine, Tauchen als Sport oder Hobby, zum Beispiel im Urlaub.“

„Der Sinn Ihrer Frage bleibt mir dunkel, das Opfer ist doch nicht ertrunken. Aber nein, ich kann gar nicht tauchen, habe das auch nie versucht.“

Mommsen beendete das Gespräch, dankte Hiltrud Engström und verabschiedete sic. Als sie gegangen war, schwieg er einen Augenblick, dann wandte er sich an Lürrsen. „Na, was halten Sie davon?“

„Ich frage mich, ob das Verhältnis mit Sotter nicht doch mehr als eine Episode war, die sie einfach von sich abschütteln konnte. Auch scheint mir ihre genaue Terminierung des Endes auf den zweiten Advent nicht dafür zu sprechen, dass sie sich im Laufe eines Prozesses der langsamen Entfremdung getrennt haben. Und auf Ihre Frage nach dem Verhältnis ihrer Kollegen zu dem Opfer hat sie nur herumgeeiert.“

„Ja, das sehe ich auch so. Sonst ist sie eindeutig, bevorzugt eine klare Sprache. Wenn sie sich so in Allgemeinheiten auslässt, will sie offensichtlich ausweichen.“ Mommsen blickte versonnen vor sich hin. „Wir müssen herausbekommen, was am zweiten Advent passiert ist. Für die Trennung von Sotter muss es einen aktuellen Anlass gegeben haben. Vielleicht ‚Cherchez la femme‘?“

„Was meinen Sie?“

„Ob es sich dabei nicht um eine andere Frau handelt, für die Sotter sie sitzengelassen hat. Aber das würde sie nie zugeben. Von der Putzfrau hier wissen wir immerhin, dass er sich mit wechselnden Frauenbekanntschaften hierher zurückgezogen hatte."

Den zweiten Termin hatte Lürrsen mit van Demme vereinbart. Dieser erschien pünktlich im Aufenthaltsraum, nachdem er zuvor einige Worte mit Hiltrud Engström gewechselt hatte. Jetzt übernahm Mommsen gleich die Gesprächsführung. „Herr van Demme, sind Sie zum ersten Mal auf Föhr?" Dieser hatte mit einer anderen Einleitung gerechnet. Da ihm der Hintergrund der Frage nicht klar war, antwortete er zögerlich. „Nein, ich war in früheren Jahren schon auf der Insel. Weswegen fragen Sie?"

„Waren Sie da schon Gast bei Herrn Sotter?"

„Gott bewahre, nein, so nah stehen wir uns nicht! Ich weiß auch gar nicht, ob er damals schon sein Haus hier hatte."

„Darf ich daraus schließen, dass Sie zu dem Opfer ein gespanntes Verhältnis hatten?"

„Das auch wieder nicht. Unsere Lebensanschauungen, unsere Prioritäten im Beruf waren halt unterschiedlich." Mommsen dachte: „Das habe ich doch schon mal gehört." Laut sagte er: „Hatten Sie in letzter Zeit mit ihm Auseinandersetzungen?"

„Seine Eitelkeit reizte mich manchmal zu ironischen oder sarkastischen Bemerkungen, damit konnte er nicht umgehen. Deshalb ließ er mich auch in Ruhe. Wir wussten beide voneinander, dass wir uns nicht mögen. Aber Auseinandersetzungen haben wir nicht gehabt, für solche hatte er genügend andere."

„Wen? Nun mal Klartext." Mommsen war es leid, sich in einem Nebel von Andeutungen vorwärtszutasten. „Namen bekommen Sie von mir nicht, aber einen Tipp. Schauen Sie sich doch einmal die Protokolle der Sitzungen des Fakultätsrates aus den letzten Semestern an. Da finden Sie eine Fülle von Anknüpfungspunkten für Dispute."

„Herr van Demme, Frau Engström hat uns gesagt, dass sie ein Verhältnis mit dem Opfer hatte und dass sie mit Ihnen als einzigem Kollegen darüber gesprochen hatte. Was wissen Sie davon?“

„Recht wenig. Ich hatte die beiden zufällig einmal in einem Hamburger Lokal gesehen, wie sie ganz vertraut miteinander umgingen. Also, Hiltrud Engström und Sotter, da war ich doch überrascht. Ich habe mich auch gefragt, was sie an dem findet. Gut, ich denke, er hatte einen gewissen Stil, war gebildet – na ja, das hat sie wohl beeindruckt. Vielleicht hatte sie damals auch seine moralischen Qualitäten höher eingeschätzt als im Nachhinein.“

„Kennen Sie auch den Grund für die Trennung?“

„Nein, kurz vor Weihnachten letzten Jahres hat sie mich wissen lassen, dass die Beziehung beendet sei. Warum, weiß ich allerdings nicht.“

„Was vermuten Sie denn?“

Van Demme hatte beschlossen, seine Vermutungen nicht preiszugeben. „Ich kann Ihnen leider nicht weiterhelfen. Für irgendwelche Mutmaßungen gab es keinen Anlass.“

„Kennen Sie eine Susanne Regenhorst?“

„Ich glaube, das ist eine unserer Studentinnen.“ Van Demme gab sich desinteressiert, fragte aber weiter. „Wie kommen Sie auf die? Frau Engström ist ihre Mentorin und will sie hier an ihrem Praktikumsplatz auf Föhr besuchen.“

„Das kann ich jetzt nicht ausführen. Nun, wie war das Verhältnis des Opfers zu den anderen Kollegen, die an der Klausurtagung teilgenommen haben? Fangen wir mit Herrn Cornelis an.“

Van Demme überlegte kurz, ob er die Antwort mit dem Hinweis verweigern solle, dass er seine Kollegen nicht verpetzen will. Dies kam ihm allerdings etwas kindisch vor. Er beschloss, sich mit kurzen Antworten zu begnügen. „Herr Cornelis ist ein sachlicher Mensch mit einem ausgleichenden Temperament. Sein Verhältnis zu Sotter würde ich als neutral bezeichnen.“

„Wie standen Sotter und Frau Gorek zueinander? Wissen Sie übrigens, warum sie schon heute Morgen wieder abgereist ist?"

„Frau Gorek hatte Urlaubspläne. Ich glaube, sie wollte nach Italien. Vor zwei Semestern wurde die Position des Fakultätsdekans neu besetzt. Dafür hatte sich auch Frau Gorek beworben – mit viel Unterstützung aus dem Kollegenkreis. Aber schließlich wurde Herr Sotter als Dekan berufen, was bei ihr natürlich zu Enttäuschung geführt hat. Mehr kann ich dazu nicht sagen."

„Und wie stand Herr Heckenrock zu Sotter?"

„Der Kollege Heckenrock ist ein recht zurückhaltender Mensch, im Gegensatz zu Sotter. Er ist eher der Typ des Gelehrten, der in seinem Fach aufgeht. Seine Ausstattungswünsche konnte er in der Regel nicht durchsetzen." Diese Information gab van Demme nur, weil sie ohnehin den Protokollen des Fakultätsrates zu entnehmen waren. „Und weil Sie gleich nach Herrn Fasthoff weiterfragen würden: Er ist ein fachlich sehr beschlagener Kollege, der sich durch seine Publikationen und auch durch empirische Forschungen einen Namen gemacht hat. Er tut auch viel für die Außendarstellung der Fakultät. Differenzen zwischen ihm und Sotter sind mir nie aufgefallen."

Mommsen wartete einen Augenblick, bevor er fortfuhr. „Sie haben in den beiden Tagen ein recht umfangreiches Programm abgewickelt. Wenn daraus ein Vorschlag für den Fakultätsrat werden soll, dann gibt es sicher ein Protokoll darüber. Wer hat das gemacht?"

„Herr Cornelis hat unsere Ergebnisse festgehalten. Er wird auch den Beschlussvorschlag für den Fakultätsrat formulieren."

„Herr van Demme, auch Sie muss ich nach Ihrem Alibi fragen: Was haben Sie Sonntag ab zweiundzwanzig Uhr gemacht?"

„Wir waren noch beim Italiener in Wyk essen. Dann bin ich mit meinen beiden Kollegen hier aus dem Hotel im Krog nebenan noch auf ein Glas eingekehrt. Na, es war wohl mehr als ein Glas. Wir haben noch etwas geredet, so eine Art Resümee der Klausur. Dann war Zapfenstreich. Später: keine Zeugen."

„Wann war der Zapfenstreich?"

„Hiltrud – also Frau Engström – ist schon vorher gegangen. Cornelis und ich haben noch eine Runde bestellt. Ich schätze einmal, dass wir so gegen dreiundzwanzig Uhr schlafen gegangen sind, vielleicht auch etwas später. Wenn ich von dem Mord gewusst hätte, dann könnte ich Ihnen jetzt ein zeitgenaues Alibi bringen."

„Treiben Sie Sport?"

„Wie kommen Sie darauf? Ja, ich weiß schon, Sie dürfen über Ihre Ermittlungen keine Auskunft geben. Ich spiele hin und wieder Tennis."

„Tauchen Sie auch?"

„Nein, hat mich nie gereizt."

Mommsen dankte van Demme und verabschiedete ihn mit der Bitte, die Insel nicht ohne polizeiliche Erlaubnis zu verlassen. Als dieser den Raum verließ, gab er Hagen Cornelis die Klinke in die Hand. Auch Cornelis konnte – wie schon bei der gemeinsamen Befragung – keine Gründe für die Ermordung Sotters angeben. Mommsen ging mit ihm durch, wie die auf Föhr anwesenden Kollegen zu Sotter standen.

Cornelis' Eindrücke deckten sich weitgehend mit den Ausführungen von van Demme. Er erklärte sich bereit, der Polizei seinen Laptop zur Verfügung zu stellen, damit diese einen Ausdruck der Protokollnotizen erhielt. An Susanne Regenhorst konnte er sich nur als Teilnehmerin eines Seminars schwach erinnern. Auch er verneinte die Frage, ob er Tauchen als Sport betreibe.

„Herr Professor Cornelis, eine Frage zum Schluss, die wir allen Beteiligten stellen müssen: Wo waren Sie Sonntagnacht zwischen zweiundzwanzig und drei Uhr?"

„Wir haben alle zusammen noch in einem Wyker Restaurant gegessen, allerdings ohne Sotter. Danach habe ich mit Kollegin

Engström und Kollegen van Demme hier im Krog noch einen Absacker genommen. Ich denke, ich war gegen dreiundzwanzig Uhr im Bett." Mit einem schiefen Lächeln endete er. „Allein, also kein Alibi."

Als Cornelis gegangen war, lehnte sich Mommsen mit hinter dem Kopf verschränkten Armen zurück. „Na, Herr Lürrsen, hat uns das viel weiter gebracht?"

„Etwas schon, denke ich. Erstens, dass die Engström ein Verhältnis mit dem Opfer gehabt hat. Zweitens, dass außer den Teilnehmern an der Klausur noch eine Person auf Föhr war, die Studentin Regenhorst, die vermutlich nicht gut auf das Opfer zu sprechen war. Und obendrein war deren Klausurarbeit mit dem Messer an die Leiche geheftet. Das gibt schon zu denken – nur was bedeutet das? Wenn sie die Täterin war, müsste sie bescheuert sein, wenn sie gerade ihre eigene Klausur so auffällig platziert. Schließlich könnte auch das Protokoll für uns von Interesse sein."

„Ja, das würde mich auch interessieren. Wie und warum ist das Verhältnis der Engström mit Sotter in die Brüche gegangen? Sind bei ihr Verletzungen geblieben, die nach Rache schreien? Hat es eine neue Favoritin gegeben? Wir müssen bei seiner Wirtschafterin, also Frau Jansen, nachhaken, ob sie Begleiterinnen aus der letzten Zeit kennt. Können Sie das bitte übernehmen? Wenn die nichts weiß, kann Dirk Schön in Hamburg bei den Nachbarn rumfragen. Und wir müssen unbedingt diese Studentin befragen. So, jetzt nehmen wir Cornelis und seinen Laptop mit auf die Wache, um dort das Protokoll auszudrucken, bevor es für uns geschönt werden kann."

Die Beamten begaben sich zur Wache. Dort stellte Mommsen fest, dass Caroline Hositz das Passwort für Sotters Notebook nicht gefunden hatte. Er bat sie, dieses Vorhaben erst einmal ruhen zu lassen. Nachdem die Protokollnotizen ausgedruckt waren und Cornelis sich verabschiedet hatte, ging Mommsen mit Caroline Hositz und Lürrsen zum Sandwall hinüber, um sich mit einem Fischbrötchen zu stärken. Zum Essen setzten sie sich auf eine Bank mit Blick auf das Meer und die Halligen. Im gleißenden Sonnenlicht schienen die Warften auf dem Wasser zu schweben.

Mommsen entsann sich eines Ausflugs nach Langeneß, den er am Ende des vorigen Sommers mit Cosima gemacht hatte. Das war an einem ebenso sonnigen und windstillen Tag wie gegenwärtig gewesen. Sie hatten sich Fahrräder gemietet und waren über die langgestreckte Hallig gefahren. An der kleinen Halligkirche hatten sie Halt gemacht und waren beinahe andächtig in Vorstellungen versunken, welche Naturgewalten das jahrhundertealte Kirchlein überstanden hatte und wie häufig es zur letzten Zuflucht von Menschen in Not geworden war.

„Herr Lürrsen, kann der Kollege Friederichsen uns heute Nachmittag unterstützen? Wir sollten möglichst bald weitere Informationen über Sotters Nachbarn bekommen – also über den mit dem insolventen Zimmereibetrieb und den mit dem Grundstück hinter ihm, der das Wegerecht haben wollte. Frau Hositz könnte mit ihm die beiden befragen, Friederichsen kennt ja die beiden. Ich möchte gerne wissen, ob ihre Konflikte mit dem Opfer für ein Mordmotiv ausreichen."

„Sie meinen Thies Brodersen und Friedrich Jessen? Ja, ich denke, es lässt sich einrichten, dass Friederichsen Frau Hositz begleitet. Ich rufe ihn gleich mal an." Lürrsen griff zum Handy und unterrichtete Friederichsen über die veränderte Gestaltung seines Nachmittags. Während des Gesprächs ruhte sein Blick wehmütig auf Caroline Hositz, offensichtlich hätte Lürrsen selber gerne einige Stunden in ihrer Gesellschaft verbracht.

Nach der kurzen Mittagspause begaben sich Mommsen und Lürrsen zum Hotel „Halligblick", um mit der Befragung der Professoren Heckenrock und Fasthoff in ihrem Programm fortzufahren. Die beiden erwarteten sie vor dem Hoteleingang. Da der Speiseraum des Hotels noch besetzt war, schlug Mommsen vor, die Gespräche in den jeweiligen Hotelzimmern zu führen.

Heckenrock erbot sich, mit der Befragung bei ihm anzufangen. Fasthoff wollte inzwischen einen Rundgang über den Sandwall machen.

Heckenrock bot seinen Besuchern die beiden kleinen Sessel in seinem Zimmer an und setzte sich selbst auf das Bett. Mommsen begann – nach einer kleinen Pause – mit einem etwas abwesenden Gesichtsausdruck, der dem Gespräch einen routinemäßigen Charakter geben sollte. „Herr Professor Heckenrock, ist Ihnen etwas aufgefallen, was den Mord an Ihrem Kollegen Sotter erklären könnte? Sei es in der Vergangenheit oder in den letzten Tagen hier auf Föhr.“ Heckenrock ließ sich mit der Antwort Zeit. „Nein, Sotter war hier wie auch sonst immer. Er wollte im Mittelpunkt stehen, wollte andere manipulieren und sich gegenüber denen durchsetzen, die sich nicht wehren konnten. Ihm kam dabei zugute, dass er eloquent war und auch unseriöse Vorhaben schönreden konnte.“

Mommsen reagierte immer noch bedächtig. „Hatten Sie denn Anlass, sich gegen Professor Sotter zu wehren?“

„Ja, natürlich! Ich betreue das Fachgebiet „Empirische Methoden“. Da benötigt man umfangreiche Statistikprogramme. Sotter hatte meine Anträge auf eine einigermaßen ausreichende Software stets schmoren lassen, bis keine Haushaltsmittel mehr da waren. Und im Strukturplan hatte er vorgesehen, für die Sparauflagen den zeitlichen Umfang gerade meines Fachs zu reduzieren und die Gruppengrößen zu verdoppeln. Damit ist eine sinnvolle Lehre gar nicht mehr möglich. Im Kollegenkreis habe ich aber auch keine Unterstützung gefunden, da das Einsparvolumen, das in meinem Fachgebiet realisiert werden kann, dann nicht von den Kollegen erbracht werden muss.“

„Verstehe ich das richtig, dass Sie durch Sotters Vorschlag stärker als andere Kollegen belastet werden?“

„Genau! Sotter konnte sich dann beim Präsidium der Hochschule für seine Einsparungen Applaus abholen – auf meine Kosten.“

„Wie standen denn Ihre Kollegen zu dem Opfer?“

„De mortuis nil nisi bene! Aber Zeit seines Lebens war der bestimmt kein Opfer. Er hat nur immer andere zu Opfern gemacht, aber das muss man heutzutage wohl, um Karriere zu machen. Und von den Kollegen ist auch keine Solidarität zu erwarten.“

„Gut, trotzdem noch einmal: Wie standen also Ihre Kollegen zu Professor Sotter?“

„Entweder haben sie sich bei ihm eingeschmeichelt oder sich hinter seinem Rücken über ihn aufgeregt. Einige allerdings haben ihn auch angegriffen.“

„Wer denn zum Beispiel?“ Heckenrock hatte sich zwar in Rage geredet, bei dieser direkten Frage Mommsens hielt er jedoch inne. Er atmete einige Male tief durch. „Nein, es wäre nicht recht, Namen zu nennen. Schon als Schüler fand ich petzen verächtlich und würdelos.“

Mommsen hatte den Eindruck, dass er in dem Gespräch schon einen recht deutlichen Eindruck von Heckenrocks Verhältnis zu Sotter bekommen hatte. Er unterließ es daher, auf der Beantwortung seiner Frage zu bestehen. „Eine letzte Frage noch: Was haben Sie in der Nacht von Sonntag auf Montag gemacht? Zwischen zweiundzwanzig und drei Uhr?“

„Nach dem Ende der Klausur haben wir im Kollegenkreis noch in einem italienischen Restaurant in Wyk gegessen. Ich war um kurz nach zweiundzwanzig Uhr wieder im Hotel und bin dann schlafen gegangen.“

Obwohl Heckenrock auf Mommsen keinen sportlichen Eindruck machte, fragte er ihn, ob er schon mal getaucht habe. Heckenrock wies die Frage fast empört zurück. Mommsen bat ihn, die Insel ohne polizeiliche Erlaubnis nicht zu verlassen und für die Klärung weiterer Fragen erreichbar zu bleiben. Nachdem sie sich verabschiedet hatten, warteten Mommsen und Lürrsen vor der Tür auf Fasthoff.

Lürrsen begann, die Aussagen Heckenrocks zu kommentieren. „Er hält sich wohl für das bevorzugte Opfer Sotters. Man hat fast den Eindruck, dass er unter Verfolgungswahn leidet; alle Welt ist gegen ihn. Aber er macht auch einen hilflosen Eindruck. Er gehört sicher zu denen, die sich nicht wehren können. Was hatte eigentlich das Lateinische zu bedeuten? Es war doch Latein? Haben Sie das verstanden?"

„Über Tote soll man nichts sagen, nur noch Gutes. Ja, könnte er sich nicht wehren? Zumindest nicht mit den üblichen Mitteln. Aber was ist, wenn der Druck seiner gefühlten Ohnmacht zu groß wird? Zu welchen Mitteln würde er dann greifen?" Mommsen erwartete keine Antwort auf diese Frage. Kurz darauf kann Fasthoff zurück. Sie gingen mit ihm in den Speiseraum, der inzwischen leer war. Auch Fasthoff wurde nach dem Ablauf der Klausurtagung befragt. Seine Aussage ergab keine neuen Erkenntnisse. Mommsen schnitt nun sein Verhältnis zu Sotter an. „Wie haben Sie denn das Opfer eingeschätzt, sowohl beruflich als auch als Mensch?"

„Als Dekan war er ein guter Administrator. Zu den Kollegen und Mitarbeitern hielt er auf Distanz, was für den Job durchaus sinnvoll ist. Für die Entwicklung der Fakultät setzte er wenig Impulse, aber er hatte auch genug damit zu tun, die teilweise recht unrealistischen Vorstellungen und Wünsche der Kollegen ins Bett des Machbaren zu kanalisieren. "

„Und wie war er als Mensch?"

„Wie ich schon sagte, er hielt auf Distanz. Ich hatte eigentlich keinen persönlichen Umgang mit ihm. Und beruflich hatten wir keine Reibungspunkte miteinander."

„Aber einige Kollegen schon?"

Fasthoff gab sich kooperativ. „Als Vorgesetzter kann man es nie allen recht machen, auch Sotter natürlich nicht. Der Kollege Heckenrock zum Beispiel hat sich einige Male beschwert, dass seine Anliegen nicht berücksichtigt worden seien. Und Sotter hatte Frau Gorek die Position des Dekans vor der Nase weggeschnappt und ihr später die Leistungsprämie auf die Besoldung gekürzt. Die Kollegen Schuster und Seidenstrumpf mussten ihr Projekt einer Partnerschaft mit einer Universität in Kanada aufgeben, da Sotter die Finanzierung nicht sichern konnte. Alles Alltagsprobleme an einer Hochschule, aber nie und nimmer auch nur Ansätze für ein Mordmotiv."

„Die Herren Schuster und Seidenstrumpf waren aber jetzt nicht auf Föhr?"

„Nein, die gehörten nicht zur Arbeitsgruppe."

Mommsen schaute Lürrsen an. „Haben Sie noch Fragen?"

„Nur noch eine. Herr Professor Fasthoff, wir müssen auch von Ihnen, wie von allen anderen, wissen, wo Sie Sonntagnacht von zweiundzwanzig bis drei Uhr gewesen sind." Fasthoff lachte verständnisvoll auf. „Die berühmte Frage nach dem Alibi. Also, wir waren noch zusammen zum Essen. Gegen zweiundzwanzig Uhr war ich wieder am Hotel. Zum Abschluss des Essens hatte ich mir noch ein Tiramisu gegönnt, das mir ein ungutes Völlegefühl verursachte. Ich beschloss daher, noch einen kurzen Rundgang zur Verdauung durch die Wyker Innenstadt zu machen, Ich denke, ich war noch etwa zwanzig Minuten bis zu einer halben Stunde unterwegs. Dann bin ich schlafen gegangen."

Auch Fasthoff reagierte auf die Frage, ob er Tauchsport betreibe, mit Verwunderung und beteuerte, nicht einmal im Traum daran gedacht zu haben.

Lürrsen bedankte sich für die Antworten und die beiden Beamten verabschiedeten sich von Fasthoff. Mommsen schaute auf die Uhr. „Das ging ja schneller, als ich erwartet habe. Wir können noch die Studentin bei der Kurverwaltung in Utersum kontaktieren. Lassen Sie uns zur Station zurückgehen und von dort den Wagen nehmen."

Auf dem Rückweg erwachte wieder Lürrsens Bedürfnis, sich mit Mommsen über die Ergebnisse der Befragungen auszutauschen. „Vorwiegend haben beide wiederholt, was sie schon der

Kollegin Hositz erzählt haben. Na ja, Fasthoff hat mal konkret Namen genannt hat, bei denen sollten wir genauer nachhaken, vielleicht liegt da ja ein Motiv. Aber mit den Alibis können wir wenig anfangen."

„In der Situation ist das zu erwarten. Wenn einer von denen ein hieb- und stichfestes Alibi hätte, das würde mich stutzig machen. Schade, dass keiner eine Verbindung zum Tauchen hat. Ein Tauchmesser als Tatwaffe ist schon recht ungewöhnlich. Ja, wir haben noch viel Arbeit vor uns."

Auf der Polizeistation erkundigte sich Lürrsen telefonisch, ob Susanne Regenhorst noch an ihrem Arbeitsplatz bei der Kurverwaltung in Utersum sei. Er bat die erstaunte Studentin, dort auf sie zu warten. Als Susanne Regenhorst sich mit zwei Polizeibeamten konfrontiert sah, war von ihrer üblichen Kommunikationsfreude nichts mehr zu merken. Mommsens Begrüßung erwiderte sie mit einem leisen und verwirrten „Ich weiß gar nicht, was Sie von mir wollen". Offensichtlich war sie noch nicht in die Gerüchteküche der Insel einbezogen, in der der Mord an dem Professor aus Oevenum das wichtigste Thema war.

Mommsen aktivierte seinen väterlichen Charme. „Meine Liebe, Sie brauchen sich keine Sorgen zu machen. Wir brauchen nur einige Informationen von Ihnen. Also, wie lange sind Sie schon hier?" Susanne Regenhorst wirkte weiterhin irritiert, erläuterte aber, dass sie ein sechswöchiges Praktikum für ihr Studium durchlaufe. Während dieser Zeit wohne sie mit einer Kommilitonin in dem Ferienhaus ihrer Eltern, der alten Kate in Oldsum. Die Kommilitonin? Die heiße Swetlana Kirch und absolviere ihr Praktikum in einem Hotel in Wyk.

„Was haben Sie denn am Sonntagabend gemacht?"

„Worum geht es eigentlich?" Susanne Regenhorsts Stimme klang widerspenstig. „Beantworten Sie bitte erst einmal unsere Fragen, dann werde ich Ihnen den Grund erläutern. Also?"

„Wir hatten Samstag Besuch von zwei weiteren Kommilitonen bekommen. Der Timo Johannsen ist Swetlanas Freund. Und Stefan Liesen ist Mitglied unserer studentischen Arbeitsgruppe. Timo gehört aber auch zu unserer Arbeitsgruppe. Sie wollten ein paar Tage hier Urlaub machen."

„Was haben Sie denn am Sonntagabend gemacht?"

„Wir hatten uns auf dem Fischmarkt Makrelen besorgt, die wir abends gegrillt haben. Irgendwann sind wir dann schlafen gegangen."

„Haben Sie einen Zeugen dafür?"

„Sie fragen, ob Stefan mein Freund ist und bei mir geschlafen hat?" Susanne Regenhorst musste nun doch lachen. „Nein, der ist überhaupt nicht mein Typ. Der hat auf dem Sofa im Wohnzimmer geschlafen, ich im Schlafzimmer und Swetlana und Timo im Gästezimmer. Aber warum interessieren Sie unsere Schlafgewohnheiten? Wir sind alle volljährig."

„Gut, dann will ich Ihnen den Grund für unser Gespräch nennen: Sie kennen doch Professor Sotter?"

„Ja, der soll auch hier auf Föhr ein Ferienhaus haben, in Oevenum. Was ist mit dem?"

Mommsen berichtete ihr kurz vom Tod Sotters. Susanne Regenhorst blieb wie erstarrt sitzen. Sie machte den Eindruck, als habe sie Mühe, sich auf das Gespräch zu konzentrieren. Mommsen schien, dass sie durch die Nachricht vom Mord an Sotter stärker erschüttert war, als er erwartet hatte. Er beschloss daher, genauer zu erforschen, in welchem Verhältnis sie zum Opfer gestanden hatte. Sotter, der Frauenkenner, hatte sicher bemerkt, dass sie ein ausgesprochen hübsches Mädchen war. Mommsen konnte sich vorstellen, dass sie durchaus in der Lage war, eine erotische Ausstrahlung zu entwickeln. Sollte er da angebissen haben?

„Sie kannten Professor Sotter also. Wie standen Sie zu ihm? Kannten Sie ihn näher?" Susanne Regenhorst überlegte einige Zeit, wobei sie ihre Schuhspitzen fixierte. „Ja, leider kannte ich ihn schon lange. In diesem Semester ist es das dritte Seminar von ihm, an dem ich teilnehmen muss. Die ersten beiden Male hat er mich bei den Prüfungen durchrauschen lassen, das ist allerdings vielen so gegangen. Die Durchfallquoten waren bei ihm mit Abstand die höchsten an der ganzen Fakultät. Er war ein gemeiner Prüfer! Und kürzlich erst hat er mich vor dem ganzen Semester als Dünnbrettbohrerin zur Sau gemacht. Ja, so kann man es nennen, ich kannte ihn näher."

„Haben Sie kürzlich eine Klausurarbeit bei Professor Sotter geschrieben?"

„Ja, mein letzter Versuch. Wenn ich die in den Sand setze, kann ich mein Studium an den Nagel hängen."

„Also ist die Arbeit noch nicht benotet?"

„Das weiß ich nicht, die Ergebnisse werden wir erst im September erfahren."

„Was ist, wenn Professor Sotter die Arbeiten vor seinem Tod noch nicht begutachtet hat?"

„Ich denke, die letzte Klausur wird dann nicht gewertet und bei einem anderen Prüfer wiederholt werden." Mommsen horchte auf, notierte sich sogleich, dass er bei der Uni nach dem Verfahren nachfragen müsse. Vielleicht lag hier ein Motiv. „Frau Regenhorst, ich habe den Eindruck, dass der Tod von Professor Sotter Sie sehr mitnimmt. Bei Ihrem gespannten Verhältnis zu ihm erstaunt mich das."

„Ich kann mir doch ausrechnen, dass ich schnell zu den Verdächtigen zähle. Ich habe ihn nicht gemocht, ja gehasst, also ein Motiv! Ich bin hier auf Föhr vor Ort. Dass die Nachricht von seiner Ermordung mich erschreckt, können Sie sich sicher vorstellen."

„Dazu haben Sie auch allen Grund." Mommsen berichtete ihr, dass ihre Prüfungsklausur an Sotters Leiche gefunden worden war – durchbohrt mit einem Messer, das in seinem Rücken steckte. Susanne Regenhorst wurde blass. Erst versagte ihre Stimme, dann brachte sie mühsam heraus: „Ich war das nicht.

Ich habe Sotter auf Föhr noch nie gesehen. Sonntagabend waren wir alle zusammen hier. Und ich könnte doch nie einen Menschen töten."

„Lassen wir das erst einmal so stehen, Frau Regenhorst. Wir müssen umso genauer den Ablauf des Sonntagabends in Erfahrung bringen, mit exakten Zeitangaben bitte. Also!" Lürrsen unterstrich die Gewichtigkeit dieser Aufforderung dadurch, dass er eine neue Seite in seinem Notizbuch aufschlug und zunächst genaue Angaben zur Person festhielt.

„Wie gesagt, wir haben gegrillt. Gegen fünf Uhr sind wir von einer Fahrradtour zurückgekommen, haben danach damit angefangen. Das hat sich hingezogen. Timo hatte Rotwein mitgebracht. Den haben wir noch ausgetrunken. Genauer weiß ich es einfach nicht." Susanne Regenhorst zuckte leicht mit den Schultern. Ihrem angestrengten Gesichtsausdruck entnahm Mommsen, dass sie wirklich bemüht war, sich der Geschehnisse zu erinnern.

„Waren Sie alle vier die ganze Zeit zusammen?"

„Ja – gut man ist mal aufs Klo gegangen oder hat mit dem Handy telefoniert. Um einen guten Empfang zu haben, muss man ein Stück vom Haus weggehen. Aber das meinen Sie wohl nicht. Nee, längere Zeit ist keiner weg gewesen."

„Was war, nachdem sich die Runde aufgelöst hatte?"

„Timo und Swetlana sind dann im Gästezimmer verschwunden, Stefan hat noch eine Runde mit dem Fahrrad machen wollen. Ich habe mich vor den Fernseher geparkt."

„Wann ist Herr Liesen zurückgekommen?"

„Als ich schlafen gegangen bin, war Stefan noch nicht da. Mehr weiß ich dazu nicht."

„Wann genau sind Sie denn ins Bett gegangen?"

„Ich schätze mal so um dreiundzwanzig Uhr. Ich bin gleich eingeschlafen. Durch die lange Fahrradtour waren wir alle sehr müde."

„Frau Regenhorst, wie kamen denn Ihre Kommilitonen mit Professor Sotter aus?“

„Gemocht hat den keiner. Für Stefan war es diesmal auch der dritte Versuch, wie bei mir. Swetlana und Timo sind erst einmal durchgefallen, für die war es erst der zweite Anlauf. Die haben noch eine Chance, wenn es diesmal nicht geklappt hat.“

„Treiben Sie Sport? Welche Arten?“

„Wie kommen Sie denn jetzt darauf? Ich geh einigermaßen regelmäßig reiten, auch hier auf Föhr. Auf der Insel gibt es ja mehrere Reitställe, ich fahre nach Alkersum hinüber. Bis zum Studium habe ich auch Volleyball gespielt.“

„Treiben Ihre Kommilitonen Sport?“

„Timo hat erzählt, dass er Florettfechten macht. Swetlana geht gerne zum Schwimmen. Stefan sieht ziemlich unsportlich aus. Er ist erst seit Kurzem bei uns in der Arbeitsgruppe. Ich weiß überhaupt nicht, ob der Sport macht.“ Lürrsen war aufmerksam geworden. „Diese Swetlana, also Frau Kirch, geht die auch tauchen?

„Sie meinen, so richtig mit Tauchgerät? Nein, glaube ich nicht. Sie hat das jedenfalls noch nie erwähnt.“

Mommsen schaute Lürrsen fragend an. Der schüttelte den Kopf. „Frau Regenhorst, Sie sind ja noch länger auf der Insel. Wir werden wahrscheinlich noch einmal mit Ihnen reden müssen. Wann können wir denn Frau Kirch erreichen? Sie haben sicher ihre Handynummer?“ Die Gefragte gab den Beamten die Nummer mit dem Hinweis, dass Swetlana heute wohl Spätdienst am Empfang habe.

Bevor Lürrsen sein Notizbuch zusammenklappte, fragte er nach den Adressen von Timo Johannsen und Stefan Liesen. „Die sind noch gar nicht fort. Heute haben sie einen Ausflug nach Amrum gemacht. Eigentlich wollten sie bis zum Wochenende bleiben. Ich kann mir nicht vorstellen, dass sie wegen des Todes von Sotter eher abreisen. Die haben sicher nicht vor, bei seiner Beerdigung als Trauergäste zu erscheinen.“

Susanne Regenhorst schien sich nach dem Schrecken der Mitteilung von Sotters Ermordung wieder gefangen zu haben.

Mommsen gab ihr seine Handynummer sowie die Telefonnummer der Polizeistation mit der Aufforderung, Timo Johannsen und Stefan Liesen sollen sich gleich nach ihrer Rückkehr mit ihm in Verbindung setzen. Mommsen und Lürrsen verabschiedeten sich, stiegen in ihren Wagen und fuhren zu Polizeistation zurück.

Carola Hositz und Friederichsen waren noch nicht wieder da. Lürrsen musste sich um liegengebliebene Angelegenheiten des Reviers kümmern. Mommsen sprach mit ihm ab, dass sie morgen gleich um acht Uhr eine Besprechung mit dem ganzen Team durchführen. Cosima hatte versprochen, pünktlich um neunzehn Uhr ein Lammragout à la Provence auf den Tisch zu bringen. Mommsen schaute auf die Uhr und stellte fest, dass noch Zeit blieb, um sich von ihr vor dem Essen bei einem Aperitif von den bedrückenden Gedanken an den Mord an Sotter abbringen zu lassen.

Als Mommsen Cosimas Haus betrat, schlug ihm der kräftige Geruch geschmorten Lammfleisches, vermischt mit dem Duft von Knoblauch, Thymian und Rosmarin, entgegen. Sie begrüßte ihn mit leuchtenden Augen und einem langen Kuss. Seine Umarmung genoss sie einen sinnlichen Augenblick lang mit geschlossenen Augen. Dann löste sie sich von ihm, hielt ihm zwei Flaschen hin und fragte: „Möchtest du vorweg einen Manhattan oder einen Côtes du Rhône?“

„Lieber einen Côtes du Rhône. Der stimmt besser auf das Essen ein. Und ruft Vorfreude auf unseren Urlaub in Frankreich hervor.“

Sie hatten beschlossen, gemeinsam im Herbst eine Reise nach Frankreich zu unternehmen. Cosima hatte während ihres Studiums auch eine kunsthistorische Arbeit über Burgund geschrieben, die das Resultat eines mehrwöchigen Aufenthalts in Beaune gewesen war. Mommsen freute sich darauf, sie durch die mittelalterlichen Kathedralen, Abteien und Schlösser Burgunds zu begleiten und die reizenden Erlebnisse des Tages am Abend bei den Genüssen französischer Küche und gehaltvollen Weinen nachklingen zu lassen.

Die häufig namenlosen Baumeister und Künstler des Mittelalters vermittelten in ihren Bauwerken eine Botschaft transzendenter Sinngebung, die – so schien es Mommsen – in der Funktionalität der modernen Welt abhandengekommen war.

Sich dieser Botschaft auszusetzen war eine reizvolle Vorstellung. Und der Gedanke, dass Cosimas und seine Lebensfreude die gleiche Basis hatten, vermittelte ihm ein zusätzliches Gefühl der Intimität.

Cosima hatte ihm eingeschenkt und war schnell wieder in der Küche verschwunden. Mommsen folgte ihr. Bevor er sich setzte, hörte er vor dem Haus ein Auto halten. Kurz darauf kam Caroline Hositz herein. Ihr zögerliches „Hallo“ wurde von Cosima mit einem fröhlichen „Wie schön, dass Sie da sind, das Essen ist gerade fertig“ erwidert. „Sie mögen doch Rotwein?“ Caroline Hositz schnupperte kurz in Richtung des Herdes. „Doch, zu solchem Essen schon, zu Hause eher Bier mit Geschmack, so mit Lemon oder Maracuja. Es riecht aber toll, da gehört ein guter Wein dazu.“

Cosima drückte Mommsen die Flasche in die Hand und nickte aufmunternd in Richtung der Gläser. Alle aßen mit Appetit. Cosima lenkte die Unterhaltung während des Essens auf das Problem, neben dem Beruf noch Zeit zum Kochen zu haben. Caroline Hositz offenbarte sich als Single und als Anhängerin von Convenience-Produkten, deren wichtigstes Küchengerät die Mikrowelle ist. Zur Begründung führte sie an, dass in ihrer Kindheit ihre Mutter die Familie versorgt und die Küche als ihr Reich verteidigt habe. Und ihr Ex-Freund war ein engagierter Hobbykoch gewesen, der ihre zaghaften Kochversuche mit nachsichtigem Spott begleitet hatte. Nach dem Essen zogen sie ins Wohnzimmer um.

Bevor Caroline Hositz sich verabschiedete, wollte Mommsen von ihr noch kurz die Ergebnisse der Gespräche mit den beiden Nachbarn von Sotter hören. Sie berichtete, dass beide ziemlich wütend auf Sotter seien, Thies Brodersen habe tatsächlich Insolvenz anmelden müssen und Sotter beschuldigt, dafür verantwortlich zu sein. Sein Angebot für die Renovierung von Sotters Haus sei ohnehin schon knapp bemessen gewesen, so dass er daran nichts verdiente. Und dann habe Sotter siebzehntausend Euro wegen angeblicher Mängel einbehalten, da liefe noch der Prozess.

Auch Friedrich Jessen hätte finanzielle Probleme, da er aus dem Erbe seines Vaters seine Geschwister auszahlen müsse. Ihm gehöre ein Stück Land hinter Sotters Grundstück, das er eventuell verkaufen könne, um sich das Geld zu besorgen. Aber dafür sei es notwendig, dass Sotter das Wegerecht über sein Grundstück freigebe. Der jedoch habe sich strikt geweigert.

Beide Nachbarn hatten also ein Motiv gehabt. Ihre Alibis für die Tatzeit seien jedoch schwer überprüfbar. Brodersen sei allein zu Hause gewesen. Jessen behauptet, dass er bis gegen dreiundzwanzig Uhr in der Gastwirtschaft in Oevenum gewesen sei, danach zu Hause, was seine Frau bestätigen könne. Das müsse aber noch überprüft werden.

Mommsen wollte noch einmal die Gläser nachfüllen. Caroline Hositz lehnte ab und machte Anstalten, sich zu erheben. „Einen Augenblick, Frau Hositz. Ich glaube, ich kann auch etwas zu dem Fall beitragen.“ Cosima bremste mit einer Handbewegung ihren Aufbruch. „Also, ich habe Ludwig schon vor Kurzem erzählt, dass ich Sotter beruflich kennengelernt habe.“

Cosima erläuterte Caroline Hositz ihr Zusammentreffen mit Sotter in der Gutachterkommission: „Eine Bewerbergruppe, ‚Tourkonzept‘, hatte zwei Professoren der HUTTT, Cornelis und Fasthoff, als wissenschaftliche Berater engagiert. Ich fand deren Marketingkonzept recht gelungen. Sotter dagegen hatte sich etwas zögerlich zu dem Projektantrag von ‚Tourkonzept' geäußert. Wenn ‚Tourkonzept' nicht zum Zuge kommt, entgeht den beiden ihr Honorar, ich finde, ihr solltet das wissen. Ich weiß allerdings nicht, wie die beiden zu Sotter standen." Caroline Hositz hatte sich wieder gesetzt.

Auch Mommsen war aufmerksam geworden. „Wo hat die Firma ihren Sitz? Ich meine ‚Tourkonzept'."

„In Hamburg. Die Anschrift kann ich euch gleich heraussuchen."

„Ja, mach das bitte, dann kann ich Dirk Schön noch anrufen, dass er sich morgen bei ‚Tourkonzept' genauer über die Vertragsbedingungen der beiden Professoren informiert."

Flucht

Am nächsten Morgen hatte sich die Wolkendecke des Vortags aufgelockert und die ersten Sonnenstrahlen verhießen der Insel einen prallen Ferientag. Mommsen spürte, wie ihn die Heiterkeit des aufkommenden Sommertages erfasste. Auch wenn er sich im gegenwärtigen Stand der Untersuchung einem verwirrenden Knäuel von Informationen gegenübersah, fühlte er sich optimistisch.

Zusammen mit Caroline Hositz erschien er pünktlich um acht Uhr im Besprechungsraum der Polizeistation. Lürrsen war schon da und gab aufgrund der Meldungen der letzten Nacht seinen Kollegen noch einige Anweisungen. Friederichsen hatte schon Kaffee gekocht. Obwohl die beiden Fenster des Besprechungsraums dringend geputzt werden mussten, drang doch so viel Sonnenschein herein, dass sich auch Mommsens Kollegen irgendwie beschwingter am Konferenztisch niederließen. Sie sahen ihn erwartungsvoll an.

„Also, wo stehen wir?“ Mommsen blätterte sein Notizbuch auf, in dem er seine Anmerkungen zu den bisherigen Untersuchungen festgehalten hatte. „Das Opfer, Professor Sotter, ist durch einen ersten Stich mit einem typischen Tauchermesser in den Rücken getötet worden. Mit einem zweiten Stich war eine Klausurarbeit von Susanne Regenhorst an die Leiche geheftet. Ob der zweite Stich gleich danach oder zu einem späteren Zeitpunkt erfolgt ist, wird erst die Obduktion ergeben. Das Ergebnis könnte ein Hinweis darauf sein, ob wir es mit einem oder mit zwei Tätern zu tun haben. Sotter ist in einer Weise getötet worden, die entweder einen tiefgehenden Hass oder ein besonderes Raffinement deutlich macht.“

Mommsen blätterte weiter. „Er war für viele wohl kein angenehmer Zeitgenosse, das heißt, es gibt nach unseren vorläufigen Erkenntnissen eine Anzahl von Menschen, die ein Motiv gehabt haben. Zunächst der Kollegenkreis an der HUTTT: Da ist einmal Hiltrud Engström. Sie hatte ein Verhältnis mit Sotter, das nach ihrer Aussage im gegenseitigen Einvernehmen beendet wurde. Das kann stimmen, muss aber nicht. Wenn er sie wegen einer anderen Frau verlassen hat, könnte das Motiv Rache sein. Dann Lars Heckenrock. Er lässt anklingen, dass Sotter ihn auf besondere Weise gedemütigt hat. Darauf weisen auch die Aussagen der anderen Professoren hin. Ferner Janina Gorek. Sotter hat ihr die Position des Dekans weggeschnappt und ihre Prämie gekürzt. Dass sie so schnell von der Insel abgereist ist, erscheint auch etwas verdächtig. Bei den Professoren Cornelis, Fasthoff und van Demme sehe ich bis jetzt noch kein hinreichendes Motiv. Allerdings waren Fasthoff und Cornelis an einem Projektantrag beteiligt, den Sotter zu begutachten hatte. Da brauchen wir aber noch nähere Informationen."

Mommsen berichtete Lürrsen und Friederichsen, was er von Cosima über die Ausschreibung des Marketingprojektes für die Westküste gehört hatte und inwieweit die beiden Professoren eingebunden seien.

„Weiter haben wir erfahren, dass Sotter bei seinen Studenten nicht beliebt war – ja, für einige war er sogar eine richtige Hassgestalt, so für eine Susanne Regenhorst, deren Klausurarbeit an die Leiche geheftet war, sie macht zurzeit hier auf Föhr ein Praktikum. Diese Arbeit war ihr letzter Versuch. Leider war sie noch nicht benotet. Es ist allerdings nur schwer vorstellbar, dass sie sich durch eine solche Spur selbst belastet hätte, wenn sie die Täterin gewesen wäre. Ferner ist da noch ein Stefan Liesen, dessen Klausurarbeit auch sein letzter Versuch war. Auch er hält sich gerade auf der Insel auf. Wir müssen uns also mit dem Stapel an Prüfungsarbeiten, den Professor Sotter gerade korrigiert hatte, noch intensiv beschäftigen."

Mommsen wandte sich an Friederichsen. „Sie haben sich gestern gemeinsam mit Frau Hositz mit den beiden Nachbarn unterhalten. Zwischen denen und Sotter gab es offensichtlich ernsthaften Streit. Frau Hositz hatte schon angedeutet, dass es auch da Hinweise auf mögliche Motive gibt."

Friederichsen gab sich bedeutungsvoll. „Hm, ja, das kann man wohl sagen, obwohl ich den beiden einen Mord eigentlich nicht zutraue."

„Ach, Herr Kollege, ich habe schon einige Mörder überführen müssen, denen man auch keinen Mord zugetraut hätte. Mörder haben in der Regel kein Kainsmal auf der Stirn, an denen man sie erkennen kann. Also, was haben Sie von den beiden erfahren?"

Friederichsens Bericht bestätigte die Informationen, die Mommsen schon von Caroline Hositz erhalten hatte. Mommsen machte eine kleine Pause, schaute konzentriert in die Runde und fuhr dann fort. „Dirk Schön ist auf dem Weg nach Hamburg. Er wird sich dort mit den Hamburger Kollegen in Sotters Wohnung umsehen, sich dann an der Uni umhören, mit der Beratungsfirma Kontakt aufnehmen, die die beiden Professoren unter Vertrag hat, und versuchen, die Professorin Gorek zu erwischen, bevor die in den Urlaub verschwindet. Frau Hositz, Sie gehen bitte noch einmal in Sotters Haus und nehmen sich die Unterlagen in seinem Arbeitszimmer vor. Schauen Sie auch, ob Sie die Klausuren der Studenten finden, die hier auf Föhr sind. Fragen Sie bitte auch bei der Uni nach, was mit den Klausuren passiert, die Sotter noch nicht bewertet hat. Herr Lürrsen, wir beide kümmern uns um die beiden Studenten, die gestern auf Amrum waren. Herr Friederichsen, Sie sind heute ja hier auf der Station eingebunden, wir treffen uns hier wieder um sechzehn Uhr." Wieder an Friederichsen gewandt, meinte er: „Es wäre schön, wenn Sie dann auch dabei wären."

Nachdem die Aufgaben verteilt waren, blieb Mommsen mit Lürrsen im Besprechungsraum zurück. „So, unsere beiden Kommilitonen sollten uns sofort anrufen, wenn sie von Amrum zurück sind, bislang aber Fehlanzeige. Das stinkt mir! Wenn sich der Prophet nicht zum Berge begibt, dann begibt sich der

Berg mal zum Propheten. Los, Lürrsen, denen zeigen wir, dass das hier keine Spaßveranstaltung ist. Wir fahren jetzt hin."

Nach kurzer Zeit hielten die beiden Beamten in Oldsum vor der alten Kate, dem Ferienhaus, in dem die Studenten wohnten. Auf ihr Klopfen öffnete Susanne Regenhorst. Mommsen war erstaunt, dass sie nicht an ihrem Praktikumsplatz in der Kurverwaltung in Utersum war. „Guten Morgen, Frau Regenhorst. Wie kommt es, dass Sie nicht zur Arbeit gegangen sind? Ich hatte Sie hier nicht erwartet." Susanne Regenhorst machte einen verwirrten Eindruck, ihre blonde Mähne war zerzaust. Mommsen kam sie vor wie die hilflose Naive aus den Blondinenwitzen, die die Welt nicht mehr verstand. „Gut, dass Sie kommen. Wir haben gerade beschlossen, Sie anzurufen. Stefan ist verschwunden." Susanne blieb unschlüssig auf der Türschwelle stehen. Mommsen schob sie sacht ins Haus. „Das sollten Sie uns drinnen genauer schildern."

Als sie das Wohnzimmer betraten, sahen sie zwei weitere Personen: eine junge Frau und einen schlaksigen jungen Mann, die sich mit Swetlana Kirch und Timo Johannsen vorstellten. „Also, wer berichtet mal, was mit Herrn Liesen ist?"

Timo Johannsen fühlte sich angesprochen. „Also, ich war mit Stefan gestern nach Amrum rübergefahren. Wir hatten unsere Fahrräder mitgenommen und die ganze Insel abgestrampelt. Mit der letzten Fähre sind wir dann zurückgekommen. Während der Rückfahrt von Wyk hatte ich kurz hinter Alkersum einen Platten. Auf den letzten Kilometern musste ich mein Rad schieben, Stefan ist bei mir geblieben. Das hat gedauert, so waren wir erst spät wieder hier. Susanne hat uns dann von Ihrem Besuch erzählt. Aber wir haben gedacht, dass Sie schon Feierabend hatten, und wollten uns heute Morgen bei Ihnen melden. Später haben wir noch gegessen. Und als Swetlana dann von der Arbeit kam, wurde noch einmal alles durchgesprochen. Wir sind danach zu Bett gegangen. Stefan hat gesagt, dass ihn das alles zu sehr aufgeregt habe und er noch nicht einschlafen könne. Er ist dann hier draußen sitzen geblieben. Und heute Morgen haben wir festgestellt, dass er nicht da ist. Er ist einfach verschwunden. Auch sein Fahrrad ist weg."

Mommsen schaute Lürssen vielsagend an. Der zückte sein Notizbuch. „Wann sind Sie schlafen gegangen?" Timo Johannsen sah die beiden Mädchen fragend an. Swetlana Kirch antwortete: „Das war kurz nach halb elf. Ich konnte meine Schicht etwas früher beenden und war gegen halb zehn wieder hier."

„Und da haben Sie Stefan Liesen zum letzten Mal gesehen?" Susanne Regenhorst bestätigte das. Auch die beiden anderen nickten. „Wo hat er denn geschlafen?"

„Eigentlich hier auf dem Sofa. Er hatte einen Schlafsack dabei, den brauchte er nur auszurollen. Der Schlafsack liegt aber noch zusammengerollt in dem Verschlag unter der Treppe." Susanne Regenhorst führte Mommsen in den Flur und öffnete die Tür zu dem kleinen Abstellraum. Sie holte den Schlafsack heraus und gab ihn Mommsen. Der betrachtete ihn genauer. „Es sieht tatsächlich so aus, als habe Stefan Liesen hier nicht geschlafen. Also ist er seit gestern zweiundzwanzig Uhr dreißig verschwunden, zumindest nicht mehr gesehen worden. Hat er das schon mal gemacht, dass er morgens nicht hier war?"

Susanne Regenhorst schüttelte ihre blonde Mähne. „Nein, aber er hat davon gesprochen, dass er mal nachts zum Angeln gehen wolle, jagen nach Aalen. Hier am Sperrwerk soll es eine günstige Stelle dafür geben."

„Waren Sie schon da und haben nachgesehen? Vielleicht hat er sich seinen Wunsch letzte Nacht erfüllt?"

„Nein, noch nicht. Ich hatte vor, dahin zu fahren, nachdem ich mit Ihnen gesprochen habe. Soll ich das jetzt machen?"

„Das machen wir gemeinsam." Mommsen blickte Lürrsen fragend an. „Ja, ich weiß, wo die Stelle ist. Wir können da gleich einmal längs fahren."

Mommsen stand auf. „Frau Regenhorst, Sie begleiten uns bitte. Sie beide bleiben hier und warten auf uns. Frau Kirch, wann haben Sie heute Dienst?"

„Wieder Spätschicht. Ab vierzehn Uhr."

„Okay, das passt. Bis gleich also."

Die Beamten nahmen Susanne Regenhorst mit und fuhren zum Oldsumer Sperrwerk, an dem die große Wasserlösung, der Hauptentwässerungskanal der Insel, endete. Sie schauten sich sorgfältig um, konnten jedoch in der übersichtlichen Gegend Stefan Liesen nirgendwo entdecken. Selbst als Mommsen auf den Deich stieg, um von dessen Höhe einen weiteren Überblick zu gewinnen, konnte er von dem Vermissten keine Spur entdecken. Lürrsen war sich als Erster sicher: „Also, hier ist keiner, der angelt. Selbst wenn er eingeschlafen und umgefallen wäre, würden wir ihn sehen können. Nein, hier ist er nicht." Seine Begleiter konnten ihm nur zustimmen.

Als sie zum Ferienhaus in Oldsum zurückkamen, schauten Swetlana Kirch und Timo Johannsen sie erwartungsvoll an. „Nein, keine Spur von Ihrem Kommilitonen. Herr Johannsen, jetzt müssen wir erst einmal mehr über Herrn Liesen erfahren, vor allem über sein Verhältnis zu Professor Sotter. Also!"

Timo Johannsen zögerte mit der Antwort. Es schien ihm peinlich zu sein, sich über Stefan ausfragen zu lassen. Mommsen versuchte, ihn mit einem kräftigen „Hallo, Herr Johannsen, wir warten" zur Antwort zu bewegen. „Was soll ich sagen? Stefan ist im Studium nicht sehr leistungsstark, obwohl er sich Mühe gibt. Bei Prüfungen gerät er leicht in Panik. Blackout! Bei Sotter ist er schon zweimal durchgefallen, die Klausur jetzt war seine letzte Chance. Und Sotter war schon ein gemeiner Prüfer! Wir waren alle nicht gut auf ihn zu sprechen." Timo Johannsen bemühte sich, mögliche Verdachtsmomente gegen Stefan zu relativieren.

„Sind Sie sicher, dass ihr Kommilitone die Klausur diesmal tatsächlich mitgeschrieben hat?"

„Ja, wir alle haben mitgeschrieben, Stefan war dabei."

Mommsen blickte die drei Studenten der Reihe nach an. „Wissen Sie, ob Herr Liesen während seines Aufenthaltes hier auf Föhr irgendwie mit Professor Sotter Kontakt hatte?"

Nun antwortete Swetlana Kirch. „Nein, davon habe ich nichts gemerkt. Ihr etwa?" Sie blickte ihre Kommilitonen auffordernd an. Beide schüttelten nach kurzem Nachdenken den Kopf. Lürrsen erinnerte sich an sein Thema. „Hat jemand von Ihnen mit Tauchen zu tun – ich meine Tauchen als Sport?" Wieder schüttelten seine Gesprächspartner den Kopf. „Und Herr Liesen?" Timo Johannsen schaute erstaunt auf. „Auch nicht, ich meine, davon haben wir nie etwas gemerkt. Aber was soll das alles? Was interessiert Sie unser Sport? Stefan ist verschwunden, wollen Sie sich denn nicht darum kümmern, wo er geblieben ist? Müssen wir eine Vermisstenmeldung aufgeben?" Seine Stimme klang gereizt.

Lürrsen war bemüht, ihn zu besänftigen. „Dazu ist es noch zu früh. Wir werden das aber natürlich weiterverfolgen."

Mommsen ließ sich von Timo Johannsen schildern, was er seit seiner Ankunft auf Föhr mit Stefan Liesen unternommen hatte. Es stellte sich heraus, dass er nur zeitweise mit Stefan zusammen war. Er hatte es vorgezogen, die Momente der Zweisamkeit mit Swetlana Kirch zu genießen.

Die beiden Beamten trugen den Studenten auf, sofort zu melden, wenn Stefan Liesen auftauche. Mommsens Frage nach einem Bild von Stefan Liesen konnten sie nur verneinen. Dann verabschiedeten sie sich. Da er wusste, dass er bei Mommsen Interesse fand, trug Lürrsen ihm auf dem Rückweg seine Schlussfolgerungen aus dem Gespräch mit den Studenten vor: „Alle vier haben Sotter nicht gemocht, für die Regenhorst und für Liesen war die jetzige Klausur ihre letzte Chance. Aber wenn die noch nicht benotet war, wo ist das Motiv? Rache würde ich erst annehmen, wenn klar war, dass sie endgültig durchgefallen sind. Aber das ist ja noch offen und ihre Alibis sind zumindest löchrig. Schließlich, warum ist Liesen verschwunden? Wenn er geflohen ist, könnte das ein Hinweis sein, dass er mit dem Mord an Sotter zu tun hat. Aber was ist mit dem Tauchermesser?“ Lürrsen machte eine ratlose Pause.

„Ja, das sehen Sie schon richtig, Klarheit hat das Gespräch noch nicht gebracht. Wir müssen uns noch eingehend mit den Klausuren befassen und vor allem den Liesen erwischen. Wenn er bis heute Nachmittag nicht zum Vorschein kommt, schreiben wir ihn zur Fahndung aus.“

*

Mommsen hatte sich schon am Montag mit den Hamburger Kollegen in Verbindung gesetzt und die Aufteilung der Ermittlungsarbeiten mit ihnen abgesprochen. Dirk Schön hatte daher aufgrund dieser Vorklärung mit den Hamburger Beamten einen Termin für die Durchsuchung der Wohnung des Opfers abgemacht. Da Mommsen ihm aufgetragen hatte, sich zunächst um Janina Gorek zu kümmern, weil diese auf dem Absprung in den Urlaub stand, war der Termin für die Untersuchung von Sotters Wohnung auf den späten Vormittag gelegt worden.

Dirk Schön war am frühen Morgen nach Hamburg gefahren und hatte sich zunächst zur Wohnung von Janina Gorek begeben. Diese wohnte in einem renovierten Altbau in Eppendorf. Das geräumige Jugendstiltreppenhaus beeindruckte ihn. Auf sein Klingeln erfolgte keine Reaktion. Als sich auch nach mehrmaligen Wiederholungen in der Wohnung nichts rührte, drehte er sich zur gegenüberliegenden Wohnung um und versuchte dort sein Glück. Als er dort läutete, öffnete ihm sofort ein älterer Herr, als habe er schon auf ihn gewartet.

Dirk Schön stellte sich vor und wies sich als Polizeibeamten aus. Der Nachbar nannte seinen Namen, Lorenz, bat ihn in die Wohnung und führte ihn in ein Wohnzimmer, das eher den Charakter einer Bibliothek aufwies. Dirk Schön erkundigte sich, wie er Frau Gorek erreichen könne. Herr Lorenz erzählte ihm, dass Frau Professor Gorek Montag von einer Konferenz auf Föhr zurückgekommen und heute Morgen in aller Frühe in den Urlaub nach Italien abgereist sei. Sie hatte es eilig gehabt und ihn gebeten, wie üblich die Blumen in ihrer Wohnung zu gießen. Einen Wohnungsschlüssel von ihr habe er ohnehin in Verwahrung. Auf Dirk Schöns Nachfrage berichtete er, dass seine Nachbarin gesagt habe, sie würde sich mit Freunden treffen, mit denen sie eine Rundreise durch Apulien und anliegende Gebiete machen werde. Statt einer Urlaubsanschrift verfüge er nur über ihre Handynummer. Schön ließ sich diese geben.

Da Schön Janina Gorek nicht angetroffen hatte, blieb ihm noch ein Zeitpolster bis zum vereinbarten Treffen mit den Hamburger Kollegen in Sotters Wohnung. Daher zog der den Besuch in der HUTTT vor. Hier fragte er sich zu Sotters Sekretärin durch. Sotters Sekretärin, eine Frau Langewiesche, war eine etwas dralle Mittvierzigerin mit einem seelenvollen Augenaufschlag, aber einer überraschend tiefen Stimme. Schön mobilisierte schon bei der Begrüßung seinen ganzen Charme. „Frau Langewiesche, vom Ableben Ihres Chefs haben Sie ja schon erfahren, dazu mein herzliches Beileid. Gerade Sie, seine engste Mitarbeiterin, muss das hart getroffen haben. Ich weiß, es ist eine Zumutung, dass ich Sie schon jetzt mit Fragen behellige, aber Sie haben sicher Verständnis dafür." Frau Langewiesche schluckte einmal schwer, seufzte kurz auf und beteuerte ihr Verständnis. „Also, zunächst einmal: Hatte Professor Sotter Feinde?"

„Nein, richtige Feinde würde ich das nicht nennen. Aber seine Kollegen waren ja zuweilen so uneinsichtig, wenn er nicht auf alle ihre Wünsche eingehen konnte. Da gab es schon manchmal Diskussionen." Auf Schöns genaues Nachfragen gab sie an, dass Sotter sich über unfruchtbare Diskussionen mit den Professoren Gorek, Engström, Heckenrock und van Demme beklagt habe. Dabei fiel ihr ein, dass sich früher, also im

letzten Jahr, ihr Chef mit Frau Professor Engström sehr gut verstanden habe.
Sie ergänzte ihre Bemerkung mit einem bedeutungsvollen „Sie wissen schon, was ich meine“.
„Nein, Frau Langewiesche, woher soll ich das wissen?“

„Na, der Chef hat oder hatte eine kleine Schwäche für das schwache Geschlecht.“ Beinahe hätte sie über ihr eigenes Wortspiel gekichert, fing sich aber angesichts des Anlasses des Gesprächs wieder. „Hat er etwa ein Verhältnis mit der Kollegin?“

„Ich war ja nicht dabei. Ich bin nur einige Male ins Zimmer gekommen, wenn er mit ihr telefoniert hat, da sind dann auch so Koseworte gefallen.“

„Sie sagten, dass das im vorigen Jahr war. Heißt das auch, das Verhältnis war in diesem Jahr vorbei?“

„Ich glaub schon. Da war ja diese neue Doktorandin von ihm. Ich hab nur gehört, dass die ihren früheren Freund wegen Professor Sotter verlassen habe. Das sind aber alles nur Gerüchte. Ich habe das nicht weiter verfolgt, es geht mich ja nichts an. Schließlich bin ich nicht neugierig.“ Trotz dieser Versicherung fragte Schön nach dem Namen der Doktorandin, den sie ihm sofort mitteilen konnte: Gabriele Parau! Auch ihre Adresse konnte sie beisteuern.

Schön führte die Befragung fort und erkundigte sich nach den Beziehungen Sotters zu anderen Kollegen, seinen weiteren Mitarbeitern und Studenten. Ihren Antworten waren keine Hinweise auf ein mögliches Tatmotiv zu entnehmen. Schließlich sprach er sie auch auf Sotters Familienverhältnisse an. Sie wusste nur, dass er Witwer war, ohne Kinder. Sie konnte sich allerdings daran erinnern, dass vor einiger Zeit, etwa vor einer Woche, ein Anruf gekommen sei, in dem eine Männerstimme Professor Sotter verlangt habe. Der Anrufer hatte von ihm als von seinem Schwager gesprochen, seinen Namen habe sie aber vergessen. Sie habe das Gespräch dann zu Sotter durchgestellt.

Auf Drängen Schöns konnte sie sich erinnern, dass Sotter kurz darauf das Haus in wütender Stimmung verlassen habe. Schön setzte das Gespräch noch eine Weile fort, ohne dass sich neue Gesichtspunkte ergaben. In der Personalabteilung der HUTTT konnte er auch keine Auskünfte erhalten, die die Ermittlungen hätten weiterführen können.

Als Schön an der Wohnung Sotters mit leichter Verspätung ankam, hatten die beiden Hamburger Kriminalbeamten sich schon vom Hausmeister die Schlüssel besorgt. Schön freute sich, dass er einen der Kollegen schon von einem Lehrgang zur Ermittlung von Brandursachen kannte. Er unterrichtete sie über den Stand der Ermittlungen, soweit sie ihm bekannt waren, und über Namen, die bisher bei der Untersuchung aufgetaucht waren.

Eine erste Durchsicht der Wohnung ergab, dass es keine Hinweise auf einen Einbruch beziehungsweise auf unbefugtes Betreten gab. Da die Wohnung nicht der Tatort war, konnten sie sich auf die Durchsicht von Unterlagen im Arbeitszimmer konzentrieren. Die vorgefundenen Akten bezogen sich überwiegend auf Hochschulangelegenheiten, Prüfungen und Ähnliches mehr. Drei Aktenordner erregten allerdings ihre Aufmerksamkeit: Einer trug das Etikett „Erbschaft", zwei weitere die Etiketten „Privat". Die Beamten beschlossen, dass Schön diese drei Ordner zur genaueren Auswertung mitnehmen solle. Schön erinnerte sich, dass Mommsen auf die Fehde Sotters mit seinen Nachbarn hingewiesen hatte. Er entschied sich daher, auch die Akte mit dem Etikett „Haus Föhr" mitzunehmen. Ein Computer war nicht vorhanden, Sotter hatte sich offensichtlich mit seinem Laptop begnügt, der sich auf Föhr befand. Eine Durchsicht der Schränke ergab keine Anhaltspunkte.

Einer der Hamburger Kollegen baute schließlich den Anrufbeantworter ab, den er ebenfalls Schön aushändigte. Dieser bedankte sich für die Unterstützung, quittierte die ausgehändigten Unterlagen und den Anrufbeantworter. Die Kollegen sagten ihm zu, das Protokoll über die Durchsuchung der Wohnung zum Abzeichnen zu schicken und verabschiedeten sich.

Nach einer telefonischen Rücksprache mit Mommsen suchte Schön die mutmaßliche neue Favoritin Sotters, Gabriele Parau, auf, seinen Termin mit ‚Tourkonzept' konnte er noch etwas verschieben. Als auf sein Läuten die Tür verschlossen blieb, bemühte Schön auch hier die Nachbarschaftshilfe. Da er hinter der Tür der Nachbarwohnung Kindergeschrei vernahm, drückte er mehrmals kräftig auf die Klingel. Die junge Frau, die in der Tür erschien, eröffnete ihm, dass Frau Parau zu einem mehrtägigen Aufenthalt bei ihren Eltern irgendwo an der Ems gefahren sei. Nein, die anderen Bewohner des Hauses wissen auch nicht mehr, sie habe mit Frau Parau den engsten Kontakt, schließlich seien sie direkte Nachbarn und etwa im gleichen Alter.

Schön nutzte die Gelegenheit, sie nach eventuellen Männerbekanntschaften Gabriele Paraus zu fragen. Nein, so eng sei ihre Freundschaft auch wieder nicht, dass sie sich gegenseitig ihr Herz über Freud und Leid ihrer Partnerschaften ausschütteten. Ja, ein Mann oder eher ein seriöser Herr sei schon mal auf Besuch bei Gabriele Parau gewesen – ja, viel älter als sie. Nein, keine Ahnung, wer das sei. Nachdem Schön von der Nachbarin die Handynummer von Gabriele Parau bekommen hatte, verabschiedete er sich. Sein Versuch, mit Frau Parau über das Handy Kontakt aufzunehmen, schlug fehl. Offensichtlich war das Handy abgeschaltet.

Als Nächstes stand der Besuch bei ‚Tourkonzept' an. Carmen Teves von der Beratungsfirma strich sich noch einmal auflockernd über die Haare, als Dirk Schön ihr gegenübersaß. „Nein", dachte sie bei sich, „im landläufigen Sinne ist er vielleicht nicht schön, aber ausgesprochen attraktiv. Irgendwie scheint er einen robusten Charme zu haben." Schön hatte sich vorgestellt und den Anlass seines Besuches erläutert. „Wir haben erfahren, dass Sie sich zwei Experten der HUTTT als Berater ins Team geholt haben, die Professoren Cornelis und Fasthoff, um den Westküstenauftrag zu bekommen. Haben Sie das gemacht, weil die beiden Kollegen des Vorsitzenden der Jury sind?"

„Nein, da kannten wir die Besetzung der Jury noch gar nicht. Dass Professor Sotter den Vorsitz hatte, haben wir erst später erfahren. Professor Fasthoff hat einen ausgezeichneten Ruf als Marketingfachmann, Professor Cornelis ist uns dann von ihm empfohlen worden."

„Sind denn Ihre Chancen gestiegen, ich meine, weil Professor Sotter die Jury geleitet hat?"

„Ich glaube eher nicht. Zumindest haben die beiden angedeutet, dass er nicht ihre Wunschbesetzung auf dem Posten ist. Als wir erfahren haben, dass Professor Sotter dabei ist, waren sie fast etwas erschrocken."

„Mit welchem Honorar können Ihre beiden Experten denn rechnen, falls die Bewerbung von ‚Tourkonzept' bei der Ausschreibung zum Zuge kommt?"

„Ich weiß gar nicht, ob ich Ihnen das sagen darf?"

Schön intensivierte den Blickkontakt mit Carmen Teves, eine Geste, die schon manches Mal seine weiblichen Gesprächspartner aufgetaut hatte. „Doch, das dürfen Sie. Wir behandeln solche Informationen mit aller gebotenen Diskretion." Mit verstärktem Timbre in der Stimme fragte er: „Und mir vertrauen Sie doch?" Carmen Teves wurde weich und gab zu, dass Fasthoff und Cornelis im Erfolgsfall jeweils mit einem Honorar von achttausend Euro rechnen können. Bei Weiterführung des Auftrags haben sie nochmals ein Honorar in den Tausendern zu erwarten. Als Dirk Schön sich verabschiedet hatte, blickte sie ihm träumerisch hinterher. Und nur eine ganz winzige Spur eines schlechten Gewissens blieb zurück, weil sie mit der Auskunft über die Vertragsbedingungen eine Indiskretion begangen hatte.

Da Dirk Schön seine Aufträge in Hamburg erledigt hatte, holte er sein Handy heraus und gab Mommsen einen kurzen Bericht. Sie kamen überein, dass Schön am nächsten Tag nach Föhr komme, um das Team vor Ort zu verstärken. Auf dem Rückweg nach Husum merkte Dirk Schön, dass ihn unterschwellig sein ungeklärtes Verhältnis zu seiner Freundin Jennifer immer noch beschäftigte. Gut, dass er heute durch die unvorhergesehenen Ermittlungen abgelenkt gewesen war. Aber jetzt schob sich ihm sein Konflikt wieder ins Bewusstsein: Sollte er ihrem – bisher nur dosierten – Drängen auf Heirat nachgeben oder sich die Offenheit einer Partnerschaft, die sich stets aufs Neue zu bewähren hatte, erhalten?

In seiner Kindheit hatte er die Ehe seiner Eltern als Käfig erlebt, in dem sich beide immer nur gegenseitig behindert hatten. Zumindest erklärte er sich seine Scheu vor der Ehe mit diesen auch für ihn leidvollen Erfahrungen. Andererseits konnte er sehr gut verstehen, dass Jennifer auch im Interesse ihres kleinen Sohnes eine stabile Basis für ihre Beziehung brauchte.

*

Mommsen hatte das Gespräch mit Dirk Schön beendet, in dem dieser ihm auch von dem Anruf des ominösen Schwagers von Sotter berichtet hatte. In diesem Augenblick kam Caroline Hositz mit einem Stapel Unterlagen aus Sotters Arbeitszimmer zurück. Mommsen trug ihr auf, die Auswertung ihrer Unterlagen noch aufzuschieben und sich auf die Spur des Schwagers zu setzen. Er selber bemühte sich, über das Handy mit Janina Gorek Kontakt aufzunehmen. Seine Bemühungen blieben ohne Erfolg.

Danach nahm er sich die umfangreichen Protokollnotizen von der Klausurtagung vor, die Professor Cornelis für ihn von seinem Notebook ausgedruckt hatte. Er arbeitete sie mit zunehmender Aufmerksamkeit durch, da sich aus ihnen viel über die unterschiedlichen Interessenlagen der Beteiligten erschließen ließ. „Sieh da“, ging es ihm durch den Kopf, „Professoren sind offensichtlich nicht nur hochrationale fachliche Experten, sondern genauso eitel, selbstbezogen und kleinlich eifersüchtig wie andere Menschen auch.“

Mommsen hatte sich etwa eine Stunde lang mit den Protokollnotizen beschäftigt, als Lürrsen plötzlich die Tür aufriss und aufgeregt hervorstieß: „Wir haben noch eine Leiche! Gerade kam ein Anruf von einem Feriengast, dass er einen Toten gefunden hat, er soll ein junger Mann sein. Als er davon sprach, habe ich gleich an Stefan Liesen gedacht. Der Fundort ist ein Gebüsch an der Lembecksburg. Wir fahren da jetzt sofort hin. Wollen Sie mitkommen?“

Mommsen sprang auf. Als Caroline Hositz ebenfalls Anstalten machte, ihnen zu folgen, winkte er ab. „Wir schauen erst einmal, wer der Tote ist. Machen Sie zunächst noch hier weiter.“ Mit Lürrsen eilte er zum Streifenwagen, an dessen Steuer schon Friederichsen saß.

Mit durchdrehenden Reifen und Blaulicht raste der Wagen vom Gelände der Polizeistation los. Lürrsen schaltete das Blaulicht ab. „Hans, ohne Leuchtturm. Wir wollen doch unsere Feriengäste nicht verrückt machen. Die Polizei soll für Ruhe und Ordnung sorgen, nicht für Hektik. Wenn das Opfer tot ist, schadet es ihm auch nicht, wenn wir zwei Minuten später kommen.“

Mommsen schätzte an Lürrsen, dass der auch in aufregenden Situationen die Ruhe behielt. Da wegen des strahlenden Sommerwetters die meisten Feriengäste am Strand waren, kamen sie bei geringer Verkehrsdichte zügig voran. In Borgsum fuhren sie zur Lehmbecksburg ab. Hier hatte sich ein Pulk von Menschen versammelt, meist Fahrradfahrer, von denen einige sich vor ein Gebüsch neben dem Eingang zur Lembecksburg drängten. Ein Paar mittleren Alters versuchte, sie abzuwehren, wenn auch ohne Erfolg. Zwei Mütter mit kleinen Kindern hatten diese energisch zu ihren Fahrrädern zurückbeordert, um ihnen den Anblick einer Leiche zu ersparen.

Die Beamten sprangen aus dem Wagen und eilten zu der Menschengruppe. Lürrsen rief mit Autorität in der Stimme: „Wer von Ihnen hat bei der Polizei angerufen?“
Der männliche Part des abwehrenden Paares meldete sich, während Friederichsen seine Aufgabe übernahm und die Neugierigen auf Abstand brachte. Der Mann zeigte auf eine Stelle etwa fünf Meter weiter am Rande des Gebüsches.

Mommsen und Lürrsen gingen näher heran. Erst bei genauerem Hinsehen bemerkten sie einen Fuß mit einem dunkelblauen Turnschuh. Sie schoben einige kräftige Zweige beiseite und zwängten sich in das Gebüsch. Hier lag ein regungsloser Mensch auf dem Bauch. Die Haare an seinem Hinterkopf waren blutverschmiert. Mommsen berührte seine Wange, sie war kalt. Der Mann war ohne Zweifel tot. Er hob dessen Kopf etwas an und sah in ein junges Gesicht mit spärlichem Bartwuchs, aus dem jedes Empfinden gewichen war.

Wie immer, wenn er mit einem gewaltsamen Tod konfrontiert war, fühlte er sich von einer eisigen Leere befallen. Trotz der Wärme des Sommertages lief ein Schauer durch seinen Körper. Auch Lürrsen zeigte Reaktionen auf den Anblick. Er war blass geworden und atmete stoßweise.

Mommsen überwand sich und durchsuchte die Taschen des Toten. Außer einem abgegriffenen Portemonnaie mit wenig Bargeld fand er nichts, auch keine Hinweise auf seine Identität. Ein Handy – der ständige Begleiter junger Leute – war ebenfalls nicht zu entdecken. Mommsen nahm sich vor, die Spurensicherung danach suchen zu lassen.

Sie zwängten sich aus dem Gebüsch heraus. Mommsen blickte Lürrsen einen Augenblick lang schweigend an. Wieder einmal schoss ihm die Frage durch den Kopf, ob ein sinnloser Tod nicht auch das Leben sinnlos machte. Er wusste, dass er jetzt Aktivität brauchte, um sich nicht in depressiven Gedankenspielen zu verlieren. Er räusperte sich. „Also, Herr Lürrsen, Friederichsen soll hier erst einmal den Tatort absperren. Können Sie noch Verstärkung heranholen? Fangen Sie dann schon einmal an, das Paar zu befragen, das den Toten entdeckt hat, und die Personalien der Anwesenden festzustellen, die als Erste hier waren. Halt, wir brauchen einen Arzt, der der Tod feststellt. Übernehmen Sie das auch? Ich werde mich um die Spurensicherung und die Identifizierung kümmern."

Mommsen rief Caroline Hositz an und beauftragte sie, die Staatsanwaltschaft und die Spurensicherung zu benachrichtigen. Er nahm wahr, dass gleichzeitig Lürrsen mit seinen Kollegen auf der Polizeistation telefonierte. „Frau Hositz, wenn Sie das erledigt haben, kommen Sie mit den Kollegen, die gleich als Verstärkung anrücken, auch hierher. Hier ist ein ziemlicher Menschenauflauf, da brauchen wir Sie. Wir wollen mit möglichst vielen reden. Der Fundort liegt zwar einsam, aber wir müssen die Nachbarschaft befragen, ob die etwas bemerkt haben. Also, da kommt noch mehr Arbeit auf uns zu."

Mommsen lieh sich von Lürrsen den Streifenwagen aus und fuhr nach Oldsum, um die Studenten zur Identifizierung des Opfers zu holen und vorher darauf vorzubereiten, dass der Tote möglicherweise ihr Kommilitone sein könne. In der Kate angekommen, traf er nur Timo Johannsen an. Als der ihm die Tür öffnete, schüttelte er nur besorgt den Kopf. „Stefan ist noch nicht da. Ich hatte Ihnen doch versprochen, dass wir Sie sofort benachrichtigen, wenn er kommt. Sie hätten sich gar nicht bemühen müssen hierherzukommen."

„Nein, deshalb bin ich nicht gekommen. Sind Frau Regenhorst und Frau Kirch zur Arbeit oder sind sie hier?"

„Nein, die sind zur Arbeit gegangen. Wenn die hier rumsitzen, hilft das auch nicht. Es genügt ja, dass ich hier bin. Aber weswegen sind Sie denn gekommen?"

„Herr Johannsen, wir brauchen Ihre Hilfe. Ich fürchte, es wird schwer für Sie werden. Wir haben einen Toten gefunden und fragen uns, ob das Ihr Kommilitone Stefan Liesen sein könnte. Und noch schlimmer, es sieht so aus, als sei er erschlagen worden. Wir brauchen möglichst schnell Gewissheit und müssen Ihnen leider zumuten, sich den Toten anzusehen." Mommsen hatte ruhig, fast tonlos gesprochen, um die Reaktionen seines Gesprächspartners zu dämpfen.

Timo Johannsen hielt mit gesenktem Kopf den Atem an und konnte zunächst nicht antworten. Dann hob er den Kopf, schaute an Mommsen vorbei und antwortete ebenfalls mit tonloser Stimme. „Ja, das muss wohl sein. Lassen Sie uns gehen." Während der Fahrt blieben beide schweigsam. Timo Johannsen schaute mit abgewandtem Blick seitwärts auf die weite Marschlandschaft, die in sommerlichem Flair nichts von der Tragödie ahnen ließ, die sich bei der Lembecksburg abgespielt hatte.

Inzwischen waren zwei weitere Beamte und Caroline Hositz zur Verstärkung am Fundort der Leiche angekommen. Die beiden Beamten hatten den Platz abgesperrt. Lürrsen befragte das Ehepaar, das den Toten gefunden hatte, und Caroline Hositz nahm die Personalien der anderen Anwesenden auf. Als Mommsen mit Timo Johannsen herankam, unterbrachen die beiden ihre Tätigkeit und folgten ihnen zu der Stelle im Gebüsch, an der die Leiche lag.

Mommsen und Lürrsen bogen die Zweige zur Seite und gaben den Blick auf den Toten frei. Caroline Hositz fasste Timo Johannsen am Arm und führte ihn näher heran. Mommsen überwand sich und hob den Kopf des Opfers an, so dass sein Gesicht sichtbar wurde. Caroline Hositz befürchtete, dass Timo Johannsen sich bei dem Anblick übergeben müsse. Der stolperte jedoch nur einen Schritt zurück, Tränen traten ihm in die Augen und einen Augenblick lang weinte er lautlos. Sie war neben ihm stehengeblieben und ließ ihre Hand tröstend auf seinem Arm liegen. Kurz darauf fing er sich wieder.

Mommsen überließ Caroline Hositz die weitere Gesprächsführung, da er merkte, dass sie mit ihrem Einfühlungsvermögen beruhigend auf Timo Johannsen wirkte. „Herr Johannsen, haben Sie den Toten erkannt?“

„Ja, es ist Stefan. Mein Gott, was ist da nur geschehen? Stefan ist doch ein harmloser Mensch. Er ist in allem immer so hilflos. Der hat doch nie jemandem was getan.“ Caroline Hositz führte Timo Johannsen zur Seite und stieg mit ihm auf den Wallring der Lembecksburg hinauf. Es gelang ihr, ihn einfühlsam dazu zu bringen, über seine Begegnungen mit Stefan Liesen zu reden.

Mommsen schaute ihnen nach und fragte sich, ob er den Tod Stefan Liesens hätte verhindern können. Was hatte er falsch gemacht?

Nein, er bereute nichts. Als Gregor reglos dalag, hatte er zu seinem Erstaunen gar nichts gespürt, weder Triumph noch Reue. Er hatte nur einen Augenblick lang ebenfalls reglos verharrt. Danach allerdings war er in einem leisen Anflug von Panik aus dem Haus geflohen. Er war in die Nacht hinausgerannt. Die Dunkelheit hatte ihn blind gemacht und sich wie Blei auf ihn gelegt. Er war dann kurz stehengeblieben und hatte mit einigen kräftigen Atemzügen den Jasminduft des Gartens eingesogen. Dabei war er wieder ruhiger geworden.

Nur die dunkle Gestalt, die er im Schatten des Baumes auf dem Nachbargrundstück glaubte gesehen zu haben, bereitete ihm Sorge. Aber nein, eigentlich konnte ihn in der Dunkelheit niemand erkannt haben. Wer sollte ihn hier auch schon kennen?

Robert Feldern musste gegen die niedrig stehende Sonne blinzeln. Er schaute von der Höhe des Gastraumes im Fährhaus Schlüttsiel über den Seedeich auf die Weite des Wattenmeeres, in der die Halligen im Dunst des vergehenden Sommertages kaum zu sehen waren. Der Anblick lud zum Träumen ein. Bevor er jedoch seine Gedanken ins Unbestimmte schweifen ließ, rief er sich mit einem Ruck in die Realität seiner Probleme zurück: Durch seine Unbeherrschtheit hatte er seine Mission hier in Deutschland gefährdet, wenn nicht gar zum Scheitern verurteilt. Er war hierhergereist, um von Gregor seinen Anteil am Erbe seiner verstorbenen Schwester Charlotte einzufordern, nicht um sich als Racheengel aufzuspielen.

Erst hatte es ihn aufgebracht, mit welcher Konsequenz sein Schwager einem Zusammentreffen ausgewichen war, dann hatte er ihn auf Föhr überrascht. Dass er aber angesichts des Spotts und der intellektuellen Überheblichkeit Gregors bei ihrem Zusammentreffen seine Wut nicht mehr beherrschen konnte und diesen aus einem Gefühl dumpfer Hilflosigkeit heraus angegriffen hatte, ärgerte ihn maßlos. Der Tod Setters machte es nun gewiss nicht leichter, das gefälschte Testament anzufechten, dabei hatte sich sein Vorhaben zuerst so hoffnungsvoll angelassen.

Schon von Barbados aus hatte er den Kontakt zu seinem alten Kommilitonen Hans-Peter Wilkens wiederbelebt. Dieser war mittlerweile ein erfolgreicher Rechtsanwalt in Hamburg. Gleich nach seiner Ankunft in Deutschland hatte er Hans-Peter aufgesucht. Ihr Wiedersehen war in einen zünftigen Abend in einer Kneipe in Eimsbüttel ausgeartet, der durch die Erinnerungen an die alten Zeiten ihrer gemeinsamen Wohngemeinschaft gleich in der nächsten Straße seine besondere Würze bekommen hatte.

Am nächsten Tag war er zu Hans-Peter in dessen Kanzlei gegangen, hatte ihm die Kopie des handschriftlichen Testaments von Charlotte vorgelegt, seinen Verdacht geäußert, dass es sich um eine Fälschung Gregors handeln müsse, und ihn gebeten, bei der Staatsanwaltschaft einen Antrag auf Einsicht in die Akten über den tödlichen Segelunfall Charlottes zu stellen. Er traute Gregor durchaus zu, bei dem Unfall nachgeholfen zu haben.

Hans-Peter Wilkens verstand sein Geschäft. Die Kopie des Testaments hatte er mit einigen Briefen Charlottes von einem Schriftsachverständigen vergleichen und prüfen lassen. Es gab begründete Zweifel an der Echtheit des Schriftstücks. Wenn es eine Fälschung war, musste sie allerdings von einem Fachmann verfasst worden sein. Es blieb hier fraglich, ob Sotter in der Lage gewesen sei, selbst eine Fälschung dieser Qualität anzufertigen. Die Unterlagen der Staatsanwaltschaft über Charlottes Tod ließen eine Beteiligung Gregors an dem Unfallgeschehen offen.

Charlotte war eine begeisterte und versierte Seglerin gewesen. Am Unfalltag hatten Charlotte und Gregor bei gutem Segelwetter und Windstärke fünf auf der Elbe einen Segeltörn unternommen. Bei einer Halse hatte die Bugwelle eines Containerschiffes das Boot in eine übermäßige Schräglage gebracht. Charlotte war daraufhin gestrauchelt und über Bord gegangen, Gregor hatte ihr einen Rettungsring hinterhergeworfen. In der starken Strömung war sie jedoch schon so weit abgetrieben worden, dass es für jede Rettung zu spät war.

Diese Unfallschilderung beruhte allerdings ausschließlich auf der Aussage von Gregor Sotter. Angesichts der schleichenden Zerrüttung ihrer Ehe, die Charlotte in ihren Briefen angedeutet hatte, des umfangreichen Erbes und – das stand für ihn fest – der charakterlichen Verdorbenheit Gregors war er überzeugt, dass er seine Schwester über Bord gestoßen hatte, auch wenn die Staatsanwaltschaft kein Fremdverschulden am Tod Charlottes annahm.

Hans-Peter hatte ihm erläutert, dass es für ein Verschulden Gregors am Unfall seiner Frau wohl keine endgültigen Beweise gebe. Auch sei eine Fälschung des Testaments nur schwer beweisbar. Dennoch könnten sie Gregor Sotter mit den beiden Tatbeständen unter Druck setzen und so einen Vergleich erzwingen, der ihm einen Anteil am Erbe sichern werde. Der Tod Gregor Sotters hatte diesen Weg eines Vergleichs allerdings unmöglich gemacht.

Im Nachhinein war es gut, dass er ohne seinen Leihwagen nach Föhr übergesetzt war. Eine Mitnahme des Autos auf die Insel wäre riskant gewesen, die Wagen auf der Fähre werden registriert. Über die Verleihfirma hätte man ihn dann ermitteln und seinen Aufenthalt zur Tatzeit auf der Insel beweisen können.

Seit dem Wochenende hatte er sich in einer Pension in Kappeln eingemietet. Für die Wirtin war er ein Gast, der einige Tage an der Schlei angeln wollte. Dafür hatte er sich auch einen Fischereierlaubnisschein besorgt. Ein paar Tage Angelurlaub an der Schlei würden auch bei einer eventuellen polizeilichen Ermittlung glaubhaft erscheinen, da er schon früher während seiner Studentenzeit häufig mit Hans-Peter Wilkens und weiteren Freunden im Ferienhaus von dessen Eltern hier Angelurlaub gemacht hatte. Auch mit Hans-Peter hatte er darüber gesprochen, dass er das Bedürfnis verspüre, nach so langer Zeit des Vagabundierens in der weiten Welt die vertrauten Plätze seiner Jugend wiederzusehen.

Der Strom der Ausflügler hatte nachgelassen und der Gastraum war fast leer war. Auf den fragenden Blick der Kellnerin hin bestellte Robert Feldern noch einen Cappuccino und einen Cognac. Er musste sich entscheiden, was er nun tun solle. Am besten wäre es, den Lauf der Ermittlungen zum Tode Gregors aus der Nähe zu verfolgen. Gut, dann werde er am nächsten Tag sein Zimmer in der Pension in Kappeln aufgeben, den Wagen mit nach Föhr nehmen und Gregor in seinem Ferienhaus in Oevenum aufsuchen. Dabei erfahre er natürlich vom Tod seines Schwagers. Und so viel schauspielerisches Talent traute er sich zu, sich nicht anmerken zu lassen, dass er vom Tode Gregor Sotters schon vorher Kenntnis gehabt hatte. Man habe sicher Verständnis dafür, dass er als nächster Angehöriger des Verstorbenen an der Aufklärung seines Todes besonders interessiert sei.

*

Sie erwachte von den Geräuschen der Melkanlage. Wider Erwarten hatte Gabriele Para tief geschlafen. Nach den aufwühlenden letzten Tagen, in denen ihre Wut, ihre Enttäuschung, ihre Verachtung und ihre Angst sich so überlagert hatten, dass sie kaum Schlaf finden konnte, war sie gestern Abend völlig erschöpft gewesen, so dass sie schon eingeschlafen war, bevor sich der weite sommerliche Himmel über der Marsch verdunkelt hatte. Gregors Mitteilung, dass sie sich einen anderen Doktorvater suchen müsse, konnte sie zuerst gar nicht verstehen. Was sollte das bedeuten?

Erst langsam wurde ihr bewusst, dass sie mit ihrer Promotion nun in einer Sackgasse steckte. Sollte die Arbeit von mehr als anderthalb Jahren umsonst gewesen sein? Dass auch das Verhältnis mit Gregor zu Ende war, hatte sie erstaunlicherweise weniger getroffen. Sicher, so von Gregor ohne weiteres abserviert zu werden, hatte zuerst ihren weiblichen Stolz getroffen, Sie fühlten sich gedemütigt. Als sie jetzt ihre ersten Reaktionen auf Gregors Entscheidung aus der Erinnerung hoch rief, musste sie fast lächeln. Gab es überhaupt so etwas wie weiblichen Stolz, wie unterschied er sich von männlichem?

Dass sie angesichts ihrer Enttäuschung bereits wieder Überlegungen über die Formulierung ihrer Gefühlswelt anstellen konnte, nahm sie als Zeichen, dass sie innerlich schon Distanz zu Gregor bekommen hatte.

Nach dem Aus ihrer Beziehung mit Gregor hatte sie sich zunächst in ihrer Wohnung eingeigelt. Er war gleich nach dem Gespräch, an dem sie fast sprachlos teilgenommen hatte, ohne weiteren Kommentar nach Föhr abgereist. Mit einer gewissen Verzögerung war ihr Geist der Widerspenstigkeit erwacht. Ohne Begründung für die Trennung sollte er nicht davonkommen. Sie war ebenfalls nach Föhr gefahren. Nicht, um wieder seine Zuwendung zu erhalten, sondern um ihn zu einer Aussprache zu zwingen.

Sie kannte seinen Widerwillen gegen Auseinandersetzungen mit Gefühlsausbrüchen. Die Peinlichkeit, sich ihren Vorwürfen zu stellen und seine Erbärmlichkeit vor Augen geführt zu bekommen, wollte sie ihm nicht ersparen. Sie hatte Gregor am vergangenen Donnerstag in seinem Haus in Oevenum aufgesucht. Als sie gegen Abend an seiner Tür klingelte, begegnete ihr eine junge Frau mit gelockten blonden Haaren, die einen aufgelösten Eindruck machte und sie beim Verlassen des Hauses fast überrannt hätte.

Gregor hatte ihr mit abweisendem Gesicht die Tür aufgehalten und den Abgang der blonden Besucherin mit einem unwirschen Ausruf kommentiert, wie etwa „Jetzt wird man sogar in seinen Ferien belästigt“. Ihre anschließende Aussprache mit Gregor war ebenso unerfreulich wie nutzlos geblieben. Seiner zynischen Rhetorik war sie nicht gewachsen gewesen. Als er sie kurz abfertigen wollte, hatte sie ihn gezwungen, sich ihre Vorwürfe anzuhören. Eine verständliche Begründung für seinen Schritt hatte sie jedoch nicht erhalten.

Eins stand für Gabriele Parau nach ihrem Besuch allerdings fest: Sie war froh, dass sie sich nicht mehr an Gregor gebunden fühlen musste. Warum sie jedoch nicht gleich wieder von Föhr abgereist war, konnte sie sich selbst nicht erklären. Vielleicht war es Neugier, ob sie Gregor mit einer neuen Favoritin ertappen werde. Eigentlich gab es für sie keinen Grund mehr, an seinem Leben irgendwie Anteil zu nehmen. Vielleicht wollte sie sich aber auch beweisen, dass sie an einem Ort, der mit Erinnerungen der Gemeinsamkeit überzogen war, ihre eigene Identität behaupten könne. So hatte sie sich für eine Woche auf dem Bauernhof hier in Borgsum eingemietet.

Gabriele Para frühstückte in der Filiale einer Bäckerei in Nieblum. Sie hatte sich gerade mit ihrem Cappuccino und einem Croissant an einem der Tische niedergelassen, da fiel ihr Blick auf die Inselzeitung vom Vortag. Als sie im „Inselboten“ die Schlagzeile *Professor tot aufgefunden* las, hatte sie das Gefühl, dass sich ihr Blut vor dem Herzen aufstaute und sie keine Luft mehr bekam. Zwanghaft las sie weiter. Nur Fragmente des Textes drangen ihr ins Bewusstsein: „keine natürliche Todesursache“, „die Kriminalpolizei ermittelt“, „Kontaktpersonen des Opfers bitte bei der Polizei melden“. Sie verdichteten sich zu der Erkenntnis: Die Polizei ist auf der Suche nach Gregors Mörder.

In einer Anwandlung von Panik war Flucht ihr erster Gedanke. Weg von der Insel, auf der sie sich plötzlich wie gefangen fühlte! Sie las den Bericht über das Auffinden der Leiche noch einmal durch. Lange starrte sie durch die Fensterscheibe auf die flanierenden Touristen, die in kaufbereiter Ferienlaune an den kleinen Läden der Nieblumer Hauptstraße vorbeizogen. Sollte sie dem Aufruf im „Inselboten“ folgen und sich bei der Polizei melden? Wenn die Polizei ihre Arbeit gründlich machte, würde diese ihre Verbindung zu Gregor ohnehin herausfinden. Aber wäre sie in ihrer gegenwärtigen Verwirrtheit einem intensiven Verhör gewachsen?

Sie war sich sicher, dass die Polizei für ihr Zusammentreffen mit Gregor keine Zeugen hatte. Dennoch würden die Polizeibeamten herausfinden, dass sie zur Tatzeit hier auf Föhr vor Ort war. Sie hatte sich mit eigenem Namen bei ihrer Vermieterin eingetragen. Die Polizei brauchte also nur die Anmeldungen der Gäste bei der Kurverwaltung zu durchforsten. Ein vorzeitiges Verschwinden von der Insel bringe sie erst recht in Verdacht.

Wie gelähmt saß Gabriele Parau vor ihrem Kaffee, der inzwischen kalt geworden war. Sie konnte sich nicht entscheiden. Sie stieg schließlich auf ihr Fahrrad, das sie für eine Woche gemietet hatte. Langsam radelte sie von Nieblum nach Borgsum zurück. Am liebsten wäre sie an der Lembecksburg vorbeigefahren und in der Weite der Marsch verschwunden. Sie beschloss aber, eine Runde über Westerland Föhr zu drehen, um in Ruhe nachdenken zu können. Die körperliche Anstrengung werde ihr zu einem klaren Kopf verhelfen.

*

Mommsen ging auf den Notarzt zu, der sich gerade die Plastikhandschuhe abstreifte, nachdem er den Toten untersucht hatte. „Doktor Wensky, was ist Ihr erster Eindruck? Ich vermute, wir haben keinen Grund, einen Unfall anzunehmen?“

„Nein, sicher nicht. Es sieht ganz so aus, als sei er erschlagen worden. Er hat von schräg hinten links einen heftigen Schlag auf den Kopf bekommen. Ich habe den Eindruck, dass auf den

Schädel abgezielt wurde, wahrscheinlich mit einem harten, aber schmalen Gegenstand. Ob dadurch noch weitere Verletzungen entstanden sind, kann man erst bei der Obduktion feststellen. Die werden Sie ja veranlassen."

„Wir nicht, aber die Staatsanwaltschaft. Können Sie denn etwas zum Todeszeitpunkt sagen?"

„Ich habe mir schon gedacht, dass Sie das fragen werden. Also, vorsichtig geschätzt, letzte Nacht zwischen zweiundzwanzig und zwei Uhr. Wenn man weiß, wann er das letzte Mal etwas gegessen hat, kann die Obduktion vielleicht eine genauere Einschätzung bringen." Die Herren entfernten sich vom Fundort der Leiche in Richtung des Notarztwagens. „Hätte auch eine Frau genügend Kraft, einen solchen Schlag auszuführen?", grübelte er. „Sicher, warum fragen Sie? Haben Sie denn schon einen bestimmten Verdacht? Kommt denn eine Frau als Täterin in Frage? Und wissen Sie, wer das Opfer ist? Ich kenne die meisten Föhrer zumindest vom Ansehen und ich bin mir sicher, dass ich ihn noch nicht gesehen habe." Doktor Wensky drehte sich gespannt zu Mommsen um.

„Ja, das Opfer kennen wir. Nein, zum Täter haben wir keinen Verdacht, nichts Konkretes. Ich möchte mich nur für alle Fälle vergewissern. Wann kann ich Ihren Bericht bekommen?"

„Wenn Sie mir Ihre E-Mail-Adresse geben, noch heute Abend." Mommsen diktierte dem Notarzt seine Daten. „Doktor Wensky, ich hoffe, wir müssen Sie nicht ein weiteres Mal dienstlich behelligen. Wir werden uns jedenfalls alle Mühe geben." Doktor Wensky verabschiedete sich und stieg in seinen Wagen.

Mommsen wandte sich an Lürrsen. „Hat die Befragung des Ehepaars, das das Opfer gefunden hat, etwas ergeben?"

„Nein, das hat ihn durch Zufall entdeckt. Die Eheleute waren auf einer Radtour und wollten die Lembecksburg besichtigen. Der Mann musste plötzlich pinkeln und stellte sich genau an die Stelle an das Gebüsch, an der der Fuß herausragte."

„Herr Lürrsen, in Ihrem Bericht formulieren Sie das aber feiner.“

„Klar! Also, ohne diesen Zufall hätte die Leiche noch länger unentdeckt bleiben können. Ich habe mir Namen und Ferienanschrift der beiden geben lassen. Die bleiben noch eine ganze Woche auf der Insel.“

„Kommen Sie, wir gehen zu Frau Hositz hinüber. Der Herr Johannsen scheint sich wieder gefangen zu haben.“

Caroline Hositz ging mit Timo Johannsen, etwas vom Fundort entfernt, auf und ab. Sie hatte ihren Begleiter in ein Gespräch verwickelt, das ihn von dem erschütternden Anblick seines ermordeten Freundes wegführen sollte. Als Mommsen und Lürrsen sich näherten, kamen sie ihnen langsam entgegen. Timo Johannsen blickte Mommsen ratlos an. Dieser legte ihm leicht die Hand auf die Schulter. „Herr Johannsen, wie geht es Ihnen?“ Damit die Frage nicht nur rhetorisch bleibe, sprach Mommsen nicht weiter, sondern wartete die Antwort ab.

„Das weiß ich noch gar nicht. Stephans Tod ist für mich noch nicht Realität. Es gibt nur die Frage: Warum? WARUM?“

„Es tut mir leid, dass wir Sie der Unannehmlichkeit aussetzen mussten, Ihren Kommilitonen zu identifizieren. Ich nehme an, meine Kollegin hat sie schon danach gefragt, wie wir seine Familie erreichen können.“ Caroline Hositz bestätigte, dass sie die Informationen gleich an die Hamburger Kollegen weitergeben werde.

Mommsen verzichtete darauf, das Gespräch mit Timo Johannsen sofort fortzuführen. Er bat ihn um etwas Geduld und nahm Caroline Hositz zur Seite. „Fahren Sie bitte Herrn Johannsen in sein Quartier nach Oldsum und unterrichten Sie seine beiden Kommilitoninnen vom Tod Stephan Liesens. Ich bin mir sicher, dass Sie das mit dem richtigen Feingefühl machen. Die drei sollen in dem Ferienhaus bleiben, ich muss sie noch eingehender befragen. Bleiben Sie auch dort, bis ich nachkomme. Und achten Sie darauf, dass sie keine Versionen darüber absprechen, was Sie in den letzten Tagen erlebt haben. Was anderes: Haben Sie die Staatsanwaltschaft erreicht? Und die Spurensicherung?“

„Ja, beide. Sie wollen mit der Fähre um vierzehn Uhr von Dagebüll kommen.“

„Noch etwas: Haben die Befragungen der anderen Personen hier am Fundort etwas ergeben?“

„Nein, alle scheinen hier nur als Feriengäste vorbeigekommen zu sein. Ich habe aber ihre Namen und Anschriften festgehalten.“

Mommsen ordnete an, dass die Leiche bewacht und Neugierige ferngehalten werden sollen, bis die Staatsanwaltschaft und die Spurensicherung da gewesen seien. Er ließ seinen Blick noch einmal suchend über den Fundort schweifen und kam zum Schluss, dass er hier vorerst nichts weiter tun könne.

Mit Lürrsen fuhr er nach Wyk zurück. Unterwegs besorgten sie sich bei einem Bäcker belegte Brötchen, die wegen der überraschenden Ereignisse an diesem Tag als Mittagessen ausreichen mussten. Sie kamen überein, um siebzehn Uhr in einer Teamsitzung mit den anderen Kollegen die ersten Ergebnisse zu sichten.

Auf der Polizeistation angekommen, hielt Mommsen Lürrsen einen Augenblick zurück. „Herr Lürrsen, können Sie recherchieren, ob über Stephan Liesen etwas bekannt ist? Frau Hositz wollte mit den Kollegen in Hamburg Kontakt aufnehmen, um die Eltern zu benachrichtigen. Erkundigen Sie sich bei ihr, ob das schon geschehen ist. Wir müssen möglichst schnell klären, ob der Mord an Liesen ein eigener Fall ist oder ob er mit dem Fall Sotter zusammenhängt. Ich fahre jetzt nach Oldsum, um seine drei Kommilitonen zu befragen.“

Kurz darauf kam Mommsen in dem Ferienhaus an, wo er die drei Bewohner im Gespräch mit Caroline Hositz antraf. Es war ihr gelungen, diese dazu zu bringen, ihre Erlebnisse mit Stephan Liesen in einer eher anekdotenhaften Form zu erzählen. Eine Befragung zur Tat und ihren eventuellen Hintergründen hatte sie bislang vermieden. Die einfühlsame Gesprächsführung durch Caroline Hositz hatte dazu beigetragen, dass sich bei Mommsens Ankunft das erste Entsetzen schon gelegt hatte. Mommsen konnte daher ohne beruhigende Einleitungsworte gleich zur Sache kommen: „Ich möchte, dass Sie mir alles berichten, was Sie über Ihren Kommilitonen Stephan Liesen wissen. Wer von Ihnen kennt ihn am längsten?"

Timo Johannsen meldete sich mit einem kurzen Heben seiner linken Hand. Mommsen fragte sich, ob Timo Johannsen Linkshänder sei. Daran merkte er, dass er selbst hochkonzentriert war, da er sogar solche Kleinigkeiten registrierte, deren Relevanz für die Aufklärung ihm noch nicht klar war. Erst dabei fiel ihm ein, dass Doktor Wensky erwähnt hatte, dass das Opfer einen Schlag auf die linke Hinterseite des Schädels erhalten hatte.

„Ich kenne Stephan seit drei Semestern. Wir hatten damals zusammen die BGB-Veranstaltung besucht. Ich habe dann den Schein gemacht, Stephan hat die Prüfung in den Sand gesetzt, er ist schon damals mit dem Prüfungsstress nicht fertig geworden. Später haben wir noch weitere Lehrveranstaltungen besucht. Er machte manchmal den Eindruck, als würde das Studium ihn überfordern. Aber er war ein netter Kerl, den wir in unseren studentischen Arbeitsgruppen mitgezogen haben. Er stammte aus Hamburg, ich glaube, er wohnte noch bei seinen Eltern, irgendwo in Hamm. Vor etwa einem Jahr hatte er mal eine Freundin, das ging aber nach ein paar Monaten wieder auseinander. Er hat mir damals erzählt, dass er froh war, nicht mit ihr zusammengezogen, sondern bei seinen Eltern wohnen geblieben zu sein. Er ist manchmal mit uns nach den Vorlesungen noch auf ein Bier mit in eine Kneipe gezogen, aber auch da hielt er sich zurück. Mehr weiß ich eigentlich nicht von ihm.

Dass er Feinde gehabt hat, die ihm so was antun könnten, nein, das glaub ich einfach nicht."

„Die Adresse der Eltern? Und den Namen der Freundin, die Sie erwähnt haben?"

„Sorry, seine Adresse kenne ich nicht, aber die Uni müsste die haben. Er hat nur erwähnt, dass es irgendwo in Hamm ist. Und seine Freundin? Habe ich nie kennengelernt. Die hat in einer Apotheke gearbeitet. Vielleicht kennen seine Eltern sie."

Mommsen wandte sich an Swetlana Kirch. „Wie gut kannten Sie Ihren Kommilitonen Liesen?"

„Eigentlich noch weniger als Timo. Wir waren in diesem Semester mit ihm in unserer Arbeitsgruppe zusammen, früher habe ich ihn manchmal in Vorlesungen gesehen. Aber da hat er versucht, nicht aufzufallen. Er wollte vermeiden, dass die Professoren ihn ansprechen und ihm Fragen stellen. Das war ihm peinlich, er wollte sich nicht blamieren."

„Können Sie sich vorstellen, dass er Feinde hatte?"

„Nein, Stephan doch nicht! Der war so was von harmlos."

„Frau Regenhorst, was wissen Sie über ihm?"

„Bei mir ist es so wie bei Swetlana. Ich kannte ihn vom Sehen. Er schien wenig Kontakt zu haben. In unserer Arbeitsgruppe überkam mich das Gefühl, dass er große Angst hatte, im Studium zu versagen. Das kann ich gut verstehen, das geht mir manchmal auch so. Aber bei ihm war das viel schlimmer, bisweilen hatte er direkt Panik."

„Was ist mit Feinden?"

„Nein, nein, das kann ich mir überhaupt nicht vorstellen. Mit ihm hatte man eher Mitleid."

Caroline Hositz hatte bisher nur zugehört. Als Mommsen sich zurücklehnte und fragend zu ihr hinübersah, nahm sie den Gesprächsfaden auf. „Ich würde gerne auf das Verhältnis Ihres Kommilitonen zu Professor Sotter zu sprechen kommen. Wie stand er zu ihm?" Die beiden Mädchen schauten Timo Johannsen an. „Ja also, er war natürlich sauer auf ihn – wie wir alle.

Sotter war ein gemeiner Prüfer, das haben auch wir zu spüren bekommen. Stephan war schon zweimal bei Sotter in Rechnungswesen durchgefallen. Die Klausur in diesem Semester war sein dritter, also sein letzter Versuch. Wenn die Prüfung auch diesmal danebengegangen wäre, hätte er sein Studium aufgeben müssen. Aber die Ergebnisse der Klausur sind noch nicht bekannt. Ich weiß nicht einmal, ob Sotter die schon benotet hat. Jetzt, wo Sotter tot ist, muss die ganze Prüfung wahrscheinlich wiederholt werden. Aber das wird letztlich der Prüfungsausschuss entscheiden."

„Wissen Sie, ob Herr Liesen hier auf Föhr mit Professor Sotter Kontakt hatte?" Diesmal antwortete Swetlana Kirch. „Kann ich mir nicht denken, er hat nichts davon erwähnt." Caroline Hositz schaute Timo Johannsen und Susanne Regenhorst an. „Wissen Sie etwas darüber?" Beide schüttelten den Kopf. „Wusste er denn, dass Herr Sotter hier auf Föhr ein Ferienhaus besitzt und sich auf der Insel aufgehalten hat?" Susanne Regenhorst beugte sich vor. „Ja, ich habe darüber gesprochen. Ich glaube, ich habe auch erwähnt, dass Sotter regelmäßig einen Großteil seiner Ferien hier verbringt. Wahrscheinlich auch jetzt."

Mommsen übernahm wieder die Gesprächsführung. Sein Versuch, den Ablauf des Sonntagabends und der Sonntagnacht hier im Ferienhaus mit Stephan Liesen zu rekonstruieren, brachte aber keine neuen Erkenntnisse. Er forderte die drei Studenten auf, ohne seine Erlaubnis die Insel nicht zu verlassen. Mommsen und Caroline Hositz verabschiedeten sich.

Mommsen setzte seine Kollegin bei der Polizeistation am Wyker Hafen ab. Er bat sie, die auf der Insel verbliebenen Teilnehmer an der Klausurtagung bei Sotter zu achtzehn Uhr auf die Polizeistation zu bestellen, ohne den Anlass dieser kurzfristigen Einladung zu erwähnen. Er selber fuhr zur Mole, um den Staatsanwalt und die Spurensicherung von der Fähre abzuholen und zur Lembecksburg zu begleiten. Diese erschienen in der gleichen Besetzung wie am Tatort in Oevenum.

Schröder und Mohnberg begrüßten Mommsen mit der Bemerkung, dass sie als Dauergäste ja gleich in Föhr stationiert werden können. Staatsanwalt Renner äußerte sich ähnlich. Mommsen wies die beiden Kollegen der Spurensicherung am Fundort der Leiche ein. Er bat sie zu untersuchen, ob der Fundort auch der Tatort sei. Er wies sie darauf hin, dass er das Handy des Opfers vermisse, das junge Leute seines Alters eigentlich immer bei sich haben.

Nachdem Staatsanwalt Renner sich die Leiche und die Umgebung des Fundorts angeschaut hatte, kam er zu Mommsen zurück. „Haben Sie schon eine Ahnung, ob die beiden Morde miteinander in Verbindung stehen? Wenn so kurz hintereinander am gleichen Ort ein Professor und einer seiner Studenten umgebracht werden, liegt das eigentlich nahe.

„Zumal das zweite Opfer das erste Opfer hasste – und zwar so stark, dass der Tote hier gegenüber unserem ersten Opfer sogar ein Mordmotiv gehabt hätte."

„Worin bestand denn sein Motiv?"

Mommsen erläuterte dem Staatsanwalt die fast schon verzweifelte Prüfungssituation Stephan Liesens und dessen Aversion gegenüber Sotter. „Ich habe gehört, dass Sie die Spurensicherung aufgefordert haben, nach dem Handy des Toten zu suchen. Warum ist Ihnen so sehr daran gelegen?"

„Liesens Kommilitonen hier auf Föhr haben ausgesagt, dass er während seines Aufenthaltes auf der Insel keinen Kontakt zu Sotter hatte. Wenn wir sein Handy haben, können wir herausfinden, ob er vielleicht darüber mit Sotter in Verbindung war."

„Übrigens, Herr Mommsen, ich habe vor meiner Abfahrt noch mit der Gerichtsmedizin wegen des Todes von Sotter telefoniert. Sie bekommen den Bericht wahrscheinlich morgen. Also, die Todeszeit ist bestätigt worden: zwischen Sonntagabend zweiundzwanzig Uhr und Montagmorgen drei Uhr. Der erste Stich ging direkt ins Herz und war sofort tödlich. Der zweite Stich, mit dem die Klausurarbeit der Regenhorst an die Leiche geheftet wurde, erfolgte wenige Minuten später mit der gleichen Waffe. Die Tatwaffe ist ein Messer, das Taucher oder auch Angler häufig verwenden – ohne Fingerabdrücke. Es spricht einiges dafür, dass ein Täter beide Stiche ausgeführt hat.“

Mommsen und Renner besprachen noch das weitere Vorgehen. Renner wies darauf hin, dass durch den zweiten Mord, diesmal an einem Studenten des ermordeten Professors, das öffentliche Interesse enorm ansteigen werde. Es sei damit zu rechnen, dass eine ganze Herde von Journalisten auf die Insel einfalle. Sie kamen überein, dass Informationen für die Presse nur von der Staatsanwaltschaft gegeben werden. Bestätigungen eines eventuellen Zusammenhangs zwischen den beiden Taten seien zu vermeiden. Schlagzeilenträchtige, weil wilde, Spekulationen in der Boulevardpresse werden sich allerdings kaum vermeiden lassen.

Dann brachte Mommsen den Staatsanwalt zur Fähre. Schröder und Mohnberg hatten mitgeteilt, dass sie zuerst ihre Arbeit am Fundort zu Ende bringen müssen, also wahrscheinlich am Meeting um siebzehn Uhr in der Polizeistation nicht teilnehmen werden. Da Mommsen bereits um achtzehn Uhr die Professoren einbestellt hatte, wollte er das erste Sichtungstreffen aber nicht verschieben.

Pünktlich um siebzehn Uhr kamen Mommsen, Hositz, Lürrsen und Friederichsen im Nebenraum der Polizeistation zusammen. Mommsen kam ohne Vorrede gleich zur Sache: „Der neue Mord – an Stephan Liesen – verkompliziert unsere Untersuchung, eventuell vereinfacht er sie aber auch. Liesen als eine Person mit einem starken Mordmotiv im Umfeld des ersten Opfers scheidet als Täter aus, wenn beide Morde zusammenhängen. Wenn wir es jedoch mit verschiedenen Tätern zu tun haben, besteht immerhin die Möglichkeit, dass er Sotter umgebracht hat. Wir müssen also mit Nachdruck der Frage nachgehen, ob die beiden Taten zusammenhängen. Okay, wo stehen wir? Professor Sotter, ein nicht sehr beliebter Dekan an der HUTTT, ist nach einer zweitägigen Klausurtagung mit Kollegen in seinem Ferienhaus in Oevenum zwischen zweiundzwanzig Uhr am Sonntagabend und drei Uhr am Montagmorgen in seinem Arbeitszimmer erstochen worden. Mit einem zweiten Stich in den Rücken wurde eine nicht benotete Klausurarbeit der Studentin Susanne Regenhorst an die Leiche geheftet. Die Tatwaffe war ein Messer, wie es häufig von Tauchern, aber auch von Anglern benutzt wird. Die Teilnehmer des Meetings hatten ein unterschiedliches Verhältnis zu Sotter.

Die Professorin Engström hatte – wie schon erwähnt – im vergangenen Jahr ein intimes Verhältnis mit dem Opfer, das nach ihren Angaben im gegenseitigen Einvernehmen beendet wurde. Wir haben Hinweise, dass Sotter mit wechselnden Frauen hier auf Föhr war. Sollte er jedoch wegen einer neuen Favoritin der Kollegin Engström den Laufpass gegeben haben, könnte Rache aus verschmähter Liebe als Motiv in Frage kommen. Die Professorin Janina Gorek hatte ebenfalls Grund, Sotter zu hassen. Er hatte ihr den Posten des Dekans vor der Nase weggeschnappt. Zusätzlich hatte er ihr die Leistungsprämie auf ihre Vergütung gekürzt, was sie sicher als Affront gewertet hat. Sie ist als Einzige aus der Teilnehmerrunde überraschend schnell von der Insel verschwunden, angeblich wollte sie gleich weiter in den Urlaub nach Italien fahren.

Ein vielleicht nicht ganz so ausgeprägtes Mordmotiv sehe ich auch bei Heckenrock. Er fühlte sich von Sotter schikaniert und gekränkt. Im Gespräch gab er offen seinen Zorn auf ihn zu. Die restlichen drei Professoren? Da sehe ich immer noch kein Motiv. Cornelis und Fasthoff haben Honorarverträge mit einer Beratungsfirma, die sich um ein großes Marketingprojekt bewirbt. Den Vorsitz in der Vergabejury hatte Sotter, aber da ist noch nichts entschieden. Und van Demme hat zwar auch ein gespanntes Verhältnis zu Sotter gehabt, kann aber aus seinem Tod keinen Vorteil ziehen. And by the way, die Alibis aller sechs Teilnehmer der Tagungsrunde sind eher löchrig. Weiter!

Zur Tatzeit waren vier Studenten des Opfers hier auf der Insel. Bei zweien können wir gewichtige Mordmotive feststellen: Die Klausurarbeit, die an die Leiche geheftet wurde, war von einer Susanne Regenhorst geschrieben, die sich zurzeit auf Föhr aufhält. Die Arbeit war ihr dritter, also letzter Versuch. Da Sotter vor der Benotung getötet worden ist, könnte ihr eine Wiederholung der Klausur bei einem milderen Prüfer das Studium retten. Ferner hatte Sotter sie vor den versammelten Studenten zur Sau gemacht.

In einer vergleichbaren Lage befand sich Stephan Liesen. Ob er als Täter in Frage kommt, wissen wir erst, wenn klar ist, ob die beiden Morde zusammenhängen.

Die beiden anderen Studenten, Swetlana Kirch und Timo Johannsen, erscheinen eher unverdächtig. Wir müssen uns noch einmal um die beiden Nachbarn kümmern, mit denen Sotter im Streit gelegen hat, und um einen Schwager, der vor Kurzem mit Sotter in Kontakt war, offensichtlich in einer unerfreulichen Angelegenheit. Und schließlich müssen wir mit seiner gegenwärtigen Freundin oder Lebensgefährtin reden, da ist der Kollege Schön dran. So weit ein erster Überblick zu unserem ersten Fall. Ich bitte um Ihre Beiträge."

Als Erste meldete sich Caroline Hositz zu Wort: „Mit geht nicht aus dem Kopf, dass die Gorek sofort verschwunden ist. Ist die wirklich in den Urlaub gefahren? Wir müssen so schnell wie möglich mit ihr sprechen. Wie können wir die momentan erreichen?"

„Auf ihrem Handy meldet sie sich nicht. Darum kümmert sich Dirk Schön weiter. Morgen ist der hier und kann uns berichten."

Lürrsen zeigte Anzeichen der Unruhe. „Ich denke, wir kommen bei Sotter nicht weiter, wenn wir nicht wissen, ob der Tod von Liesen etwas mit seinem Tod zu tun hat. Wir sollten uns vor allem fragen, wer ein Motiv hatte, Liesen aus dem Weg zu räumen. Gibt es jemanden, der Liesen so hasste oder ihn fürchtete? Seine Kommilitonen haben ihn als einen harmlosen Menschen geschildert, der eher Mitleid als Hass erregte. Ist ihm etwas im Zusammenhang mit dem Mord an Sotter aufgefallen, das den Mörder belastet hätte? Dann hätte der einen Grund gehabt, Liesen zu beseitigen."

Mommsen versuchte, den Weg hinein in Spekulationen, der sich durch Lürrsens Beitrag aufgetan hatte, wieder zu verlassen. „Lassen Sie uns erst einmal die Fakten zum Fall Stephan Liesen sichten. Er ist Samstag hier auf die Insel gekommen. Zusammen mit einem Kommilitonen, Timo Johannsen, war er zu Besuch bei zwei Studentinnen, die hier ein Praktikum absolvieren. Gewohnt haben sie im Ferienhaus des Vaters der einen, Susanne Regenhorst."

Friederichsen hatte bei der Nennung des Namens Regenhorst aufgemerkt. „Ja, ganz recht, deren Klausur an Sotters Leiche geheftet war. Nach einem gemeinsamen Grillabend sind sie schlafen gegangen, eine genaue Uhrzeit dafür ist nicht mehr festzustellen. Ein Alibi für die Tatzeit des Mordes an Sotter hat Liesen also nicht. Am Dienstag sind Johannsen und Liesen nach Amrum übergesetzt, um dort eine Fahrradtour zu machen. Der Rückweg hat sich verzögert, da Johannsens Fahrrad zwischen Alkersum und Oldsum einen Platten hatte. Gegen zweiundzwanzig Uhr dreißig wurde Liesen zuletzt gesehen, seitdem war er vermisst, bis am Mittwochvormittag seine Leiche an der Lehmbecksburg gefunden wurde. Nach einer ersten Einschätzung durch den Notarzt ist sein Tod zwischen Dienstag, zweiundzwanzig Uhr und Mittwochmorgen zwei Uhr eingetreten. Nach Auffassung seiner Kommilitonen war er ein harmloser Mensch. Ein Motiv, ihn zu ermorden, sehe ich noch nicht. Die Möglichkeit, dass Liesen etwas von dem Mord an Sotter mitgekommen hat und dem Mörder gefährlich werden konnte, wie vom Kollegen Lürrsen angedeutet, sollten wir aber nicht außer Acht lassen."

Mommsen schwieg nachdenklich. Es war wieder Friederichsen, der sich bemerkbar machte. „Was ist eigentlich mit den Nachbarn von Sotter, ich meine Thies Brodersen und Friedrich Jessen? Sollen wir die noch einmal befragen? Ganz klar war das mit denen ja noch nicht."

„Ja, denen müssen wir auch noch einmal auf den Zahn fühlen. Aber die bleiben ja auf der Insel. Im Augenblick sind mir die Professoren wichtiger, mit denen möchte ich durch sein, bevor die abreisen. Die kommen gleich hierher. Frau Hositz und ich werden mit ihnen sprechen. Danach werden auch die Kollegen von der Spurensicherung am Fundort fertig sein. Ich hoffe ja, dass die etwas zu berichten haben, was uns weiterhilft. Unseren Arbeitsplan für morgen können wir erst dann machen, wenn wir das erledigt haben." Lürrsen bot sich an, seinen Feierabend zu verschieben, um Mommsen und Caroline Hositz zu unterstützen.

Mommsen war sich nicht klar, ob das Angebot aus Lürrsens Arbeitseifer entsprang oder aus dem Wunsch, noch einige Stunden die weibliche Ausstrahlung seiner attraktiven Kollegin aus der Nähe zu genießen. Friederichsen musste sich noch um den Fall der Zechprellerei kümmern, da der Verdächtige auf dem Sprung war, die Insel zu verlassen.

Die Beamten hatten gerade den Raum für das Gespräch mit den fünf Professoren vorbereitet, als auch schon Fasthoff und Heckenrock erschienen. Beide waren neugierig, warum sie so spät noch einmal „einbestellt" worden seien, wie Fasthoff formulierte. Er äußerte seinen Unmut über die überstürzte Terminsetzung. Bevor Mommsen ihn begütigen konnte, waren auch Hiltrud Engström, Cornelis und van Demme eingetroffen. Mommsen ließ der Begrüßung ein längeres Schweigen folgen, das die Spannung bei den Gesprächsteilnehmern erhöhte, erst dann begann er: „Sie fragen sich, warum wir Sie so kurzfristig herbestellt haben. Heute Mittag ist einer Ihrer Studenten tot bei der Lembecksburg aufgefunden worden. Stephan Liesen ist in der vergangenen Nacht ermordet worden. Dies macht es notwendig, die Vorgänge um den Tod Ihres Kollegen Sotter aus einer weiteren Perspektive zu betrachten."

Die Reaktionen der Teilnehmer der Gesprächsrunde auf diese Eröffnung waren unterschiedlich. Hiltrud Engströms Fassade emotionsloser Sachlichkeit zerbrach, sie barg mit einem kurzen Aufstöhnen ihren Kopf in ihren aufgestützten Händen und zerwühlte langsam ihre straffgezogenen Haare. Heckenrock starrte Mommsen mit verständnislos geöffnetem Mund an, van Demme murmelte vernehmlich „Nicht das noch", Cornelis schwieg mit gefasstem Gesichtsausdruck vor sich hin, während Fasthoff sich zu der Frage aufraffte: „Und wie ist er zu Tode gekommen?"

Mommsen, Lürrsen und Caroline Hositz hatten das Verhalten der fünf Professoren genau beobachtet. Endlich reagierte Mommsen auf die Frage Fasthoffs. „Zur Todesursache werde ich Ihnen gleich etwas sagen. Erst einmal an Sie die Frage: Haben Sie Stephan Liesen gekannt?" Zögerliches Kopfnicken in der Runde, unterlegt von Bemerkungen wie „Aus meinen Seminaren", „Aus Prüfungen", „War in meiner Sprechstunde" und Ähnliches. „Eine weitere Frage: Haben Sie ihn während Ihres Aufenthaltes hier auf Föhr bemerkt?"

Van Demme äußerte sich als Erster. „Nein, ich wusste nicht, dass er überhaupt hier auf der Insel war. Ich hätte ihn sicher bemerkt, er hat ja bei mir ein ganzes Modul wiederholen müssen und ich war Beisitzer einer eher peinlichen mündlichen Prüfung, bei der er ein ‚Blackout' hatte."

Hiltrud Engström gab zu, dass Susanne Regenhorst ihr erzählt habe, dass Stephan Liesen mit einem weiteren Kommilitonen bei ihr zu Besuch sei. Diese Nachricht wäre ihr aber zu unbedeutend erschienen, als dass sie ihren Kollegen davon berichtet habe. Die anderen Professoren verneinten, von Stephan Liesens Anwesenheit auf der Insel etwas gewusst zu haben. Auch Mommsen Frage, ob ihnen ein mögliches Motiv für den Mord an Stephan Liesen bekannt sei, blieb erfolglos.

Mommsen erläuterte kurz die Todesursache des Opfers. Seine Gesprächspartner waren von der Nachricht über den zweiten Mord so betroffen, dass sie auf Nachfragen verzichteten. Auch sein Versuch, Informationen über mögliche Feindschaften zwischen dem Opfer und anderen Studenten zu bekommen, war vergeblich. „Wir haben in diesem Stadium unserer Untersuchung noch keine konkreten Verdachtsmomente. Sie würden aber unsere Arbeit erheblich erleichtern, wenn Sie uns schon jetzt sagen könnten, wo Sie sich gestern Abend aufgehalten haben. Wir interessieren uns vor allem für die Zeitspanne von zweiundzwanzig bis zwei Uhr früh.“

Mommsen blickte Hiltrud Engström fragend an. Diese reagierte zunächst nicht auf seinen auffordernden Blick. Erst als er sie direkt ansprach, antwortete sie: „Ich war in einem Orgelkonzert in der Sankt-Johannis-Kirche in Nieblum. Das ging um zwanzig Uhr los. Gegen einundzwanzig Uhr dreißig bin ich von dort wieder zurück nach Midlum ins Hotel geradelt und gleich auf mein Zimmer gegangen. Die Ereignisse um Sotters Tod hatten mich ziemlich mitgenommen.“

„Sind Sie die ganze Zeit auf Ihrem Zimmer geblieben?“

„Ja, ich habe noch eine Schlaftablette genommen und bin bald eingeschlafen.“

Mommsen wandte sich an Heckenrock. „Und wo waren Sie gestern?“

„Am Nachmittag bin ich mit dem Bus nach Alkersum gefahren und habe mich im Museum der Westküste umgeschaut. Am Abend war ich mit dem Kollegen Fasthoff zum Essen.“

„Wann?“

„Wir hatten uns um neunzehn Uhr im Hotel verabredet und sind dann in ein Fischrestaurant hier in Wyk gegangen. Um einundzwanzig Uhr dreißig waren wir wieder im Hotel. Ich habe noch die Spätnachrichten im Fernsehen verfolgt, dann mit meiner Frau telefoniert und bin dann zu Bett gegangen.“

Fasthoff fuhr unaufgefordert fort. „Am Nachmittag habe ich eine Runde Golf gespielt, achtzehn Loch. Wie Sie schon gehört haben, bin ich dann mit dem Kollegen Heckenrock zum Essen gewesen. Nach dem Essen war ich noch auf einen Drink in einer Bar, ‚Vogelkoje‘. Gegen dreiundzwanzig Uhr war ich dann im Bett.“

Mommsens Blick richtete sich auf van Demme. Dieser hatte kurz überlegt, ob er auf das wiederholte Abfragen ihrer Alibis mit dem Hinweis reagieren solle, schon für die nächsten Tage vorsorgliche Alibis zu liefern. Er konnte seine sarkastischen Anwandlungen aber zügeln. „Herr Cornelis und ich haben gestern die Gelegenheit zu einer Halligtour genutzt. Wir waren auf Langeneß und sind um zwanzig Uhr zurückgekommen. Danach sind wir noch in eine Kneipe direkt am Hafen gegangen, eine ehemalige Fabrikhalle oder so. Dort trafen wir ein Paar, das ebenfalls im Marschenkrog abgestiegen ist. Gegen halb zwölf sind wir dann gemeinsam im Taxi nach Midlum zurückgefahren. Das war's.“ Cornelis hatte zu den Ausführungen Demmes genickt. „Ja, Sie haben es ja gehört, ich habe mich dann ebenfalls gleich schlafen gelegt.“

Mommsen bedankte sich bei seinen Gesprächspartnern, bat sie, bis auf Weiteres die Insel nicht zu verlassen, und verabschiedete sie mit der Bitte, sich für kommende Gespräche zur Verfügung zu halten.

„Na, hat uns das weitergebracht?“ Mommsen schaute seine Kollegen an. Lürrsen überlegte, ob er auf Caroline Hositz mehr Eindruck durch weise Zurückhaltung oder durch furchtlose Hypothesen machen werde. Er entschied sich für Zurückhaltung. Das gab ihr die Gelegenheit, ihre Beobachtungen darzulegen und damit die erste Weichenstellung des Gesprächs vorzunehmen. „Alle haben eine gewisse Betroffenheit deutlich gemacht, sicher, je nach Temperament unterschiedlich. Am deutlichsten ist die Betroffenheit bei der Engström gewesen. Und sie war offensichtlich die Einzige, die von Liesens Aufenthalt hier gewusst hatte. Aber einen Grund, den Tod von Liesen herbeizuführen, sehe ich bei ihr nicht. Es sei denn, wir verfolgen die Möglichkeit, die Kollege Lürrsen aufgezeigt hat: Wenn Stephan Liesen etwas bemerkt hätte, was auf die Engström als Täterin verweist, dann könnte das natürlich ein Mordmotiv sein. Das gilt in gleicher Weise auch für die anderen. Und die Alibis können wir für die angegebene Tatzeit vergessen.“

Lürrsen nahm es als Kompliment, dass Caroline Hositz sich auf seine Anregung berief, und wurde ein wenig rot, was in der ungleichmäßigen Beleuchtung des Besprechungsraums allerdings niemandem auffiel.

Mommsen wollte gerade den Arbeitsplan für den nächsten Tag besprechen, als Mohnberg und Schröder von der Spurensicherung hereinkamen. „Ihr kommt ja wie gerufen, also, was habt ihr noch gefunden?“ Mohnberg schaute zu Schröder hin. Der nahm die Aufforderung an. „Also, die Leiche ist auf dem Weg zur Gerichtsmedizin in Kiel. Der Notarzt hat als Todesursache einen heftigen Schlag auf die linke Seite des Hinterkopfs festgestellt. Nach den Spuren zu urteilen ist das Opfer etwa zehn Meter vom Fundort entfernt erschlagen worden und dann ins Gebüsch gezerrt worden. Es gab auch einige Fußspuren, aber ob die mit der Tat zusammenhängen, lässt sich so nicht sagen. Wir haben auf jeden Fall Abdrücke genommen. Spuren von Autoreifen, vor allem aber auch von Fahrradreifen, waren weiter entfernt davon. Jetzt in der Feriensaison laufen da so viele kreuz und quer, dass wir damit kaum etwas anfangen können. Aber …“ –Schröder machte eine Pause, um die Spannung steigen zu lassen – „… wir haben ein Handy gefunden, das lag dort noch nicht lange. Es könnte dem Opfer gehört haben, das muss aber noch ausgewertet werden."

„Könnt ihr das nicht gleich machen?"

„Nein, lass da mal die Fachleute ran. Die müssen auch die Kontakte über den Provider herausfinden."

„Gut, dann üben wir uns in Geduld."

„So, ich merke bei uns allen deutliche Ermüdungserscheinungen." Mommsen schaute auf die Uhr und wandte sich zu Schröder und Mohnberg um. „Kommt ihr heute noch aufs Festland zurück?" Lürrsen schaute ebenfalls auf die Uhr. „Nee, die letzte Fähre ist schon weg. Aber ich kann euch bei meiner Schwiegermutter unterbringen, die hat noch ein Zimmer frei. Die nächsten Gäste kommen erst übermorgen."

„Heute können wir ohnehin nichts mehr ausrichten. Lassen Sie uns noch kurz den Arbeitsplan für morgen festlegen. Also, zuerst einmal: Dirk Schön wird am Vormittag zu uns stoßen, der soll sich gleich mit dem Laptop des Opfers beschäftigen, vielleicht gelingt es ihm ja, das Passwort zu knacken. Er bringt auch Unterlagen aus Sotters Wohnung mit, die wird er dann durchforsten. Frau Hositz, nehmen Sie sich bitte die Klausuren unserer Studenten hier auf Föhr vor. Sind alle noch nicht benotet? Wenn das so ist, bleiben Sie bei der Uni dran, wie da weiterverfahren wird. Herr Lürrsen, können Sie, wenn Sie hier Ihre dringendsten Aufgaben erledigt haben, sich mit Frau Hositz um die Alibis der beiden Nachbarn kümmern? Das müssen wir unbedingt klären."

Mommsen bemerkte, dass Lürrsens Müdigkeit durch die Aussicht auf einige Stunden der Zweisamkeit mit Caroline Hositz wie weggeblasen schien. „Ich werde mich als Erstes um Kontakt zu der abgereisten Professorin, dieser Janina Gorek, und zur letzten Favoritin Sotters kümmern. Nächstes Meeting hier morgen um zwölf Uhr." Obwohl er sich bemüht hatte, auf seine Kollegen einen sicheren Eindruck zu machen und die Besprechung „zielführend" zu leiten, wie es im Jargon der Seminare für Kommunikation heißt, wurde Mommsen das Gefühl nicht los, keine Übersicht über die beiden Fälle mehr zu haben und sich mit seinen Ermittlungen im Kreis zu drehen.

Diese Orientierungslosigkeit sog ihn wie ein Strudel in eine Stimmung der Unzufriedenheit und des Selbstzweifels hinein. Solche depressiven Anwandlungen kannte er von früheren Ermittlungen. Da hatte er immer versucht, sich durch konsequentes Weiterarbeiten wieder in ein seelisches Gleichgewicht zu bringen. Ihm fehlte der klärende Einfall, die Intuition.

Mit Sotter hatte er den seltenen Typ eines Opfers, dessen soziales Umfeld offensichtlich nur aus Feinden bestand, bestenfalls aus Menschen, die Distanz zu ihm suchten. Bislang war bei der Untersuchung niemand aufgetaucht, der ihn gemocht hatte. „Was für ein Leben“, dachte Mommsen, „ohne Vertrauen, ohne Zuwendung, selbst mitten unter Menschen einsam.“ Irgendwie fühlte er so etwas wie Mitleid mit Sotter.

Und auch Stephan Liesen war ein bedauernswerter Mensch gewesen. Er war ausgeliefert an ein Leben, das sich vom Mitleid seiner Mitmenschen nährte.

Mommsen nahm Caroline Hositz mit nach Nieblum. Diese wollte sich gleich in ihr Quartier verabschieden, aber Cosima Bernstädt hatte Mommsens Wagen durch das Küchenfenster gesehen. Als sie beobachtete, dass Caroline Hositz sich ins Nachbarhaus zurückziehen wollte, forderte sie diese auf, noch auf einen kleinen Imbiss hereinzukommen. „Ich habe heute ein Rezept meiner Cousine aus Oevenum ausprobiert, das heißt, eigentlich ist es schon der zweite Anlauf damit: Föhrer Weinsuppe mit gekochtem Schinken und Weißbrot. Vor einigen Wochen habe ich das zum ersten Mal versucht, so aus der Erinnerung heraus, das war leider ein Fehlschlag. Diesmal habe ich mich aber genau an das Rezept gehalten. Probiert das mal! Vielleicht ist es mir diesmal ja gelungen.“

Cosimas Kochkünste hielten dem Urteil ihrer Gäste stand, zumal diese dem auch für die Weinsuppe verwendeten

Schwarzriesling reichlich zusprachen. Die gelösten Gespräche beim Essen nahmen sowohl Caroline Hositz als auch Mommsen die Beklemmung, die ihnen der zu Ende gehende Arbeitstag auferlegt hatte. Als sich Caroline Hositz verabschiedet hatte, zogen Cosima und Mommsen mit dem Rest der Weinflasche auf die Gartenterrasse um, um den Duft der Abenddämmerung auf sich wirken zu lassen.

Cosima hatte bemerkt, dass die Erlebnisse des Tages, die Mommsen kurz angedeutet hatte, ihn belasteten. Um seine Aufmerksamkeit von dem Fall abzuziehen, berichtete sie ihm, dass sie sich seit Kurzem mit der Kunsttheorie Paul Klees beschäftige. Ausgehend von dessen zentraler These „Kunst gibt nicht das Sichtbare wieder, sondern macht sichtbar" diskutierten sie noch lange den Vergleich des Kriminalisten mit dem Künstler. Mommsen war klar, dass auch er sich in seiner Arbeit nicht mit dem Blick auf das Augenscheinliche begnügen konnte, sondern die dahinter liegenden Verbindungen, Gefühle, Interessen, Motive, Verletzungen und Erfahrungen der Beteiligten sichtbar machen musste.

*

Die Eröffnungen des Kommissars über den zweiten Mord an dem Studenten Stefan Liesen hatten die Professoren in einen Zustand von Verwirrung und Anspannung versetzt. Je nach psychischer Ausstattung überwogen Trauer, Angst, Misstrauen, Ratlosigkeit oder auch Neugier.

Nachdem sie gemeinsam die Polizeistation verlassen hatten, fasste sich Cornelis als Erster. „Ich glaube, es würde uns allen helfen, wenn wir unsere Situation einmal gemeinsam durchsprechen. Das ist auf jeden Fall besser, als wenn sich jeder allein in sein stilles Kämmerlein verkriecht und vor sich hin brütet." Er hatte das unausweichliche Gefühl, dass alle nach der Anspannung des Verhörs durch die Polizei jetzt ein Ventil brauchten. Und dies konnte am besten ein gemeinsames Gespräch in einer vertrauten oder zumindest entspannenden Atmosphäre sein.

Cornelis schaute auf seine Uhr. „Haben Sie sich für das Abendessen schon festgelegt? Sonst können wir zusammen zum Essen gehen.“

Hiltrud Engström griff seinen Vorschlag gleich auf. „Das sollten wir auf jeden Fall machen. Aber hier in Wyk ist es wahrscheinlich schwierig, jetzt noch ein Restaurant zu finden, das einen Tisch für fünf Personen frei hat. Ich glaube, in Nieblum haben wir größere Chancen.“ Tatsächlich fanden sie in Nieblum in einem Restaurant in einem alten Friesenhaus auf der Galerie noch Platz.

Die Fahrt hierher war weitgehend schweigend verlaufen, auch als sie sich am Tisch niedergelassen hatten, war eine gewisse Verlegenheit zu spüren. Sie vertieften sich in die Speisenkarten, als seien diese Bücher geheimer Offenbarung, dann gaben sie ihre Bestellungen auf. Auch jetzt war es wieder Cornelis, der das Gespräch begann. „Ich fürchte, dass wir noch länger hier auf Föhr bleiben müssen. Den Herrn Mommsen habe ich so verstanden, dass wir erst dann hier wegkönnen, wenn die beiden Morde aufgeklärt sind. Durch den Tod des Studenten wird die Lage jetzt noch komplizierter. Ich denke, die Vermutung ist berechtigt, dass zwischen beiden Taten ein Zusammenhang besteht. Dass ein labiler Student in einer verzweifelten Prüfungslage die Kontrolle verliert und zuschlägt oder zusticht, mag noch vorstellbar sein, aber warum wird er denn selbst ermordet?“

Hiltrud Engström ließ ihr Selbstbild kühler, überlegener Rationalität beiseite und gab ihrem Gefühl von Trauer Raum. „Hagen, da ist ein junger Mensch, der sein Leben noch vor sich hatte, so grausam und sinnlos umgebracht worden. Da sind Menschen, die ihr Leben mit seinem verbunden hatten, seine Eltern, Familie, Freunde, vielleicht auch eine Freundin. Das muss man sich doch erst einmal klarmachen. Da kannst du doch nicht gleich anfangen zu analysieren.“ Sie hatte feuchte Augen bekommen und brach ab.

Heckenrock fühlte sich durch die gefühlvollen Bemerkungen seiner Kollegin angesprochen. „Gewalt ist in jeder Form sinnlos und zu verabscheuen. Dieser Student war ja noch ein halbes Kind, auch wenn er vor dem Gesetz volljährig war. In was für einer Gesellschaft leben wir eigentlich, die Menschen hervorbringt, die zu solchen Abscheulichkeiten fähig sind.“

Nun fühlte sich van Demme gefordert, ins Gespräch einzugreifen. „Herr Heckenrock, ich glaube, in der gegenwärtigen Situation hilft es uns nicht, sozialwissenschaftliche Theorien zu beschwören, das sollten wir lieber einem soziologischen Seminar zu abweichendem Verhalten überlassen. Wir sind es sowohl Sotter als auch dem Studenten schuldig, alles zu tun, damit die Polizei seinen Mörder bald findet. Das liegt auch in unserem Interesse, denn so lange werden wir alle verdächtigt und müssen hierbleiben. So schön es auf Föhr auch ist, ich habe in nächster Zeit noch anderes vor.“

Fasthoff war bislang dem Gespräch gefolgt, ohne selbst etwas zu sagen, nun äußerte auch er sich. „Die Vermutung, dass der Tod von Sotter und diesem Studenten zusammenhängt, leuchtet mir so ohne Weiteres nicht ein. Ich sehe das etwas anders als Kollege Cornelis. Der Ausbruch unkontrollierter Wut oder gar Rache eines verzweifelten jungen Menschen mag ja noch vorstellbar sein, aber er hat sich ja nicht selber umgebracht. Alles spricht doch für zwei Täter. Sotter hatte sich ja eine große Auswahl an Feinden geschaffen, da gibt es sicher eine ganze Reihe von Kandidaten. An das zweite Opfer kann ich mich nur schwach erinnern, ich glaube, er hat einmal an einem Seminar von mir teilgenommen. Der junge Mann machte damals auf mich einen eher unbedarften Eindruck. Und dass jemand Sotter zuliebe das Recht in die eigene Hand genommen hat, um seinen Tod an einem vermeintlichen Täter zu rächen, ist doch wohl eine völlig absurde Vorstellung. Nein, ich denke, zwischen dem Tod Sotters und dem des Studenten besteht kein Zusammenhang."

Inzwischen waren die Getränke gebracht worden. Hiltrud Engström merkte man an, dass ihre Traurigkeit über den Tod des jungen Studenten keine aufgesetzte Reaktion war, sondern in tieferen emotionalen Schichten gründete. Sie griff als Erste nach ihrem Glas und trank die Weißweinschorle mit wenigen Schlucken fast leer. Als sie das Glas wieder absetzte, zitterte ihre Hand leicht. Fasthoff dagegen nippte nur an seinem Rotwein, Cornelis und van Demme versuchten, ihre Spannung mit einem herben Flensburger Pils zu lockern.

Heckenrock fixierte mit abwesendem Blick die Decke der weiträumigen Restauranthalle, ohne sein Mineralwasser zu beachten, das vor ihm stand. Es folgte eine Phase sprachlosen Abwartens. Cornelis überlegte, wie er das Gespräch wieder in Gang bringen könne. Das Schweigen drohte in einen Zustand drückender Peinlichkeit überzugehen, bevor er jedoch das Wort ergreifen konnte, kam das Essen.

Die Runde langte nur zögerlich zu. Cornelis hatte den Eindruck, dass seine Kollegen sich ihren Gerichten nur mit geringem Appetit widmeten. Offensichtlich war es für sie eher ein willkommener Anlass, sich vor Gesprächsbeiträgen zu drücken. „Wenn ich doch hinter ihre Stirnen schauen könnte! Jeder von uns hat sicher etwas zu verbergen, was die anderen hier nicht wissen sollen", schoss es Cornelis durch den Kopf. „Hiltrud und Heckenrock machen aus ihrer Aversion gegen Sotter keinen Hehl. Aber verbirgt sich hinter dieser Offenheit nicht auch eine Zone der Verletzlichkeit, die einen scheuen Menschen wie Heckenrock oder eine kontrollierte Frau wie Hiltrud zu enthemmten Taten befähigt?"

Auch van Demme, der während des Essens einige Male in die Runde blickte, gingen Fragen durch den Kopf: „Ob Hiltrud in diesem Kreis über ihr gescheitertes Verhältnis mit Sotter

sprechen wird? Das glaube ich nicht. Und bei Fasthoff habe ich den Eindruck, dass er Sotter eigentlich auch nicht mochte, aber warum hat er sich nie gegen ihn gewandt?
Bei Angriffen auf Sotter hat er häufig versucht abzuwiegeln. Gut, er hat auch Geldprobleme mit seinem Hausbau, aber Sotters Tod hilft ihm dabei überhaupt nicht. Haben Heckenrocks häusliche Probleme mit seiner kranken Frau seine Empfindlichkeit so geschärft, dass er irgendwann ausgerastet ist? Hagen? Der will mit Fasthoff in das Marketingprojekt für die Westküste einsteigen. Zwar hat Sotter die Jury geleitet, die über die Projektvergabe entscheidet, aber da reden ja auch andere mit. Und Hagen ist so souverän, dass er in der Vergangenheit Sotters Fehlpässe einfach hat abtropfen lassen, zumal die nie auf ihn gezielt waren.“ Van Demme schüttelte, in Gedanken versunken, den Kopf, was ihm einen fragenden Blick von Cornelis einbrachte.

Auch Hiltrud Engström hatte van Demme angesehen, irgendwie fühlte sie sich von ihm beobachtet. „Hoffentlich artet das nicht in eine Beichtrunde aus, in der jeder seine Beziehungen zu Sotter offenbaren soll“, dachte sie. „Ich werde mein Verhältnis mit Sotter auf keinen Fall beichten, erst recht nicht die unwürdige Situation, wie es zu Ende gegangen ist. Ich würde alles dafür geben, wenn ich mich damals anders verhalten hätte. Mein Hass auf Sotter rührt sicher auch daher, dass ich mich selbst hasse für das, was ich getan habe. Wie konnte ich nur so tief sinken?“

Fasthoff konzentrierte sich darauf, seine Scholle zu zerlegen. Ein kaum wahrnehmbares Lächeln umspielte seinen Mund. „Wenn man sein Schicksal mit der gleichen Sorgfalt gestalten könnte, wie man einen Fisch seziert, und alles Störende – wie die Gräten – vorab entfernen würde, bevor sie einem im Hals stecken bleiben! Über die Gräten in meinem Leben werden wir hier ganz gewiss nicht sprechen.“ Und er war ein klein wenig stolz darauf, dass ihm wieder eine originelle Metapher gelungen war.

Aus ihrer Versunkenheit wurde die Runde durch ein Klirren aufgeschreckt. Heckenrock war aus seiner Gedankenreise in das Hier und Jetzt zurückgekehrt und hatte sein Glas umgestoßen. Unbeholfen wischte er mit der Serviette auf dem Tischtuch herum. „Mein Gott, wie ungeschickt“, dachte van Demme, „fachlich ist er ja ganz beschlagen, aber mit seiner Lebenstüchtigkeit ist es nicht weit her. Wäre so ein Mensch überhaupt in der Lage, einen Mord zu planen und hinterher zu vertuschen? Eine spontane, unkontrollierte Tat würde ich ihm noch zutrauen, aber dass er so etwas von langer Hand vorbereitet, eine günstige Situation abwartet und einen eventuellen Verdacht von sich ablenkt? Nein, nicht Heckenrock!“

Nachdem sie Getränke nachgeordert hatten, fasste sich Cornelis ein Herz. Er hoffte, dass das lockere und anheimelnde Ambiente des rustikalen Restaurants auch auf die Stimmung seiner Kollegen abfärbe. Als hätte er Hiltrud Engströms Ängste geahnt, versuchte er, dem Gespräch gleich eine bestimmte Richtung zu geben. „Wir sollten hier keine Beichtstunde veranstalten. Es kann auch nicht darum gehen, eine persönliche oder emotionale Bilanz unserer Erfahrungen mit Sotter zu ziehen. Aber es wäre sicher gut, wenn wir uns mal mit fremden Augen sehen. Oder konkreter: Wie sieht die Polizei, also der Kommissar Mommsen, uns? Welche Folgerungen kann er daraus ziehen? Aber auch, welche Beiträge zur Aufklärung werden von uns erwartet?“

Van Demme bewunderte wieder einmal, wie behutsam und unaufgeregt Cornelis eine Gesprächsplattform für die Gruppe schuf. „Hiltrud, es ist vielleicht wirklich pietätlos, so distanziert über den Tod zweier Menschen zu sprechen, aber genau so werden wir mit der Polizei sprechen müssen.“ Van Demme griff Cornelis’ Vorschlag auf. „Hagen – ja, ich würde mich gerne mit fremden Augen sehen. Das kann ich aber nicht selber, da müsste einer von euch seine Sicht auf mich schildern, vielleicht jemand, mit dem ich sonst nicht viel zusammenkomme. Ich schlage vor, jeder wünscht sich einen aus der Runde, der ihm ein Feedback gibt. Herr Fasthoff, darf ich Sie bitten, mich einmal unter die Lupe zu nehmen?“

Van Demme war überrascht, dass Fasthoff ohne Weiteres auf seinen Wunsch einging. Er hatte damit gerechnet, dass sein Kollege, der sich aus konfliktträchtigen Gesprächen gewöhnlich heraushielt, Einwände erheben werde. „Lassen Sie mich eine kleine Weile nachdenken. Vielleicht können die Kollegen schon einmal Wünsche für ihre jeweiligen Gesprächspartner äußern.“

Bevor es zu weiteren Vorschlägen kam, meldete sich Heckenrock. „Ich weiß nicht, ob das gut ist, wenn wir so verfahren. Wir sind doch alle keine ausgebildeten Psychologen. In solchen Gesprächen können Emotionen mobilisiert werden, die hinterher aus dem Ruder laufen. Aus der Gruppendynamik kennen wir doch solche Prozesse.“

„Mein Gott“, dachte van Demme, „solche Prozesse kennen wir pausenlos aus unserem Alltag, dazu brauchen wir kein Lehrbuch der Gruppendynamik. Entweder drückt sich in Heckenrocks Einwand die Vorliebe des Wissenschaftlers fürs Theoretisieren aus oder er hat Angst, dass er selber in einer solchen Situation aus dem Ruder läuft. Dazu hätte er aber nur Grund, wenn er mit dem Tod der beiden etwas zu tun hat. Ach was, immer nur *hätte, hätte, hätte* … Und Heckenrock? Nein!“

Cornelis griff wieder ein. „Herr Heckenrock, wir werden ganz sicher keine gruppendynamische Sitzung abhalten und erst recht keinen seelischen Striptease. Wir wollen uns nur vorstellen, wie Außenstehende, vornehmlich die untersuchenden Beamten, auf uns blicken, welche Verbindungen sie zwischen uns und den beiden Toten sehen könnten.“

Heckenrock hatte mit skeptischer Miene zugehört. Ehe er etwas entgegnen konnte, sprach Hiltrud Engström ihn an. „Herr

Heckenrock, Sie würden mir einen großen Gefallen tun, wenn Sie mir verdeutlichen, wie mich ein Polizist sieht – ich meine, im Hinblick auf die beiden Todesfälle. Ich teile Ihre Bedenken, aber Ihrer unvoreingenommenen und rationalen Sichtweise würde ich mich anvertrauen.“

„Das macht Hiltrud aber geschickt“, dachte van Demme, „Heckenrock ist mit Sicherheit derjenige, der von ihrem Verhältnis mit Sotter nichts weiß und das also nicht zur Sprache bringt. Und ihr ist auch klar, dass Heckenrock gestandenen Frauen gegenüber unsicher ist. Dadurch, dass sie ihm ihr Vertrauen ausspricht, kann er sich nicht mehr wehren und muss mitmachen.“

Cornelis schaute Hiltrud Engström dankbar an. Auch er hatte vor allem Fasthoff als Widersacher vermutet. Er erwartete von der Gesprächsrunde keine tiefergehende Aufklärung. Aber aus der Schilderung einer vermeintlich distanzierten Sicht aufeinander konnte darauf geschlossen werden, was bei weiteren Vernehmungen durch die Kriminalbeamten aus dem Kollegenkreis zutage kommen werde. Fasthoff wählte sich Cornelis als Gesprächspartner, Cornelis Hiltrud Engström und Heckenrock seinen Kollegen van Demme.

Fasthoff legte sein Besteck zur Seite und fixierte konzentriert einen der Holzträger, die die Galerie trugen, auf der sie saßen. „Also, es geht um zwei Opfer, Sotter und der Student, Liesen. Welche Motive könnten Sie, Herr van Demme, haben, diese beiden aus dem Weg zu räumen?“ Als er merkte, dass Hiltrud Engström bei dieser Formulierung gequält aufstöhnte, verbesserte er sich: „Also am Ableben dieser beiden … Sotter war Ihnen offensichtlich nicht sympathisch, das ist unter uns ja kein Geheimnis. Sie haben ihn manches Mal mit Ihrer Ironie auflaufen lassen, da konnte er nicht mithalten, Sie waren ihm zu schlagfertig. Ihre Aversionen gegen Sotter hatten das als Ventil. Ich weiß nicht, ob ich mich an eine Situation vor etwa zwei oder zweieinhalb Jahren noch genauer erinnern kann, da habe ich allerdings zufällig eine lautstarke Auseinandersetzung zwischen Ihnen und Sotter aufgeschnappt. Es ging um eine Studentin, ich glaube, die hieß Brenner, Sabine oder Solveig. Sotter hatte sie in einer Klausur durchfallen lassen und Sie hatten ihm heftige Vorwürfe gemacht. Ich hatte mich gewundert, weil es nicht üblich ist, die Benotung von Kollegen zu kritisieren, zumal auf ganz anderen Fachgebieten. Ich habe mich dann zurückgezogen, mehr weiß ich darüber nicht. Ich glaube auch, dass die Polizei davon nichts weiß. Für den Studenten Liesen könnte ich mir bei Ihnen auch kein Motiv vorstellen. Und die Alibis sind von uns allen nur bedingt tragfähig."

Cornelis wusste, dass van Demme eine kurze Affäre mit einer Studentin hatte. Offensichtlich spielte Fasthoff darauf an. Van Demme hatte das Verhältnis aber nach kurzer Zeit beendet, da er seine Ehe nicht gefährden wollte. Die Studentin hatte sich bald darauf mit einem anderen Partner getröstet; sie hatte van Demme sogar zu ihrer Hochzeit eingeladen. Van Demme hatte nicht damit gerechnet, dass Fasthoff etwas von seiner Affäre wusste. Auch aus dessen jetzigen Äußerungen war nicht zu entnehmen, wie genau er darüber informiert war. Er fing sich aber schnell. „Ja, es gab da mal eine unwichtige Auseinandersetzung. Die Studentin gehörte zu meiner Tutorengruppe und hatte sich bei mir über die Benotung beklagt. Ich habe mir ihre Arbeit angesehen und bemerkt, dass Sotter für das Bestehen einer Prüfung fünfundfünfzig Prozent richtige Antworten verlangte und nicht – wie an der Fakultät üblich – nur fünfzig. Darum ging es damals." Die Antwort war van Demme herausgerutscht, bevor ihm recht bewusst wurde, dass man die Auseinandersetzung wohl nicht als unwichtig ansehen werde, wenn er sich nach mehr als zwei Jahren noch so genau daran erinnern konnte.

Als Hiltrud Engström berichtete, dass auch in ihrer Tutorengruppe ähnliche Klagen über Sotter laut geworden waren, wurde das Thema fallengelassen. Fasthoff nickte verständnisvoll. Nun blickte Hiltrud Engström Heckenrock auffordernd an. „Frau Engström, ich glaube, ich bin für solche Beobachtungen ungeeignet. Ich kann mich nur an einige Sitzungen im Fakultätsrat erinnern, bei denen Sie sich Herrn Sotters Vorhaben widersetzt haben. Als Letztes sind mir die Diskussionen um die Orientierungseinheit für die Erstsemester und über die Akkreditierung der Masterstudiengänge gegenwärtig. Aber das waren sachliche, wenn auch in der Tonart scharfe Diskussionen, daraus kann man doch kein Motiv ableiten, einen Menschen zu töten. Und zu dem Herrn Liesen fällt mir nichts ein, an den habe ich keine Erinnerung."

„Danke, Herr Kollege. Ich kann zu meinen Auseinandersetzungen mit Sotter sogar noch mehr beisteuern. Ich war sauer auf ihn, weil er mir die Tutorenmittel gekürzt hatte. Zusätzlich hat mir gegenüber angedeutet, dass er angesichts der engen Haushaltslage der Uni auch bei mir die Prämie kürzen müsse. Aber beurteilen Sie selbst, ob das alles für ein Mordmotiv ausreicht."

Van Demme war etwas erstaunt, dass Hiltrud Engström selbst noch Verdachtsmomente gegen sich beisteuerte. Er sagte sich: „Ihre Strategie der Offenheit führt dazu, dass die eigentlich belastenden Tatbestände nicht zur Sprache kommen. Auch wenn sie vorhin eine ihrer seltenen emotionalen Phasen hatte, sie weiß, was sie tut."

Da sonst keiner Anstalten machte fortzufahren, schaute Cornelis Hiltrud Engström aufmunternd an. Diese legte kurz ihre Stirn in grüblerische Falten. „Hagen, wie würde ein Polizeibeamter dich im Zusammenhang mit dieser Untersuchung sehen? Sotter hat nie deine Hochachtung genossen, dazu wart ihr wohl zu unterschiedlich. Du hast ihn nicht so wichtig genommen wie er sich selber. Und wenn er sich mal wieder unmöglich benahm, hast du häufig versucht, die Wogen zu glätten. Ich hatte manchmal sogar den Eindruck, du wolltest ihn vor sich selber beschützen." Sie stützte überlegend ihren Kopf in die Hand.

„Ach noch etwas, er leitete ja die Jury, die über das Projekt für das Westküstenmarketing befindet, für das du dich mit Herrn Fasthoff beworben hast. Aber die Entscheidung steht ja noch aus. Habt ihr euch eigentlich mal mit ihm darüber unterhalten?"

Cornelis antwortete für beide. „Ich habe ihm nur mitgeteilt, dass wir eine Firma beraten, die an der Ausschreibung teilnimmt, und ihm unseren Antrag auf Nebentätigkeit angekündigt. Er hat das eigentlich ganz freundlich zur Kenntnis genommen."

Anschließend forderte Fasthoff Cornelis auf, sich zu seiner Frage zu äußern: „Herr Cornelis, ich glaube, jetzt bin ich dran. Wie würden Sie mich sehen, wenn Sie bei der Kripo wären? Sie hatten mit Sotter ja häufiger zu tun. Hatten Sie im letzten Jahr nicht sogar einc gemeinsame Veröffentlichung geplant? Ein Buch über Werbestrategien in der Gastronomie?" Cornelis stutzte kurz. „Eigentlich war das fachlich gar nicht Sotters Gebiet. Ich kann mir denken, dass diese Kooperation Sie veranlasst hat, ihm bei Diskussionen in der Fakultät manchmal zur Seite zu stehen. Hinsichtlich der Westküstenausschreibung liegt die Sache bei Ihnen wie bei mir. Da gab es keinen Anlass, mit Sotters Widerstand zu rechnen. Und der Student? War der mal bei Ihnen in der Veranstaltung?"

„Ich glaube, der hat ein Referat gehalten – jetzt entsinne ich mich –, leider erfolglos. Und zu der Publikation: Sotter wollte den Bereich der Kostenrechnung übernehmen. Ohne Kostenrechnung geht ja gar nichts. Aber wir hatten beide zu viel zu tun, das Projekt liegt erst mal auf Eis."

Während der Gesprächsrunde war das Essen zu kurz gekommen. Die meisten hatten zwischendurch nur einige Bissen zu sich genommen, sich ansonsten auf das Gespräch konzentriert. Sie bestellten aber eine neue Runde an Getränken.

Cornelis war unabsichtlich in die Rolle des Moderators geraten, er schaute von Heckenrock zu van Demme. „Arno, willst

du mal deine Sicht auf Herrn Heckenrock schildern?“ Heckenrock war anzumerken, dass ihm die Situation peinlich war, sein Atemrhythmus beschleunigte sich.
Als van Demme anfing zu reden, saß er wie ein ertappter Sünder am Tisch und schaute unter sich. „Herr Heckenrock, wir wissen, dass Sotter Sie in besonderer Weise benachteiligt hat. Vielleicht hat es Sotter gereizt, gerade Sie zu seinem Opfer zu machen, weil er merkte, wie sehr Sie das getroffen hat. Man konnte den Eindruck haben, dass Sotter nach Gelegenheiten suchte, um Sie zu benachteiligen und Ihre Projekte auszubremsen. Und noch etwas: Ich weiß gar nicht, ob ich das hier erwähnen soll. Uns ist bekannt, dass Sie aufgrund der Krankheit Ihrer Frau genug eigene Sorgen haben. Deshalb fanden wir es alle beschämend, dass er Ihnen auch das berufliche Leben so schwer gemacht hat.“

Bevor van Demme fortfahren konnte, unterbrach ihn Heckenrock. „Nein, das gehört tatsächlich nicht hierher. Und ich brauche gewiss keine kollektiven Mitleidsbekundungen. Um mir zur Seite zu springen, gab es genug Anlässe. Da war immer Fehlanzeige beim Thema ‚Solidarität‘.“ Heckenrocks meist leise Stimme war schrill geworden, bevor sie verkrampfte. Er griff mit beiden Händen in die Luft, als wolle er einen erklärenden Gedanken greifen. Aber anstatt den hervorzubringen, zerknüllte er seine Serviette. Er blieb einen Augenblick starr sitzen, dann erhob er sich mit einem Ruck und verließ grußlos das Lokal. Die restliche Runde blieb schweigend zurück.

In die Peinlichkeit der Situation mischte sich bei Cornelis ein Schuldgefühl, mit seinem Vorschlag – und dem damit inszenierten Gruppendruck – zumindest bei Heckenrock einen Bereich persönlicher Intimität angesprochen zu haben, auf dessen Respektierung jeder ein Recht hatte.

Hiltrud Engström brach als Erste das Schweigen. „Lasst uns das jetzt einfach abbrechen. Es war wohl doch kein guter Einfall. Ich möchte jetzt zahlen und ins Hotel zurück.“ Fasthoff erkundigte sich: „Wie kommt Herr Heckenrock denn zurück nach Wyk? Hoffentlich kommt er nicht auf den Gedanken, den ganzen Weg zu Fuß zu gehen. Ich werde die Strecke langsam abfahren, vielleicht kann ich ihn unterwegs aufgabeln und mitnehmen.“

Im Midlumer Krog war an einem Fenster noch ein Tisch frei. Van Demme lud seine beiden Kollegen zu einem Bier ein. „Ich kann jetzt nicht sofort schlafen, ihr doch sicher auch nicht. Ich muss einfach noch reden. Wir hätten bei einem solchen Gespräch mit Heckenrocks Empfindlichkeit rechnen müssen. Ich mache mir Vorwürfe, dass ich das nicht bedacht habe.“

Cornelis äußerte ebenfalls Bedauern über seinen Vorstoß. „Ja, ich hatte mir auch nicht klargemacht, dass Heckenrock schon seit Langem seelisch aus dem Gleichgewicht ist. Er ist derjenige, der am meisten unter Sotter gelitten hat. Und zu seinen beruflichen Problemen kommen die Sorgen um seine Frau. Es wird am besten sein, ihn in Ruhe zu lassen und nicht weiter darauf anzusprechen.“

„Ja, das finde ich auch. Aber was hat das Gespräch gebracht?“ Hiltrud Engström hatte wieder zu ihrer Rolle als coole Beobachterin gefunden. „Heckenrock ist völlig aufgewühlt. Dass du, Hagen, an der Ausschreibung mit der Jury unter Sotters Vorsitz teilnimmst, war auch kein Geheimnis. Aber was war das für ein Streit mit Sotter wegen der Studentin, Arno?“

„Hiltrud, das willst du gar nicht wissen.“ Van Demme versuchte abzuwiegeln. „Doch, wenn Fasthoff das der Polizei erzählt, wird die auch nachfragen. Und wenn du so laut geworden bist, will das schon etwas heißen. Das ist sonst nicht deine Art.“

Van Demme blickte Cornelis mitleidheischend an. Der nickte ihm aufmunternd zu. „Das bleibt aber unter uns. Ich hatte mal was mit der. Der Grund der Auseinandersetzung war aber tatsächlich die Art der Benotung durch Sotter. Sie hatte mich damals unter Druck gesetzt. Und da bin ich ihn nicht mit Ironie, sondern mit Lautstärke angegangen. Im Nachhinein gesehen, war das keine gute Idee. Und ich weiß bis heute nicht, ob Fasthoff von meinem Verhältnis mit ihr etwas weiß. Er hat darauf bislang noch nie angespielt."

„Wir haben bisher eigentlich nur über Sotter geredet." Cornelis wollte dem Gespräch eine Wendung geben. „Ich glaube aber immer noch, dass Liesens Tod mit der Ermordung Sotters zusammenhängt. Dass er Sotter umgebracht hat, ergibt keinen Sinn. Vielleicht ist er für den tatsächlichen Täter zu einer Gefahr geworden. Aber warum?"

Hiltrud Engström bestellte in das Schweigen hinein die nächste Runde. Die anregende Wirkung der alkoholischen Getränke förderte zwar die Lebhaftigkeit ihrer weiteren Diskussion, nicht aber die Klarheit ihrer Gedankenführung.

Lose Fäden

Das Hoch über der Nordsee war nach Osten abgewandert, über Nacht hatte eine kleine Regenfront einen leichten Schauer mit sich gebracht. Doch schon machten sich die Vorläufer eines Hochs über Schottland bemerkbar, die wieder einen sonnigen Ferientag verhießen. Dennoch blieb bei den Beamten nach dem zweiten Mord die Stimmung verhangen. Schon am frühen Morgen, als Mommsen und Caroline Hositz mit Cosima beim Frühstück saßen, hatte sich Dirk Schön gemeldet und den Termin seiner Ankunft mitgeteilt. Ihm war es gelungen, die Eltern von Gabriele Parau ausfindig zu machen, diese hatten über den augenblicklichen Aufenthaltsort ihrer Tochter keine Informationen. Sein Versuch, noch gestern Abend mit Gabriele Parau Kontakt aufzunehmen, war vergeblich geblieben. Mommsen übernahm es, dies weiterzuverfolgen.

Auf der Polizeistation angekommen, versuchte Mommsen als Erstes, Gabriele Parau zu erreichen. Diese meldete sich schon beim zweiten Klingeln – so als habe sie schon auf den Anruf gewartet. Der Anrufer stellte sich mit seinem Dienstgrad vor. „Frau Parau, wo können wir Sie erreichen? Wir müssen dringend mit Ihnen sprechen. Es geht um Professor Sotter. Wir sind informiert, dass Sie mit ihm in einer engeren Beziehung stehen. Also, wo sind Sie jetzt?“

„Ist es deswegen, weil er tot ist?“ Mommsen glaubte, in ihrer Stimme einen unterdrückten Schluchzer gehört zu haben. Er merkte auf. „Woher wissen Sie das?“

„Es stand hier in der Zeitung.“

„In welcher Zeitung?“

„Na hier im ‚Inselboten‘.“

„Sind Sie denn auf Föhr?“

„Ja, ich mache gerade ein paar Tage Inselurlaub.“

„Aber Sie wohnen nicht bei Professor Sotter?“

Gabriele Parau gab ihm ihre gegenwärtige Urlaubsanschrift. Mommsen bestellte sie umgehend zur Polizeistation. Eine knappe halbe Stunde später fand sich Gabriele Parau ein. Mommsen begann formell, beinahe schroff. „Frau Parau, Sie haben mir gesagt, dass Sie aus der hiesigen Zeitung vom Tod Professor Sotters erfahren haben. Demnach wissen Sie auch, dass er in der Nacht von Sonntag auf Montag ermordet worden ist. Sie können sich sicher meine Verwunderung vorstellen, dass Sie sich nicht schon längst bei uns gemeldet haben. Wir hatten über die Zeitung alle Kontaktpersonen gebeten, sofort bei uns vorzusprechen. Und wenn es jemanden auf der Insel gibt, auf den der Begriff ‚Kontaktperson' zutrifft, dann sind Sie das. Also, seit wann sind Sie auf Föhr? Sind Sie zusammen mit Professor Sotter gekommen? Wir haben gehört, dass Sie ein Verhältnis mit ihm hatten, auch dass er ihr Doktorvater ist beziehungsweise war. Wie beides zusammenpasst, möchte ich zurzeit nicht bewerten."

Bei dieser provokanten Einleitung Mommsens wäre Gabriele Parau am liebsten auch körperlich zurückgewichen, wenn nicht ihr Stuhl schon zu nahe an der Wand gestanden hätte. Mommsen hatte überlegt, ob er sich ihr gegenüber als verständnisvoller Beichtvater präsentieren solle oder als strenges „Über-Ich". Er hatte sich für die härtere Verhörtaktik entschieden, um ihr keine Gelegenheit zu verschleiernden Ausführungen zu geben.

„Nein, ich bin nicht mit Gregor gekommen und habe auch nicht bei ihm gewohnt." Gabriele Parau war schon vorher entschlossen, sich nicht zu schonen und der Polizei von dem totalen Scheitern ihres Verhältnisses zu Sotter zu berichten. „Unsere Beziehung hat Anfang voriger Woche in Hamburg geendet. Er hat mir dabei auch mitgeteilt, dass er nicht mehr mein Doktorvater ist. Ich bin am letzten Donnerstag hierhergekommen, um in einem letzten Gespräch unsere Trennung endgültig zu klären."

Mommsen wechselte zu einer teilnahmsvollen Vorgehensweise. Dies drückte er auch in seinem Tonfall aus. „Wie ist es denn zu der Trennung gekommen? Was war der Grund?“

Gabriele Parau kam es schwer an einzugestehen, dass sie von Sotter in die Wüste geschickt worden war, aber sie überwand ihren verletzten Stolz. Sie war sich darüber im Klaren, dass sie mit diesem Eingeständnis dem Beamten auch ein Mordmotiv liefere. Sie berichtete, dass Sotter ihr keinen Grund für den Abbruch ihrer Beziehung genannt habe. „Was wird denn nun aus Ihrer Promotion? Müssen Sie bei einem anderen Doktorvater ganz von vorne anfangen? War die ganze bisherige Arbeit umsonst? Wie lange arbeiten Sie denn schon daran?“ Mommsen ging wieder zu seiner Taktik über, sie mit einer ganzen Batterie von Fragen zu überschütten, um ihr keine Zeit zu lassen, sich auf die einzelnen Fragen passende Antworten zurechtzulegen.

„Ich arbeite jetzt über ein Jahr daran. Wie es weitergeht, weiß ich noch nicht. Ich muss mir einen neuen Doktorvater suchen, das wird schon schwierig werden. Und dann muss ich den überzeugen, dass ich an meiner Thematik weiterarbeiten kann. Im besten Fall habe ich nur einige Monate Zeit verloren, aber ich bin um eine Erfahrung reicher. Allerdings hätte ich darauf gerne verzichtet.“ Gabriele Parau bemühte sich gar nicht erst, ihre Bitterkeit zu verbergen.

„Warum sind Sie gerade am Donnerstag hierhergefahren?“

„Na ja, ich wusste, dass er nach unserem beschissenen Gespräch in Hamburg nach Föhr fahren wollte und dass am Wochenende die Klausurtagung mit seinen Kollegen in seinem Haus in Oevenum stattfinden solle. Deswegen habe ich ihn gleich nach meiner Ankunft am Donnerstag zu einem Gespräch aufgesucht, das war aber völlig sinnlos. Vielleicht hatte er gerade eine unerfreuliche Auseinandersetzung mit der jungen Frau, die mir aus seinem Haus ganz aufgelöst entgegenkam. Er hat irgend so eine Bemerkung hinter ihr her gemacht. Ich bin aber nicht darauf eingegangen, ich musste erst einmal meinen Frust loswerden."

„Kannten Sie diese Frau? Können Sie sie beschreiben?"

„Nein, ich kannte sie nicht. Sie war etwa Anfang zwanzig, mittelgroß, blond, lange krause Haare, sie wirkte irgendwie sportlich. Mehr fällt mir zu ihr nicht ein. Wir gingen ja auch schnell aneinander vorbei." Mommsen fiel auf, dass diese Beschreibung auf Susanne Regenhorst passte. Er nahm sich vor, möglichst bald eine Gegenüberstellung zu veranlassen.

„Warum sind Sie nach der offensichtlich ergebnislosen Unterredung mit Herrn Sotter denn noch auf Föhr geblieben? Das verstehe ich nicht."

„Ich eigentlich auch nicht. Vielleicht wollte ich aus Trotz bleiben, so etwas wie ‚Ich räume vor dem Armleuchter doch nicht das Feld'. Ich bin keine Psychologin, die würde sicher aus meinem Unterbewusstsein noch was zur Erklärung herauskramen." Mommsen gab sich damit noch nicht zufrieden. „Frau Parau, hatten Sie denn keine Rachegefühle? In solch einer Weise kaltschnäuzig verletzt zu werden, das fordert Rache doch geradezu heraus! Ich könnte das gut nachvollziehen." Gabriele Parau lächelte gequält. „Was immer ich auf eine solche Frage antworte, es würde mir zum Nachteil ausgelegt. Gäbe ich Rachegefühle zu, verstärke dies ein Mordmotiv. Leugne ich, würde man mir unterstellen, meine wahren Gefühle zu verbergen."

„Nun gut. Was haben Sie am Sonntagabend gemacht?"

„Sonntagnachmittag war ich in Utersum am Strand – es war ja richtiges Badewetter –, dann mit dem Fahrrad zurück nach Borgsum in mein Quartier. Ich bin früh zu Bett gegangen, allerdings habe ich sehr schlecht geschlafen. Einerseits wegen des Ärgers mit Gregor, andererseits hat die Tochter meiner Wirtsleute am Abend ihren Geburtstag gefeiert."

„Kann jemand bezeugen, was Sie in der Zeit zwischen zweiundzwanzig und drei Uhr gemacht haben?"

„Nein, ich war ja schon schlafen gegangen."

Mommsen machte sich eine Notiz. „Wir werden bei Ihren Wirtsleuten nachfragen müssen. Ach, sagen Sie, gehen Sie tauchen oder angeln?"

„Hat das etwas mit Gregors Tod zu tun? Nein, weder noch."

„Kennen Sie einen Stefan Liesen?"

„Ebenfalls nein. Wer soll das sein?"

„Ein Student der HUTTT, der auch hier auf Föhr ermordet worden ist. Hat Herr Sotter vielleicht einmal den Namen genannt?"

Aufgrund des Todes ihres ehemaligen Geliebten und des Verdachts, der auf ihr lastete, fühlte Gabriele Parau sich angespannt und hilflos. Dennoch versuchte sie, sich auf die Frage zu konzentrieren. „Nein, Gregor hat selten über Studenten gesprochen, wenn, dann meist ohne Namen zu nennen. Hat der Tod des Studenten etwas mit Gregors Ermordung zu tun? Vermuten Sie den gleichen Täter? Einen Serienmörder?"

„Dazu kann ich leider nichts sagen, aber einen Serienmörder nehmen wir erst einmal nicht an. Etwas anderes, Frau Parau, kennen Sie die Familienverhältnisse von Herrn Sotter?"

„Nein, er hat nur erwähnt, dass er Witwer sei. Nein, warten Sie – er hatte eine Schwester, aber die ist schon lange tot. Ich nehme an, dass auch seine Eltern nicht mehr leben, er hat nie von ihnen gesprochen. Sonst weiß ich nichts über seine Familie."

Friederichsen, der auf der Station Dienst tat, trat behutsam ein, beugte sich zu Mommsen nieder und flüsterte ihm ins Ohr: „Draußen wartet ein Mann auf Sie, der behauptet, er sei der Schwager von Sotter." Mommsen war überrascht. Er überlegte kurz. Dann flüsterte er zurück: „Er soll draußen warten. Ich bin gleich frei. Aber lassen Sie ihn auf keinen Fall wieder gehen."

Mommsen wandte sich wieder Gabriele Parau zu. „Entschuldigen Sie, noch einige kurze Fragen. Hatte Herr Sotter davon gesprochen, dass er Feinde habe? Im Kollegenkreis oder sonst wo? Haben Sie von Streitigkeiten etwas mitbekommen oder von Konflikten?

„Er hatte immer wieder Auseinandersetzungen mit einigen Kollegen. Zu Professor van Demme war er auf Distanz, auch zu Heckenrock. Und mit den Kolleginnen Gorek und Engström kam er auch nicht gut zurecht. Aber ein Konflikt, der zu einem Mord eskaliert, nein, das kann ich mir nicht vorstellen."

Mommsen hatte es eilig, das Gespräch zu Ende zu bringen. Er bedankte sich bei Gabriele Parau, bat sie, in den nächsten Tagen die Insel nicht zu verlassen und verabschiedete sie. Er begleitete sie hinaus. Als sie an dem Mann vorbeikamen, der auf einer Bank wartete, konnte Mommsen weder bei Gabriele Parau noch bei dem Mann irgendwelche Zeichen dafür feststellen, dass sie sich kannten.

Robert Felden hatte sein Vorhaben wahrgemacht und war nach Föhr gefahren. Das Haus seines Schwagers in Oevenum war, wie erwartet, verschlossen. Die Informationen der Nachbarn über den Tod Sotters hatte er mit dem Anschein ratloser Überraschung aufgenommen und umgehend die Polizeistation aufgesucht. Dort angekommen, äußerte er die Bitte, mit dem ermittelnden Beamten zu sprechen. Nach seinem Hinweis auf die verwandtschaftliche Beziehung zum Opfer wurde er angemeldet und um einige Minuten Geduld gebeten. Kurze Zeit danach begleitete ein schlanker, ruhiger Mann mit beherrschten Bewegungen, aber wachen Augen, eine Frau aus dem Nebenraum zur Außentür der Polizeistation. Dann kam er auf ihn zu, stellte sich als Hauptkommissar Mommsen vor und bat ihn in sein Büro.

Auch Robert Felden stellte sich vor, erläuterte, dass seine verstorbene Schwester die Frau des Opfers gewesen sei, und bat um nähere Auskünfte zu Sotters Tod. Mommsen wurde – nach Gabriele Parau – nun schon zum zweiten Mal durch einen unerwarteten Besucher überrascht, der sich bei Sotter auf der Insel einfand, ließ sich das jedoch nicht anmerken.

„Herr Felden, bevor ich mich zu den Umständen äußern kann, die zum Tode Ihres Schwagers geführt haben, muss ich noch einiges von Ihnen wissen. Warum sind Sie gerade jetzt nach Föhr gekommen? Haben Sie den weiten Weg von Barbados hierher nur gemacht, um mal eben guten Tag zu sagen? Oder was war der Anlass zu diesem Besuch? Wann sind Sie eigentlich nach Deutschland gekommen?"

Robert Felden sammelte sich einen kurzen Moment lang. Als Zeichen angestrengten Erinnerns fixierte er einen Punkt an der Decke. „Also: Ich bin vor acht Tagen in Hamburg gelandet, nach einer Zwischenstation in London. In Hamburg habe ich mich mit Hans-Peter Wilkens getroffen, einem Jugendfreund. Danach war ich einige Tage auf einem Nostalgietrip an der Schlei. Auf den Gedanken hat mich mein Freund Wilkens gebracht, mit dem ich während unserer Studienzeit häufig an der Schlei zum Angeln war. Seine Eltern hatten dort ein Ferienhaus. Da ich meinen Schwager in Hamburg nicht angetroffen hatte, wollte ich ihn hier in seinem Haus überraschen."

Auf Feldens wiederholte Nachfrage schilderte Mommsen ihm, wie Sotter zu Tode gekommen war. Danach fuhr Mommsen mit der Vernehmung fort. „Herr Felden, verstehe ich Sie richtig, Sie sind aus der Karibik herübergekommen, um hier einige Urlaubstage zu verbringen? Gewiss, das Föhrmarketing bewirbt den Reiz der Wattenlandschaft, die Weite des Himmels über der Marsch und die Idylle der Inseldörfer mit ihren strohgedeckten Häusern mit dem verunglückten Slogan der ‚friesischen Karibik', aber dadurch haben Sie sich wohl kaum von Barbados hierher locken lassen. Dort haben Sie ja Karibik genug. Also bleibt nur die verwandtschaftliche Beziehung zu Ihrem Schwager Gregor Sotter. Eigenartig, dass wir in seinen Unterlagen bislang noch keine Hinweise auf Sie gefunden haben. War der Kontakt vielleicht doch nicht so innig, wie Sie es uns erscheinen lassen wollen?“

„Nein, bitte missverstehen Sie mich nicht. Ich komme fast regelmäßig alle Jahre geschäftlich nach Deutschland. Da ich Gregor seit dem Tod meiner Schwester nicht mehr gesehen habe, wollte ich diesmal endlich die Gelegenheit nutzen, ihn zu besuchen.“

„Was machen Sie denn beruflich?“

„Eigentlich habe ich Englisch und Geschichte studiert – Lehramt, aber den Schuldienst habe ich dann geschmissen. In den letzten Jahren habe ich als Taucher bei einem amerikanischen Unternehmen für Unterwasserarchäologie in der Karibik gearbeitet.“ Den Hinweis auf das Tauchen registrierte Mommsen in Erinnerung an die Tatwaffe für die Ermordung Sotters mit Aufmerksamkeit. „Noch einmal zurück zum Opfer: Hatten Sie, Herr Felden, sich mit ihm denn verabredet oder war das Ihrerseits ein spontaner Überraschungsbesuch?“

„Ich hatte Gregor angerufen und dabei erfahren, dass er auf Föhr eine Klausurtagung mit Kollegen abhält. Wir waren so verblieben, dass ich ihn danach besuchen komme. Den genauen Termin hatten wir nicht abgesprochen. Da ich ihn am Montag und Dienstag nicht auf seinem Handy erreichen konnte, bin ich auf gut Glück hergekommen.“

„Herr Felden, schreiben Sie uns bitte noch auf, mit welchem Flug Sie nach Deutschland gekommen sind, ferner, was Sie nach Ihrer Ankunft in Deutschland alles gemacht haben – bitte minutiös –, ebenso die Anschrift Ihres Freundes Wilkens. Aber vorher noch: Wo waren Sie Sonntagabend?“

„Wie schon gesagt, da war ich zum Angeln an der Schlei, in Kappeln. Das Hotel kann ich gleich mit aufschreiben. Ich kann Ihnen auch den Fischereierlaubnisschein zeigen, den ich mir dafür geholt habe. Leider habe ich nichts gefangen.“

„Gut, das werden wir alles überprüfen müssen. Ach, sagen Sie, gibt es noch weitere Angehörige des Toten und gibt es ein

Testament? Werden Sie davon profitieren? Eventuell sind Sie als angeheirateter Verwandter ja sein gesetzlicher Erbe!" Mommsens Tonfall war drängender geworden.

Feldens Körperhaltung zeugte von zunehmender Nervosität. Seine Hände umkrampften die Tischplatte so, als benötige er einen festen Halt, sein rechtes Bein wippte unkontrolliert auf und ab. „Entschuldigen Sie, Herr Kommissar, ist das nicht pietätlos? Ich erfahre gerade, dass mein Schwager auf grausame Art ermordet worden ist. Das muss ich erst einmal verarbeiten. Da bringen Sie als Erstes das Thema der Erbschleicherei auf." Er schüttelte, etwas entrüstet, den Kopf.

„Da Professor Sotter nicht ganz unvermögend war, ist die Frage nach dem Erbe wohl naheliegend. Ich warte noch auf Ihre Antwort." Robert Felden hatte die Möglichkeit, dass er als eventueller Erbe des Ermordeten unter besonderen Verdacht geraten werde, noch nicht zu Ende gedacht. Er merkte, dass es ihn verunsicherte, mit einer von ihm nicht bedachten Wendung der Perspektive auf das Geschehen konfrontiert zu sein. Seine Planung war darauf gerichtet gewesen, Sotter mit Hinweisen auf den ungeklärten Tod seiner Schwester unter Druck zu setzen und am Erbe seiner Schwester teilzuhaben. So fiel ihm nichts anderes ein, als zu sagen: „Davon habe ich keine Ahnung. Ich glaube aber, Gregor hatte noch andere Verwandte."

„Sagt Ihnen der Name Stefan Liesen etwas?" Diese Frage schien ein kurzes Zögern bei Robert Felden hervorzurufen. Er schüttelte aber nur den Kopf und verneinte. Mommsen ließ sich von ihm die Anschrift der Ferienpension geben, in der er zurzeit wohnte, ebenso das Kennzeichen des Leihwagens, mit dem er gekommen war. Anschließend bat er seinen Besucher, am nächsten Tag die Aufstellung über seine Unternehmungen seit seiner Ankunft in Deutschland vorbeizubringen und die Insel ohne Erlaubnis nicht zu verlassen. Schließlich nahm er von Felden noch die Fingerabdrücke, dann verabschiedete er ihn.

Die neuen Erkenntnisse über Gabriele Parau und Robert Felden ließ sich Mommsen noch einmal durch den Kopf gehen: In den Unterredungen mit den beiden hatte er sich auf Sotter als Opfer konzentriert. Die Ermordung Sotters erschien ihm mehr und mehr als das Schlüsselereignis, aus dessen Perspektive auch der Mord an Liesen betrachtet werden musste. Er wollte zwar nicht ausschließen, dass für die beiden Morde auch verschiedene Täter verantwortlich sein können, sollten beide Fälle nicht zusammenhängen, kämen für den Mord an Stefan Liesen weder Gabriele Parau noch Robert Felden in Frage. Beide schienen keine Beziehung zu ihm gehabt zu haben.

Mommsen war noch in seine Betrachtungen versunken, als Dirk Schön mit einem lauten „Hallo!“ hereinstürmte. „Na, steckt ihr ohne mich in der Sackgasse?“ Mit einem breiten Grinsen ließ er sich Mommsen gegenüber nieder und warf die konfiszierten Unterlagen und den Anrufbeantworter aus Sotters Wohnung in Hamburg auf dem Tisch. „Was habt ihr denn an Arbeit für mich?“ Mommsen gewann den Eindruck, dass Dirk Schön durchaus froh war, plötzlich aus dem Urlaub gerissen worden zu sein und sich in die Arbeit stürzen zu können. „Dann hat er seine privaten Probleme mit seiner Freundin Jennifer wohl doch noch nicht geklärt“, ging es Mommsen durch den Kopf. Er beschloss, das Thema jetzt nicht anzuschneiden, sondern auf einen späteren und ruhigeren Zeitpunkt zu verschieben. „Moin, Dirk, gut, dass du da bist. Ich besorge uns erst einmal einen Kaffee, dann kann ich dich ins Bild setzen, wo wir mit dem Fall jetzt stehen.“

Mommsen kam mit zwei Bechern Kaffee zurück und informierte Schön über die bisherigen Erkenntnisse. Hierbei ging er besonders auf die offene Frage ein, ob zwischen den beiden Taten ein Zusammenhang bestehe. Dann deutete er auf die Unterlagen, die Schön mitgebracht hatte. „Du solltest dich an die Durchsicht der Unterlagen machen. Ich weiß noch nicht, wonach wir dabei suchen, zieh erst mal alles raus, was dir auffällt.

Achte vor allem auf die Namen, die ich dir genannt habe. Nein, halt, als Erstes nimm dir Sotters Laptop vor. Die Hositz hat sich schon daran versucht, das Passwort zu knacken, aber ohne Erfolg. Vielleicht schaffst du es ja."

Caroline Hositz hatte sich die Klausurarbeiten von Sotters Schreibtisch vorgenommen. Sie fand die Arbeiten von Susanne Regenhorst, Swetlana Kirch, Stefan Liesen und Timo Johannsen in dem Stapel, der noch nicht korrigiert und benotet war. Sie rief das Prüfungsamt der HUTTT an, um herauszufinden, wie mit den nicht benoteten Prüfungsarbeiten nach dem Tod des Prüfers verfahren werde. Die Sachbearbeiterin, mit der sie sprach, konnte ihr darauf keine Antwort geben und verwies sie an den Vorsitzenden des Prüfungsausschusses der Fakultät. Da sie diesen unter der angegebenen Telefonnummer nicht erreichen konnte, verschob sie ihr Anliegen auf einen späteren Zeitpunkt. Caroline Hositz ging zu Lürrsen hinüber. Dieser hatte seine eiligsten Aufgaben als Leiter der örtlichen Polizeistation gerade erledigt und war bereit, mit ihr zur Befragung der Nachbarn Sotters aufzubrechen. Er hatte noch am vorigen Abend bei beiden angerufen und ihren Besuch am heutigen Vormittag angekündigt.

Als Ersten suchten sie Thies Brodersen auf, dieser schien schon auf sie gewartet zu haben. Mit einem eher unwirschen „Hallo!" öffnete er die Tür, ging ohne nähere Begrüßung durch den Flur voran ins Wohnzimmer und setzte sich abwartend auf einen durchgesessenen Sessel. Er bot seinen Besuchern keinen Platz an, diese ließen sich auch ohne ausdrückliche Einladung auf einem unbequemen Sofa nieder, das aussah, als sei es von der Sperrmüllabfuhr stehengelassen worden. Caroline Hositz hatte das Gefühl, nicht nur die mangelnde Pflege der Einrichtung zu sehen, sondern die Atmosphäre abgestandener Hoffnungslosigkeit auch riechen zu können.

Caroline Hositz hatte mit Lürrsen abgesprochen, dass sie das Gespräch beginnen solle. Sie wandte sich daher ohne große

Umschweife an ihr Gegenüber: „Herr Brodersen, leben Sie allein hier?“

„Ja, meine Frau wohnt jetzt mit der Tochter bei ihren Eltern in Wrixum. Warum?

„Das hat mich halt interessiert. Also, wie war denn Ihr Verhältnis zu Herrn Sotter? Ich habe gehört, dass Sie damals sein Haus renoviert haben, stimmt das?“

Brodersens Gesicht war schon bei ihrer Ankunft gerötet gewesen. Der Name Sotter hatte offensichtlich eine so starke Reizwirkung auf ihn, dass seine Gesichtsfarbe in ein noch intensiveres Rot hinüberglitt. Auch seine Wortwahl schien ihm zu entgleiten. „Dieses Arschloch hat es ausgenutzt, dass ich damals geschäftlich eine Flaute hatte und dringend auf Aufträge angewiesen war. So hat er mich bei den Preisen erpresst, aber es war der einzige größere Auftrag, den ich kriegen konnte. Und als es ans Zahlen ging, hat er nur einen kleinen Abschlag geleistet. Dann hat er bei allen Arbeiten immer nur Mängel beklagt, obwohl der Schiedsmann der Handwerkskammer nur ein kleines Manko am Treppengeländer bestätigt hat. Ich musste mein Geld bei Gericht einklagen und um jede Einzelposition der Rechnung kämpfen. Das hat sich so lange hingezogen, bis ich pleiteging. Und er hat überall herumposaunt, dass ich nur Scheiße bauen würde, da sind dann auch andere Kunden weggeblieben. Er schuldet mir immer noch siebzehntausend Euro.“

Brodersen schwieg abrupt. Einen Augenblick lang hörte man nur sein schweres, stoßweises Atmen. Dann stand er steif auf, ging zu einem Vertiko an der Rückwand des Raumes, nahm eine Schnapsflasche und ein Glas heraus, goss dieses voll, schüttete es hinunter und füllte es nach. Dann setzte er sich wieder.

Caroline Hositz wartete ebenfalls schweigend ab. Auch Lürrsen hielt sich zurück. Schließlich führte sie mit mitfühlender Stimme das Gespräch fort. „Herr Brodersen, diese Auseinandersetzung war sicher eine große Belastung für Sie. Wie sieht es denn jetzt für Sie aus, da Sotter tot ist? Steigen denn jetzt Ihre Chancen, dass Sie Ihr Geld bekommen?“ Thies Brodersen starrte sie verständnislos an. Caroline Hositz hatte den Eindruck, dass er so weit noch gar nicht gedacht hatte. „Wie? Wenn er tot ist, kann er mir doch nichts mehr bezahlen.“ Jetzt schaltete sich Lürrsen ein. „Nein, Sotter nicht, aber seine Erben. Vielleicht sind die bereit zu einem Vergleich. Wenn der Prozess sich lange hinzieht, kann das die Auszahlung des Erbes möglicherweise verzögern, aber lassen wir das, ich kenne mich im Erbrecht auch nicht aus.“

Caroline Hositz nahm das Gespräch wieder auf. „Herr Brodersen, wovon leben Sie denn jetzt?“

„Wovon wohl? Hartz IV. Davon muss ich meiner Frau und der Tochter das Meiste abgeben. Meine Frau ist ja auch nur wegen dem ganzen Ärger abgehauen. Die hat immer gesagt, dass ich an nichts anderes denke als an Sotter, die Sau. Nee, Sau hat sie nicht gesagt, das sage ich.“

„Und was ist mit diesem Haus hier?“

„Das gehört auch schon der Bank. Die haben mir gesagt, dass ich hier rausmuss, weil das bald versteigert werden soll.“

„Was ist dann? Wo werden Sie bleiben?“

Brodersen war in sich zusammengefallen. „Weiß ich auch nicht, ich kann mich doch gleich aufhängen!“ War seine Stimme vorher von einer stoßweisen Empörung geprägt, so war sie jetzt in ein verhaltenes Schluchzen übergegangen.

Caroline Hositz hielt sich zwar für eine überzeugte Feministin und war nicht geneigt, in Männern das starke Geschlecht zu sehen, dennoch waren ihr weinende Männer peinlich. Sie sah Lürrsen auffordernd an, dass er das Gespräch fortsetzen solle. „Herr Brodersen, wir müssen Sie noch fragen, was Sie am Sonntagabend gemacht haben.“

„Was soll ich schon gemacht haben, ich war hier zu Hause. In die Kneipe kann ich nicht gehen. Wenn du pleitegegangen bist, schauen dich alle an, als hättest du eine ansteckende Krankheit. Und Geld habe ich sowieso nicht. Weil Sonntag war, habe ich mich hier volllaufen lassen, nicht ganz voll, aber eine halbe Flasche Köm war noch da. Danach habe ich geschlafen."

„Hat Sie jemand hier gesehen?"

„Sagte ich doch schon, wer will denn was mit mir zu tun haben? Nein, hier war keiner."

„Und was haben Sie am Dienstagabend gemacht?"

Brodersen schien zu überlegen. „Da war ich mit dem Rad unterwegs. Früher war ich ja immer den ganzen Tag am Arbeiten, nur so rumzusitzen macht mich ganz unruhig. Dann muss ich Bewegung haben."

„Sagt Ihnen der Name Stefan Liesen etwas?"

„Wer?"

„Stefan Liesen."

„Nee, kann ich nichts mit anfangen."

„Tauchen oder angeln Sie?"

„Auch nicht. Also, so ohne Angelschein habe ich schon mal in der großen Wasserlösung geangelt, tun ja viele hier. Aber warum wollen Sie das denn wissen?" Brodersen schaute Caroline Hositz misstrauisch an. „Sie sind doch von der Kripo, kümmern die sich um Angelscheine?"

„Nein, eigentlich nicht. Warum wir danach fragen, dürfen wir Ihnen leider nicht sagen."

Thies Brodersen war wieder aufgestanden, zum Vertiko gegangen und hatte sich ein weiteres Glas eingeschenkt. Plötzlich schien er sich seiner Gastgeberpflichten zu entsinnen und hielt den beiden Beamten die Kömflasche hin. „Wollen Sie auch einen?" Lürrsen lehnte für beide ab: „Nein danke, wir sind im Dienst. Aber können wir uns mal Ihr Angelzeug ansehen?"

Ein misstrauischer Blick streifte die beiden Beamten, dennoch führte Brodersen sie ohne weitere Nachfragen und ohne zu zögern durch die Küche, die noch verwahrloster aussah als das Wohnzimmer, in die Garage. Aus einer Ecke holte er zwei alte Teleskopangeln und einen verdreckten Kasten mit Angelzubehör hervor. Lürrsen durchsuchte den Kasten. „Haben Sie kein Messer? Wie nehmen Sie denn die Fische aus?“ Thies Brodersen musste nachdenken. „Das mache ich immer zu Hause.“

„Mit welchem Messer?“

„Ich nehme eins aus der Küche.“

Lürrsen winkte ihn zurück in die Küche. „Zeigen Sie uns mal, welches Messer Sie benutzen, um die Fische auszunehmen?“ Brodersen wühlte in einer Schublade und holte zwei Messer hervor, die wie Brotmesser aussahen. Lürrsen schaute Caroline Hositz an. Diese winkte ab. „Gut, Herr Brodersen, das ist es erst einmal. Wahrscheinlich müssen wir uns aber noch einmal mit Ihnen unterhalten. Wir finden Sie hier?“

„Ja sicher, wo soll ich schon hingehen?“ Die beiden Beamten verabschiedeten sich.

Lürrsen schaute auf die Uhr. „Mit Friedrich Jessen müssen wir uns beeilen, sonst schaffen wir es nicht rechtzeitig zum Meeting um zwölf Uhr.“

Als sie bei Jessen eintrafen, hatte auch er sie schon erwartet. Mit einer jovialen Geste begrüßte sie der Hausherr. „Willkommen, treten Sie ein.“ Er führte sie ins Wohnzimmer, das – anders als bei Thies Brodersen – einen gepflegten Eindruck machte. Die peinliche Sauberkeit, die wohlversorgten Blumentöpfe auf der Fensterbank, die Sofakissen mit Genickschlag und der leichte Geruch nach Bohnerwachs riefen bei Caroline Hositz den Eindruck hervor, dass hier eine emsige Hausfrau am Werk war. Ihren Gesprächspartner schätzte sie auf Anfang dreißig, obwohl seine Halbglatze und seine etwas behäbigen Bewegungen ihn älter erscheinen ließen. „Was darf ich Ihnen anbieten? Einen Kaffee? Oder Tee? Wie ich gehört habe, dürfen Polizeibeamte im Dienst ja nichts Alkoholisches trinken.“

Diesmal begann Lürrsen. „Nein danke. Wir haben gleich unseren nächsten Termin. Lassen Sie uns also sofort zur Sache kommen. Wir setzen voraus, dass Sie von der Ermordung Sotters bereits gehört haben. Schildern Sie uns bitte einmal Ihr Verhältnis zu ihm!"

„Ich kannte ihn eigentlich gar nicht. Wir hatten nur mal Kontakt, weil mir eine Fenne hinter seinem Haus gehört. Die will ich eigentlich verkaufen, damit ich meine Geschwister auszahlen kann. Denen muss ich nämlich noch ihren Anteil am Erbe meiner Eltern geben. Ich hatte Sotter angesprochen, ob er bereit sei, mir ein Wegerecht auf seinem Grundstück einzuräumen, dann hätte ich das Land für einen guten Preis als Bauerwartungsland verkaufen können. Aber Sotter hat das abgelehnt. Das mit dem Bauland war schon eine unsichere Sache, im Gemeinderat gibt es zurzeit keine Mehrheit dafür, dass das Gebiet als Bauland ausgewiesen wird."

„Haben Sie Sotter denn angeboten, für das Wegerecht zu zahlen?"

„Erst einmal nicht, solange es noch nicht klar war, dass tatsächlich Bauland daraus werden würde. Aber er hat ohnehin gleich abgelehnt, ohne dass wir das genauer besprechen konnten."

Nun schaltete sich Caroline Hositz wieder ein. „Herr Jessen, ich hatte Sie schon bei unserem letzten Gespräch gefragt, was Sie am Sonntagabend gemacht haben. Können Sie uns das noch einmal im Einzelnen schildern?" Jessen hatte bisher ganz entspannt gewirkt. Nun aber zog er missmutig die Augenbrauen in die Höhe und atmete tief durch. „Also, nochmals. Ich hatte mit meiner Frau einen kleinen Disput: Sie wollte, dass wir für sie einen Zweitwagen anschaffen, aber das können wir uns leider nicht leisten. Aus Verärgerung bin ich dann hier in Oevenum in den ‚Krug' gegangen."

„Wann war das?"

„Das weiß ich nicht mehr genau, auf jeden Fall lief im Fernsehen schon der ‚Tatort'. Ach nee, der war schon fast zu Ende."

„Also zwischen einundzwanzig und einundzwanzig Uhr fünfundvierzig? Und wie lange sind Sie dort geblieben?"

„Bis Mitternacht etwa. Dann bin ich gleich zu Bett, meine Frau hat schon geschlafen."

„Kann jemand Ihren Kneipenbesuch bestätigen?"

„Lassen Sie mich überlegen. Ja, Henning Fitschen."

„Anschrift und Telefonnummer bitte!" Jessen gab ihnen die Informationen.

„Und was haben Sie Dienstagabend gemacht?"

„Ich denke, Sotter ist am Sonntag umgekommen."

„Richtig, aber trotzdem: Dienstagabend."

„Ich war hier zu Hause. Ich habe noch ziemlich lange an dem Abend an einem Hochbeet für unseren Garten gebaut."

„Kann das Ihre Frau bestätigen?"

„Na klar, wir können sie gleich hereinrufen, sie ist in der Küche."

„Tauchen oder angeln Sie?"

Auch wenn Jessen über die Frage verwundert war, antwortete er, ohne sich nach dem Sinn der Frage zu erkundigen. „Nein, hat mich beides nie interessiert." Er rief dann seine Frau, die seine Angaben bestätigte.

Caroline Hositz und Lürrsen verabschiedeten sich und fuhren zur Polizeistation zurück. „Na, was halten Sie von den beiden?" Lürrsen, darauf bedacht, sich die Übereinstimmung mit Caroline Hositz zu sichern, wollte zunächst ihre Einschätzung der beiden Aussagen hören, bevor er selbst Stellung nahm. „Brodersen ist echt fertig mit sich und der Welt. Für sein ganzes Elend macht er Sotter verantwortlich, er hat da einen richtigen Tunnelblick. Wahrscheinlich lief sein Geschäft schon vorher schlecht. Und für das Scheitern seiner Ehe sucht er sich Sotter als Sündenbock. Eine Trennung ist aber meist das Ergebnis eines langen Prozesses."

Lürrsen fasste sich ein Herz und fragte: „Haben Sie da Erfahrung?“ Caroline Hositz grinste ihn überrascht an. „Na, so irgendwie haben wir ab einem gewissen Alter doch alle Erfahrungen mit Trennungen.“ Da ihm nicht klar war, ob er ihre Antwort als Einladung nehmen solle, das Thema fortzusetzen, oder ob die Allgemeinheit ihrer Erwiderung seine Frage versanden lassen solle, schwenkte Lürrsen wieder auf die beiden Gespräche mit Brodersen und Jessen zurück.

„Ja, für Brodersen war Sotter wirklich ein Hassobjekt. Er scheint jedoch gar nicht fähig zu sein zu kalkulieren, ob ihm Sotters Tod irgendeinen Vorteil bringen werde. Als Motiv bleibt nur Rache übrig. Er wirkt aber so lethargisch, dass ich ihm eine solche Aktion wie den Mord an Sotter überhaupt nicht zutraue, da hätte er ihn vorher beobachten müssen. Und die Klausur mit einem Messer in Sotters Rücken zu stechen traue ich ihm nicht zu. Auch nicht, dass er keine Fingerabdrücke hinterlassen hat. Allerdings hat er kein Alibi – und dass er kein Fischmesser hat, glaube ich ihm erst recht nicht.“

„Ja, Brodersen schätze ich auch so ein. Aber bei Jessen sieht es ganz anders aus. Das Motiv mit dem Wegerecht scheint mir nicht so schwerwiegend, dass es einen Mord trägt. Es scheint ja völlig ungewiss zu sein, ob er überhaupt eine Chance hat, dass aus seiner – wie heißt das? – ‚Fenne‘ jemals Bauland wird.“

„Ja, Fenne ist Weideland. Und was ich über den Gemeinderat gehört habe, stehen die Chancen recht schlecht, dass der Antrag auf Bauland durchgeht. Jessens Alibi klingt auch überzeugender, das müssen wir aber bei dem Henning Fitschen noch nachprüfen.“

Nach einer kleinen Gesprächspause fuhr Caroline Hositz nachdenklich fort. „Zu Stefan Liesen schienen beide keine Beziehungen zu haben. Nehmen wir mal Ihre These an, dass Stefan Liesen etwas über den Mörder Sotters wusste und der Mörder mit Liesen einen Mitwisser ausschalten wollte, der ihn eventuell erpressen könne. Wie sollten die beiden wissen, wer

Stefan Liesen ist? Er ist nicht von der Insel, ihnen ist wahrscheinlich unbekannt, wo er zu erreichen war. Oder umgekehrt: Wie sollte Stefan Liesen wissen, wer Brodersen oder Jessen sind? Und was sollte er von ihnen erpressen? Geld haben beide nicht."

*

Nachdem Mommsen Dirk Schön mit Aufgaben versorgt hatte, rief er Staatsanwalt Renner an. Er bat ihn, eine Bankauskunft über Sotters Konten beziehungsweise seine finanzielle Situation zu erwirken und ihm die Ergebnisse umgehend zukommen zu lassen. Der Staatsanwalt ging auf seinen Wunsch ein und sagte baldige Erledigung zu.

„Herr Mommsen, wo ich Sie gerade am Telefon habe: Ich habe soeben den schriftlichen Obduktionsbericht über Sotter bekommen, der wird Ihnen umgehend zugehen. Also, am Todeszeitpunkt hat sich keine Veränderung ergeben, die Gesichtsverletzung war doch schwerer als zunächst angenommen. Sie kann auch nicht daher kommen, dass er im Sitzen mit dem Kopf auf die Tischplatte gefallen ist. Die Fallhöhe wäre für das Ausmaß der Verletzung zu gering. Es ist eher anzunehmen, dass die Verletzung von einem kräftigen Schlag herrührt. Der Schlag hat aber nicht zum Tod geführt, den hat der erste Messerstich bewirkt. Und der Pathologe schätzt, dass der Schlag etwa eine Stunde vor dem tödlichen Messerstich erfolgt ist. Der zweite Messerstich scheint dagegen unmittelbar nach dem ersten ausgeführt worden zu sein. So, das wäre es fürs Erste. Der Bericht über die Obduktion im Fall Stefan Liesen ist noch nicht da, auch über den werden Sie gleich unterrichtet. Und – ehe ich das vergesse: Ich brauche etwas für die Presse. Können Sie mir einen Entwurf für eine Pressenotiz rüberschicken?"

Mommsen sagte es zu und legte auf. Dann fiel ihm ein, dass er sich um den Kontakt zu Janina Gorek kümmern wollte, die nach den Recherchen von Dirk Schön schon zu ihrem Italienurlaub aufgebrochen war. Er wählte ihre Handynummer an, hatte aber kein Glück. Entweder hatte sie ihr Handy abgeschaltet oder sie befand sich in einem Funkloch. Er schaute auf die Uhr: kurz vor zwölf Uhr. Dann begab er sich zur Kaffeemaschine, um frischen Kaffee aufzusetzen.

Kurz darauf kamen Lürrsen und Hositz herein. Beide kannten Dirk Schön, so dass sich eine ausführliche Vorstellung erübrigte. Schröder und Mohnberg waren schon am Morgen aufs Festland zurückgefahren und Friederichsen war auf der Insel unterwegs. Mommsen begann die Besprechung ohne Einleitung und kam schnell zur Sache. Er ließ seine Kollegen berichten und fasste den Stand der Untersuchung zusammen: „Wir haben eine Menge Anhaltspunkte, lauter lose Fäden, die sich aber noch nicht zu einem festen Stoff verweben lassen. Frau Hositz, Sie bleiben bitte bei dem Prüfungsausschuss der HUTTT am Ball. Erkundigen Sie sich auch bei den Kollegen in Hamburg, ob das Gespräch mit den Eltern von Stefan Liesen Erkenntnisse gebracht hat, die uns weiterhelfen können. Herr Lürrsen, kümmern Sie sich bitte um die Alibis der beiden Nachbarn. Dirk, du machst mit dem Laptop und den Unterlagen weiter. So, jetzt steht aber erst mal eine kleine Mittagspause an. Ich brauche frische Luft und will mal sehen, ob ich am Sandwall etwas zu essen finde. Wer kommt mit?“

Lürrsen verwies darauf, dass er zu Hause erwartet werde, weil sich auch seine Schwiegereltern zum monatlichen gemeinsamen Mittagessen angesagt hätten. Hositz und Schön schlossen sich Mommsen an.

Die Mittagspause verlief kurz und wortkarg. Schön schien noch in seine privaten Probleme verstrickt, Caroline Hositz schaute neugierig dem sommerlichen Treiben auf dem Sandwall zu und Mommsen versuchte grübelnd, die losen Fäden der Untersuchung zu ordnen. Zurück auf der Polizeistation, vertieften sie sich gleich wieder in ihre Arbeit.

Caroline Hositz gelang es nicht, den Vorsitzenden des Prüfungsausschusses der Fakultät Touristik der HUTTT zu erreichen.
Nach mehrfachem Durchstellen durch den Telefondschungel der Hochschule erwischte sie endlich in der Rechtsabteilung einen kundigen Gesprächspartner. Dieser erklärte ihr, dass im Falle des Todes eines Prüfers vor der endgültigen Benotung einer Prüfungsarbeit die Leistung bei einem anderen Prüfer wiederholt werde. Sie gab diese Auskunft gleich an Mommsen weiter, der an einem Seitentisch saß und am Entwurf einer Pressemitteilung arbeitete, die er für Staatsanwalt Renner vorbereitete. Sie kommentierte die Information mit dem Hinweis, dass die Studenten Regenhorst und Liesen, bei denen die vorgefundenen Klausurarbeiten ihre letzten Versuche darstellten, davon profitieren könnten.

„Aber wenn es schon für uns so schwierig war, diese Auskunft aus berufenem Mund zu erhalten, kannten die Studenten diese Regelung? Mein Gesprächspartner hat darauf hingewiesen, dass dieser Grundsatz nicht in der Studien- und Prüfungsordnung steht, die den Studenten zugänglich ist, sondern auf allgemeinem Prüfungsrecht beruht."

Caroline Hositz schüttelte angesichts solch verwirrender Verfahren und unübersichtlicher Kommunikationswege den Kopf.

„Gut, dann ist das wenigstens geklärt. Jetzt können wir die Studenten gezielter befragen, ob ihnen diese Regelung bekannt war. Frau Hositz, kümmern Sie sich weiter um Stefan Liesen, erst einmal bei den Hamburger Kollegen, ob die bei seiner Familie etwas herausbekommen haben."

Mommsen lehnte sich zurück und blickte eine Zeitlang zur Decke, als könne er von dort Erleuchtung erwarten. Dann widmete er sich wieder dem Entwurf der Presseerklärung. Auch wenn er den Nutzen der Kooperation mit der Presse bei vielen Ermittlungsarbeiten anerkannte, war ihm das Formulieren von Presseerklärungen zuwider. Einerseits musste er so viele Fakten offenbaren, wie nötig waren, um aus der Öffentlichkeit sachdienliche Hinweise zu bekommen, andererseits mussten manche Erkenntnisse und Verdachtsmomente geheim gehalten werden, um die Ermittlungen nicht zu gefährden. Und schließlich drohte immer die Gefahr, durch zu unklare und mehrdeutige Informationen einen Wust von unergiebigen Angaben aus der Öffentlichkeit auszulösen, der nicht mehr bearbeitet werden könne. Der daraus folgende Eiertanz zwischen Offenheit und Geheimniskrämerei wurde von der Presse häufig als Unfähigkeit der Polizei gebrandmarkt.

Die nächsten zwei Stunden war konzentrierte Arbeit angesagt. Dirk Schön war mit Sotters Laptop beschäftigt. Zwischendurch kontaktierte er mehrmals die Kollegen von der Sondergruppe für IT-Delikte, seine reale Umgebung schien er vergessen zu haben. Mommsen wunderte sich immer wieder, wie er es schaffte, so lange so versunken an irgendwelchen IT-Problemen zu arbeiten, obwohl er eigentlich ein eher extrovertierter Typ war.

Auch der reizvolle Anblick von Caroline Hositz konnte ihn nicht ablenken, diese war mit leiser Geschäftigkeit der Person des zweiten Opfers auf der Spur. Sie fand heraus, dass es beim Hamburger Jugendamt eine Akte über Stefan Liesen gab. Im Alter zwischen elf und vierzehn Jahren war er wegen mehrerer Kaufhausdiebstähle auffällig geworden, der zuständige Betreuer führte dies auf Probleme im Elternhaus zurück. Der Vater war arbeitslos geworden und hatte eine Zeitlang in erheblichem Maße Alkohol konsumiert. Als er wieder Arbeit gefunden hatte, schien auch sein Alkoholproblem gelöst.

Ein psychologisches Gutachten aus dieser Zeit bescheinigte Stefan Liesen eine Neigung, aufkommende Aggressivität gegen sich selbst zu richten. So hatte er sich einige Male im Zustand hilfloser Wut selbst Verletzungen beigebracht.

Die Hamburger Kollegen hatten mit seinen Eltern gesprochen, diese waren von der Todesnachricht völlig gebrochen.

Einen Hinweis auf ein Motiv für die Tat konnten sie nicht geben, in ihren Augen war ihr Sohn ein strebsamer, ruhiger Junge, der seine aggressive Phase mit dem Ende der Pubertät abgelegt hatte. Seine mäßigen Studienerfolge ließen ihn immer wieder an sich zweifeln. Den Namen Sotters kannten sie, er hatte ihn als Prüfer erwähnt, der besonders streng, sogar ungerecht war und den er beinahe panisch fürchtete.

Als einen – fast einzigen – Freund aus seinen Jugendtagen hatten die Eltern einen Justus Fernhagen angegeben, der nach einer kaufmännischen Lehre bei einer Spedition arbeitete und mit dem ihr Sohn sich hin und wieder traf. Dass Stefan eine Freundin gehabt hatte, erwähnten sie nur beiläufig, betonten aber, dass die Beziehung schon vor Monaten geendet habe und Stefan so lange schon keinerlei Kontakt mehr mit dem Mädchen gehabt hätte.

Caroline Hositz teilte Mommsen von Zeit zu Zeit ihre Zwischenergebnisse mit verhaltener Stimme mit. Auf ihre Frage, ob sie versuchen solle, mit Justus Fernhagen oder der ehemaligen Freundin des Opfers Kontakt aufzunehmen, winkte Mommsen ab und verschob diese Optionen auf später. Caroline Hositz teilte Mommsen kurz mit, dass sie sich nun um das Alibi von Gabriele Parau kümmern wolle. Mommsen winkte zustimmend mit der Hand und sie verließ den Raum.

Nachdem Mommsen die Presseerklärung fertiggestellt hatte, ging er noch einmal seine Unterlagen durch. Sein besonderes Augenmerk richtete er auf die Professoren, die noch auf der Insel waren. Dies erinnerte ihn wieder daran, dass er mit Janina Gorek Kontakt aufnehmen wollte, er wählte ihre Handynummer. Nach kurzer Zeit meldete sich eine Frauenstimme: „Hallo? Wer spricht dort?“

„Frau Professor Gorek?“

Eine kurz angebundene Frauenstimme stellte die Gegenfrage: „Ja, mit wem spreche ich?“

Mommsen stellte sich vor und fragte sogleich: „Wo befinden Sie sich zurzeit?“

„In Italien, in Siena. Warum, was ist geschehen? Was wollen Sie von mir?“

„Frau Professor Gorek, es geht um Ihre Klausurtagung bei Ihrem Chef auf Föhr?“

„Also, der Kollege Sotter ist zwar Dekan, aber ich sehe ihn nicht als meinen Chef an, wenigstens nicht als Chef im herkömmlichen Sinne. Aber was geht das die Kriminalpolizei an?“

„Professor Sotter wurde am Montag nach der Klausurtagung tot in seinem Haus aufgefunden, er wurde erstochen, in der Nacht von Sonntag auf Montag. Im Zuge der Ermittlungen müssen wir uns mit allen Personen aus seinem Umfeld unterhalten, insbesondere mit denjenigen, mit denen er kurz vor seinem Tod Kontakt hatte. Und da Sie zu dem Opfer ein gespanntes Verhältnis hatten, liegt uns sehr daran, auch mit Ihnen zu reden.“

Diese Mitteilung schien Janina Gorek die Sprache zu verschlagen. Eine Weile hörte Mommsen nur stoßartige Atemzüge aus dem Hörer. „Frau Gorek, sind Sie noch dran?“

„Ja, ja, ich höre Sie. Ich bin jedoch völlig erschrocken. Ein Mensch, dem ich noch vor wenigen Tagen begegnet bin und mit dem ich gesprochen habe, ist plötzlich tot – und noch in einer so grässlichen Weise ermordet! Ich hatte zwar Auseinandersetzungen mit ihm, aber das habe ich ihm bestimmt nicht gewünscht.“

Als Nächstes hörte Mommsen durch das Telefon, etwas entfernter, eine andere Frauenstimme fragen: „Mein Gott, Janina, was ist denn? Hast du was?“

„Nein, Maria, ich erkläre dir das gleich“, sagte sie und zu Mommsen „Entschuldigen Sie bitte, das war meine Freundin“.

Mommsen hatte den Eindruck, dass sie die Nachricht von der Ermordung Sotters überraschte, fast sogar erschütterte. „Wir brauchen umgehend von Ihnen genauere Angaben. Über Ihr Verhältnis zu Professor Sotter, über den Ablauf der Klausur in seinem Haus, über Ihre Aktivitäten in der Nacht von Sonntag auf Montag, über Ihren Aufenthalt, nachdem Sie Föhr am Montagmorgen verlassen haben, über Beobachtungen etwaiger Spannungen mit Kollegen.“ Er versuchte, sie mit einer ganzen Ladung von Fragen aus der Vernehmungsroutine einzuschüchtern. „Am besten wäre es, wenn wir hier vor Ort, also auf Föhr, mit Ihnen reden könnten. Wir brauchen auch ein Protokoll von Ihnen.“

Mommsen hatte die Erfahrung gemacht, dass „Face-to-face“-Vernehmungen viel mehr brachten als Gespräche am Telefon. Die nonverbale Kommunikationsebene der persönlichen Begegnung war immer aufschlussreicher als das durch Technik vermittelte beziehungsweise das geschriebene Wort.

Janina Gorek schien sich gefangen zu haben. Sie antwortete in einem beherrschten, wenn auch scharfen Ton. „Wir sprechen ja gerade miteinander. Ich kann mir nicht vorstellen, dass Sie von mir vor Ort auf Föhr andere oder mehr Informationen bekommen können als jetzt am Telefon. Dass ich den ganzen Weg von der Toskana nach Nordfriesland mache, nur, um mich von Ihnen in Augenschein nehmen zu lassen, kommt nicht in Frage. Ich bin hier mit Freunden unterwegs, die mich in ihrem Auto mitgenommen haben. Kommen Sie etwa für meine Reisekosten auf? Und obendrein, Sotter hat mich in einer sehr schäbigen Art behandelt. Ich habe keine Veranlassung, ihm als gleichsam posthumen Freundschaftsdienst meinen Urlaub zu opfern. In vierzehn Tagen bin ich wieder zurück, dann stehe ich Ihnen in Hamburg zur Verfügung.

Gut, jetzt aber zurück zu Ihren Fragen: Also, mein Verhältnis zu Sotter war eingetrübt. Wie Sie wahrscheinlich schon wissen, waren wir Konkurrenten um die Position des Dekans, er hat das Rennen gemacht. Welche schmierigen Tricks er dabei angewendet hat, will ich jetzt nicht erörtern. Um seine Macht in dieser Position zu demonstrieren, hat er mir noch meine Prämie gekürzt. Dass ich diese Art des Nachtretens nicht schätze, ist wohl klar. Aus seinem Tod erwächst mir kein Vorteil, bei einer nochmaligen Besetzung der Stelle des Dekans werde ich allerdings keine Chancen haben. Das Präsidium wird den Eindruck vermeiden wollen, an mir etwas gutmachen zu müssen, weil ich beim vorigen Mal übergangen worden bin."

Mommsen wurde klar, dass er sie nicht veranlassen konnte, ihren Urlaub abzubrechen und nach Föhr zu kommen. Der Antritt einer lange geplanten Urlaubsreise war auch kein hinreichender Grund, Janina Gorek in besonderem Maße zu verdächtigen, jedenfalls nicht mehr als andere Personen im Umfeld des Opfers, die ebenfalls mit Sotter verfeindet waren. Ihre Reaktion bei seiner Eröffnung, dass Sotter ermordet worden war, ließ Mommsen glauben, dass sie tatsächlich nichts von seinem Tod gewusst hatte.

„Frau Gorek, wir haben von Ihren Kollegen, die auch hier auf Föhr waren, schon erste Informationen über den Ablauf Ihrer Zusammenkunft bekommen. Wir brauchen auch von Ihnen einen kurzen Überblick über die Geschehnisse am Samstag und Sonntag."

„Ich nehme an, dass Sie den Anlass und die Themen unserer Klausur kennen. Der Kollege Cornelis hat ein Ergebnisprotokoll geführt, dem können sie Genaueres entnehmen. Die Themen und Probleme wurden weitgehend sachlich abgehandelt, einiges einvernehmlich, einiges blieb aber auch kontrovers. Sotter zeigte sich entspannter als in der Hochschule in Hamburg, er provozierte nicht und überließ auch anderen das Wort. Samstagabend waren wir gemeinsam mit Sotter in einem Lokal zum Essen, am Sonntagabend war ich mit den Kollegen in einem anderen Restaurant in Wyk, ohne Sotter. Ich bin danach gleich ins Hotel gegangen, da ich am nächsten Morgen schon früh nach Hamburg zurückkehren wollte, um meine Urlaubsreise vorzubereiten. Das habe ich dann auch getan. Und am

Dienstag bin ich mit dem Zug nach Stuttgart gefahren, um mich meinen Freunden anzuschließen, wir sind dann in deren Wagen hierher weitergefahren."

Mommsen ließ sich Namen und Anschrift ihrer Reisebegleiter geben. „Haben Sie denn eine Vermutung, wer ein Motiv für die Tat gehabt haben könnte?"

„Viele oder keiner. Sotter hatte eine gekonnte Art, sich Feinde zu machen – und davon hatte er viele. Er war eitel, machtgierig und intrigant. Aber eitel, machtgierig und intrigant sind viele Menschen, unter Hochschullehrern genauso wie unter anderen Menschen. Wenn die von ihren Mitmenschen alle umgebracht würden, wäre die demografische Entwicklung unseres Landes noch negativer, als sie ohnehin schon ist. Nein, so wichtig war Sotter wohl keinem, dass er an ihm zum Mörder geworden wäre."

Janina Gorek hatte ihren Schrecken über die Nachricht von Sotters Ermordung offensichtlich überwunden. Mommsen überlegte, ob ihr offenes Bekenntnis ihrer Feindschaft zu Sotter ihrer Sorglosigkeit zu verdanken sei, da sie an seinem Tode unschuldig war, oder eine geschickte Taktik, da sie davon ausgehen musste, dass er über ihre Kontroversen mit dem Opfer ohnehin informiert war. Er kam zu dem Schluss, dass es gegenwärtig keinen Sinn habe, Janina Gorek nach dem Verhältnis der einzelnen Kollegen zu Sotter zu befragen. Er ließ das Thema fallen und brachte die Namen der Studenten zur Sprache, die sich auf Föhr befanden, sie waren Janina Gorek aber nur vage als Studenten in Erinnerung, die irgendwann einmal eines ihrer Seminare besucht hatten. Allerdings hatte Hiltrud Engström auch ihr kurz berichtet, dass sie die Studentin Regenhorst an ihrem Praktikumsplatz auf Föhr aufsuchen wolle. Sie kamen überein, dass Janina Gorek ihre Urlaubsreise durch Italien fortsetzen könne. Mommsen bat sie aber, am Handy für weitere Fragen erreichbar zu sein.

*

Die beiden Polizeibeamten waren gegangen. Swetlana Kirch hatte sich angesichts der Erschütterung, die Stefans Ermordung bei ihnen allen ausgelöst hatte, bei ihrem Praktikum für einen Tag krankgemeldet.
Susanne Regenhorst und Timo Johannsen saßen schweigend im Wohnzimmer der alten Kate. Ihr Gefühlskosmos reagierte in unterschiedlicher Weise auf die Ereignisse der letzten Stunden. Susanne wurde von einer richtungslosen Unruhe getrieben, die sie das Schweigen nur schwer ertragen ließ. Swetlana, die ein ausgeprägtes Körpergefühl besaß, horchte in sich hinein. Ihr Herzschlag schien ihr zu sagen: „Du lebst noch. Aber die Grenze zum Tod ist immer in der Nähe."

Timo fühlte vor allem die Leere, die der Verlust Stefans im Raum hinterließ. Der Tod erschien ihm als Eingang in ein Nichts, das nicht vorstellbar war.

Susanne war es, die das belastende Schweigen nicht länger aushielt. „Was sollen wir nun tun? Wir können doch nicht nur hier sitzen und warten. Auf was eigentlich? Dass die Polizei den Mörder findet und alles aufklärt? Und ich habe auch Angst. Solange wir nicht wissen, warum der Mörder zweimal zugeschlagen hat, können wir uns alle nicht sicher fühlen. Vielleicht hat er Gründe, auch uns aus dem Weg zu räumen. Habt Ihr eine Ahnung, weshalb erst Sotter und dann Stefan umgebracht worden sind? Wir sollten auch mal überlegen, was wir wissen. Sowohl Sotter als auch Stefan sind uns besser bekannt als den Kriminalbeamten. Also, wer könnte denn ein Interesse an ihrem Tod gehabt haben?" Sie suchte nach Papier und Stift. Ihre innere Unruhe ließ sie in Aktionismus flüchten.

„Susi, wir sollten uns hüten, Detektiv spielen zu wollen. Wir sind hier in keinem Kinderkrimi, wo die Rasselbande der Polizei immer eine Nase lang voraus ist." Timos Besonnenheit und sein Sinn für Realität ließen ihn Susannes Vorhaben erst einmal ausbremsen. Aber Swetlana sprang Susi bei. „Timo, wenn wir hier nur stumm herumsitzen, werde ich auch noch verrückt. Wir können hier nicht weg, die Polizei lässt uns nicht von der Insel. Also, ich finde es sinnvoll, dass wir uns Gedanken machen, wer alles als Täter in Frage kommt und welche Motive im Spiel sind. Das fordert uns, das beschäftigt uns und lenkt von der Angst ab."

Timo lenkte ein. „Also gut, beginnen wir mit Sotter. Lasst uns überlegen, wer ihn hasste und wer Gelegenheit hatte, ihn zu töten. Bleiben wir bei denen, die hier auf der Insel waren. Am besten fangen wir mit uns selber an: Ich mochte ihn nicht, aber ich fühlte mich durch ihn nicht so bedroht, dass ich das Risiko auf mich genommen hätte, ihn umzubringen. Und am Sonntagabend war ich auf der Insel."

Seine beiden Kommilitoninnen schauten ihn verblüfft an. Ihre Vorstellung war, sich durch ihre kriminalistischen Gedankenspiele von ihrer Unruhe beziehungsweise ihrer unbestimmten Angst abzulenken, nicht sich selbst durch eine investigative Brille zu betrachten.

Swetlana fand als Erste ihre Sprache wieder: „Also, Timo, das ist doch nicht dein Ernst. Dass es von uns dreien keiner gewesen sein kann, das ist doch klar. Nein, ich meine, wir sollten erst einmal alle anderen durchgehen, die hier auf Föhr gewesen sind."

„Erstens wissen wir gar nicht, wer von seinen Feinden am Sonntag hier auf der Insel war. Kennt ihr denn alle seine Widersacher? Habt ihr eine Übersicht, wer davon nach Föhr gekommen ist? Von der Klausursitzung bei Sotter haben wir nur gehört und wissen, dass die Engholm dabei gewesen ist, die hat sich daher ja mit Susi verabredet. Die restlichen Teilnehmer hat die Polizei sicher schon vernommen. Sotter soll ja auch Frauengeschichten gehabt haben. Davon wissen wir nichts Genaues. Hatte er hier auf der Insel Gegner? Die kennen wir auch nicht. Also, wir können nur bei uns selbst anfangen."

Die Mädchen antworteten erst einmal nicht. Swetlana war als erste bereit, Timos Gedankengang zu folgen: „Okay, das überzeugt mich. Also mir geht es ähnlich wie dir, Timo. Ich mochte Sotter auch nicht, aber das ist ja noch kein Grund für einen Mord. Am Sonntag war ich ebenfalls hier auf Föhr."
Sie schaute Susanne fragend an. Diese zuckte kurz mit den Schultern. „Ja, ihr wisst ja, dass ich ihn auch nicht mochte und hier bei euch war."

Timo hakte nach. „Susi, wusstest du eigentlich, was passiert, wenn Sotter die Klausur nicht mehr benoten konnte?" Susanne zögerte lange. „Ja, wusste ich. Ich habe früher als Tutorin für die Erstsemester gearbeitet, ich musste denen die Prüfungsordnung erklären. Bei der Tutorenausbildung war mehr so als Jux die Frage aufgekommen, wie das Verfahren ist, wenn ein Prüfer ausfällt, nachdem die Klausur geschrieben worden ist. Das hat uns damals der Justitiar der Uni erläutert: Dann wird die ganze Arbeit bei einem anderen Prüfer wiederholt. Das hatte ich Stefan auch gesagt."

„Also wusstet ihr beide, dass, wenn Sotter ausfällt, ihr bei einem anderen Prüfer die Chance hättet, doch noch das Modul in Rechnungswesen zu bestehen – oder andersherum, wenn Sotter erst einmal die Arbeiten benotet hat, dass seine Bewertung gilt. Hattest du damit gerechnet, dass du diesmal wieder durchgefallen wärst?" Timo ließ nicht locker.

Es war wieder Swetlana, die versuchte, ihn zu stoppen. „Timo, du denkst doch nicht, dass Susi was mit Sotters Tod zu tun hat? Das ergibt doch keinen Sinn. Du musst doch berücksichtigen, dass ja auch Stefan ermordet ist. Das hängt doch bestimmt auch mit Sotters Tod zusammen. Susi hatte doch überhaupt keinen Grund, Stefans Tod zu wünschen."

Susanne hatte Swetlanas Argumente fast abwesend verfolgt. Bevor Timo dazu kam, hatte sie geantwortet. „Swetlana, lass nur. Timo macht mir nur meine Situation deutlich. Wenn die Polizei erfährt, dass ich von der Wiederholungsmöglichkeit wusste, ist das ein Motiv, das mich belastet. Und für Sonntagnacht habe ich kein richtiges Alibi, ich war ja allein im Schlafzimmer.“ Sie begann, leise vor sich hin zu schluchzen. Swetlana setzte sich zu ihr auf die Couch. Sie nahm Susanne in den Arm und versuchte, sie zu trösten. „Nein, Susi, wir wissen doch, dass du niemanden umbringen kannst. Und da Sotters und Stefans Tod zusammenhängen, gibt es auch keinen Grund, dich zu verdächtigen. Und es gibt so viele andere Verdächtige.“

Das Schluchzen ließ langsam nach. Swetlana reichte Susanne ein Taschentuch, damit sie ihre Augen auswischen konnte. Susanne schniefte noch einige Male durch, dann löste sie sich von Swetlana und setzte sich aufrecht hin. „Aber ich muss euch noch etwas erzählen: Die ganze Zeit hier auf Föhr ging mir die Angst um meine Klausur bei Sotter nicht aus dem Kopf. Ich habe mich dann in der letzten Woche, als Swetlana Spätschicht hatte, aufgerafft und bin zu Sotters Haus gefahren, um mit ihm zu reden. Es ging mir nur darum, mich zu vergewissern, dass er wegen unserer Auseinandersetzung in der Vorlesung damals nicht voreingenommen ist und dass das nicht auf die Benotung abfärbt. Ich hatte gedacht, wenn ich offen auf ihn zugehe, dass er das positiv sieht. Schon als er die Tür öffnete, war mir klar, dass mein Besuch vergeblich sein würde. Er ließ mich nur widerwillig ins Haus. Als ich ihm sagte, dass ich hoffe, er würde mir meine damalige Bitte um Themeneingrenzung nicht übel nehmen, schaute er mich nur misstrauisch an. Ich wies ihn darauf hin, dass die anstehende Klausur mein dritter und letzter Versuch sei. Dann grinste er und fragte mich, ob ich deswegen ein so enges und durchsichtiges T-Shirt angezogen habe, um ihn durch Darbietung meiner weiblichen Reize zu bewegen, mir eine gute Note zu geben, und dass er es nicht nötig habe, sich sexuelle Zuwendung durch eine nachsichtige Notenvergabe zu sichern. Das könne ich woanders versuchen, aber nicht bei ihm.

Ich bin so wütend geworden, dass ich nichts mehr sagen konnte und hinausgelaufen bin. Und dabei bin ich einer Frau begegnet, die mir irgendwie bekannt vorgekommen ist. Ich glaube, die war eine Doktorandin bei ihm, ich bin mir aber nicht ganz sicher. Es war dunkel und wir gingen schnell aneinander vorbei. Aber ich weiß nicht, wie die heißt. Erst im Nachhinein ist mir klar geworden, dass mein Besuch bei ihm eine ziemliche Dummheit war. Ich denke, ich habe mir damit meine Chancen, wenn ich denn welche hatte, erst recht vermasselt. So, jetzt wisst ihr alles und ich bin froh, dass ich mir das von der Seele geredet habe." Susanne wirkte wie leergepumpt, sie hatte immer schneller geredet und musste mehrmals nach Luft schnappen.

Timo hatte sich noch früher als Swetlana vergegenwärtigt, dass Susanne durch ihr Wissen um die Wiederholungsmöglichkeiten und den bislang verschwiegenen Besuch bei Sotter in einer schwierigen Lage war. Sollte die Polizei von ihrem vergeblichen Besuch bei Sotter erfahren, werde das die Verdachtsmomente gegen Susanne verstärken. „Sag mal, Susi, kann es sein, dass die Frau dich erkannt hat, die dir vor Sotters Haus begegnet ist? Wird sie dich eventuell beschreiben können?"

„Das weiß ich nicht. Ich sagte doch, es war dunkel und es ging alles ganz schnell."

„Wenn die Kriminalbeamten die Frau finden und sie dich beschreiben kann, wird das ein schlechtes Licht auf dich werfen. Vielleicht hat die Frau aber auch etwas mit Sotters Tod zu tun, dann sollte die Polizei auf jeden Fall von ihrem Besuch bei Sotter erfahren. Ruf' doch diesen Kommissar Mommsen an und erzähl ihm das. Aber das musst du selber entscheiden. Was du uns erzählt hast, bleibt auf jeden Fall erst einmal unter uns."

Susannes innere Unruhe war wieder aufgelebt und machte es ihr schwer, eine klare Entscheidung zu fällen. Mühsam rang sie sich zu einem „Lasst mich noch bis morgen warten“ durch. Swetlana und Timo respektierten ihren Wunsch.

Timo hatte aus den Resten im Kühlschrank ein Bauernfrühstück zustande gebracht. Erst als der Küchenduft hereinwehte, bemerkten sie, dass sie seit dem Frühstück nichts mehr gegessen hatten.

Während sie aßen, kam nur ganz mühsam ein Gespräch in Gang. Immer wieder kamen sie dabei auf ihre Erlebnisse mit Stefan zurück. So kurz auch ihre intensive Bekanntschaft mit ihm gewesen war, seine hilflose Art hatte sie zwar häufig gereizt, aber auch ihre praktische Hilfe gefordert und sie damit irgendwie reicher gemacht.

*

Dirk Schön war es endlich gelungen, das Passwort für Sotters Laptop zu finden. Nachdem er das eingeforderte Lob von Mommsen auch bekommen hatte, widmete er sich dem Inhalt des Computers. „Mein Gott, das ist aber eine Menge von Dateien. Aber er war ein ordentlicher Mensch und hat offensichtlich die Übersicht behalten. Wo soll ich anfangen? Privat? Versicherungen? Mietvertrag? Haus Föhr? Haushalt Fakultät? Personal? Vorlesungen? Seminare? Masterthesen? Korrespondenz? Hm ...“

Mommsen überlegte nicht lange. „Fang mal mit Privat an! Und dann arbeitest du dich weiter durch.“ Schön machte sich an die Arbeit.

Caroline Hositz war inzwischen zurückgekommen. Sie berichtete Mommsen, die Wirtsleute von Gabriele Parau glaubten sich zu erinnern, dass diese sie Sonntagnacht irgendwann zwischen Mitternacht und ein Uhr gesehen hatten, wie sie sich eine Flasche Mineralwasser geholt hatte. Dann begann sie, ihre Notizen über die Befragungen von Thies Brodersen, Friedrich

Jessen und den Wirtsleuten von Gabriele Parau in eine protokollgerechte Form zu bringen.

Mommsen ging seine Aufzeichnungen über die Gespräche mit den Professoren noch einmal durch. Einerseits, um Anknüpfungspunkte für das weitere Vorgehen zu finden, andererseits, um damit auch die anstehende Umsetzung in Protokolle vorzubereiten. Protokolle zu schreiben war für ihn eine zeitfressende Arbeit, sicher notwendig, aber meist ohne neuen Erkenntnisgewinn.

Wie häufig bei seinen Ermittlungen hatte Mommsen gegenwärtig das Gefühl, in einer Phase der Stagnation zu stecken, in der zwar viele Informationen vorhanden waren, die aber noch kein klares Bild ergaben und keine eindeutigen Folgerungen zuließen. In seiner Hand waren nur lose Fäden. Er hatte die Erfahrung gemacht, dass es in dieser Situation lohnender war, sich auf die Verknüpfung der losen Fäden zu konzentrieren als hektisch nach neuen Erkenntnissen zu suchen. Und: Dass man zu den Fakten auf Distanz gehen muss, um die Muster ihrer Zusammenhänge in den Blick zu bekommen. Daher beschloss er, diesen Abstand zu seinem Fall bei Cosima Bernstädt zu suchen und Feierabend zu machen. „Dirk, ich mach für heute Schluss. Willst du noch länger mit dem Computer weitermachen? Wir haben dich – wie Kollegin Hositz – im Nachbarhaus von Cosima untergebracht.“

Mommsen wandte sich jetzt auch an Cosima Hositz: „Oder soll ich euch mitnehmen?“ Diese schaute Schön fragend an. „Wenn Herr Schön noch hierbleibt und den Laptop des Opfers durchforstet, könnte ich mir die Unterlagen ansehen, die er aus Sotters Wohnung mitgebracht hat. Wir könnten dann später nachkommen.“ Mommsen freute sich darauf, den Abend mit Cosima alleine zu verbringen. Aber er war sich auch unsicher, ob es gut war, Caroline Hositz mit ihrer feministischen Attitüde und Schön mit seinem Hang zu machohaftem Gehabe ohne seine Aufsicht alleine zu lassen. „Okay, aber macht nicht zu lange. Morgen haben wir einen umfangreichen Arbeitstag vor uns, seht auch zu, dass ihr was zu essen bekommt. Cosima war heute auf dem Festland. Ich denke, sie hat nichts vorbereitet."

Mommsen fuhr mit dem Bus nach Nieblum. In Cosimas Haus angekommen, stellte er fest, dass sie noch nicht wieder zurück war. Er überlegte, ob er sie überraschen und ein leckeres Abendessen vorbereiten solle. Als er im Kühlschrank in einer Schüssel einen Teigklumpen erblickte, fiel ihm ein, dass Cosima ihm angekündigt hatte, heute Abend friesische Maultaschen zuzubereiten. Auf seinen Einwand, er kenne nur schwäbische, hatte sie ihm erklärt, friesische Maultaschen seien auch ihre eigene Erfindung, von der schwäbischen Gattung unterscheiden sie sich nur durch die Füllung: eine Farce aus Krabben und Kräutern. Also verzichtete Mommsen auf eigene Versuche zur regionalen Küche und ließ sich mit einem Bier auf einer Bank hinter dem Haus nieder.

Kurz darauf hörte er Cosima kommen. Nach einer kurzen, aber freudigen Begrüßung zog sie sich in die Küche zurück, um sich der seltenen Verbindung schwäbischer und friesischer Küche in Form der friesischen Maultauschen zu widmen. Das Essen war ein voller Erfolg. Danach saßen sie noch lange auf Terrasse und genossen den verdämmernden Abend bei einem weichen Merlot.

Cosima erzählte mit zunehmender Begeisterung von ihrem kürzlichen Besuch der „DOKUMENTA" in Kassel. „Ludwig, das ist die größte Schau der Gegenwartskunst in der Welt. In den zwei Tagen, die ich mit meiner Freundin Gesine dort war, haben wir höchsten die Hälfte gesehen. Ich muss da unbedingt noch einmal hin, schließlich findet die ‚DOKUMENTA' nur alle fünf Jahre statt. Du hast doch noch ein paar Tage Urlaub aus dem letzten Jahr, komm doch mit. Es ist so faszinierend, die Vielfalt zu erfahren, wie Künstler die Welt wahrnehmen und sich mit den geistigen Landschaften auseinandersetzen, mit denen die Objekte uns konfrontieren."

Mommsen ließ sich wieder in ihren Bann ziehen. Sein schlechtes Gewissen, dass er sich heute so früh zurückgezogen und Hositz und Schön allein hatte weiterarbeiten lassen, klang ab. Schließlich hatte er wiederholt erfahren, dass es in Phasen der Stagnation einer Untersuchung hilfreich war, auf Distanz zu gehen und sich aus den emotionalen Verstrickungen in dem aktuellen Fall zu lösen. Und das gelang ihm heute Abend.

Der entspannte Abend mit Cosima hatte Mommsen beinahe in Ferienstimmung versetzt. Und wie bei den Feriengästen auf der Insel galt sein erster morgendlicher Blick dem Wetter. Der Tau auf den Blättern im Garten ließ auf eine hohe Luftfeuchtigkeit schließen. Als Festlandbewohner war ihm nicht klar, ob das einen schwülen Tag mit Gewitterneigung ankündige oder auf die Nähe des Meeres zurückzuführen sei.

Beim Frühstück informierte ihn Caroline Hositz, dass Schöns und ihre Beschäftigung mit den Unterlagen und dem Laptop Sotters gestern Abend ohne Ergebnisse geblieben war. Schön bestätigte nur maulfaul ihre Ausführungen. Auch Cosima fiel auf, dass die beiden nicht miteinander redeten. Beim Abschied flüsterte sie Mommsen fragend zu: „Was ist denn mit denen? Hat es zwischen ihnen Auseinandersetzungen gegeben? Hast du das auch mitbekommen?“

Als Mommsen dann mit Caroline Hositz und Schön das Haus verließ, merkte er, dass ihn schon der kurze Fußmarsch zum Parkplatz schwitzen ließ. „Und wenn ich jetzt noch an unsere unbefriedigenden Ermittlungen denke, dann wird das heute kein Wohlfühltag“, ging es ihm durch den Kopf.

Auf der Polizeistation fand Mommsen eine Nachricht von Lürrsen vor, dass er mit Friederichsen unterwegs sei, um die Alibis von Jessen und Brodersen nachzuprüfen. Schön nahm sich gleich wieder den Laptop vor, während Caroline Hositz sich den Unterlagen aus Sotters Wohnung widmete. Sie setzte sich dazu an einen Seitentisch, so dass sie Schön nicht vor Augen hatte.

Mommsen wollte Susanne Regenhorst mit der Beobachtung von Gabriele Parau konfrontieren und sie fragen, ob sie die junge Frau gewesen sei, die Sotter einige Tage vor seinem Tod aufgesucht hatte. Er erwischte sie an ihrem Handy und bat sie, umgehend zur Polizeistation zu kommen.

Da inzwischen die Angaben von Robert Felden über seine Aktivitäten nach der Ankunft in Deutschland vorlagen, vergewisserte er sich bei dessen Freund Wilkens über die Richtigkeit der Angaben. Bei dem Telefongespräch mit Wilkens kam auch zur Sprache, dass Robert Felden Zweifel am Unfalltot seiner Schwester hatte und sich fragte, ob Sotter damit etwas zu tun gehabt hat. Ein weiterer Anruf Mommsens bei der Ferienpension an der Schlei bestätigte, dass Felden in der angegebenen Zeit tatsächlich dort abgestiegen war, seine Anwesenheit war allerdings nicht kontrolliert worden.

Da sich Caroline Hositz und Dirk Schön in ihrer Arbeit gleichsam eingenistet hatten, wollte Mommsen sie nicht durch neue Aufträge ablenken. Er griff daher wieder zum Telefon und rief Schröder von der Spurensicherung in Husum an. „Jens, habt ihr schon etwas über die Handys von Sotter und Stefan Liesen herausbekommen? Du wolltest die doch an die Fachleute weitergeben.“

„Die sind noch dabei, über die Provider die Verbindungsdaten zu ermitteln. Wenn die etwas herausbekommen haben, setzen sie sich direkt mit dir in Verbindung.“

„Gut, aber erinnere die noch einmal daran, dass es eilt. Habt ihr denn schon mit dem Abgleich der Fingerabdrücke begonnen?“

„Da sitzt Mohnberg noch dran. Aber solange wir keine Vergleichsabdrücke haben, verspreche ich mir nicht viel davon, andersherum ist es ergiebiger. Wenn ihr einen Verdächtigen habt, können wir nachprüfen, ob seine Abdrücke in der Sammlung aus dem Haus des Opfers aufgetaucht sind. Mit den Fußspuren vom Tatort ist das genauso.“

„Noch einmal zum zweiten Opfer, den Studenten an der Lembecksburg. Ihr hattet die nähere Umgebung vergeblich nach einer möglichen Tatwaffe abgesucht, habt ihr denn irgendeine Ahnung, was das für eine Waffe gewesen sein könnte?“

„Auf jeden Fall ein harter, eher stumpfer Gegenstand. Ich hatte zuerst an einen Hammer gedacht, aber die Auftrefffläche sah nicht nach einem normalen Hammer aus. Sie war größer, vor allem länger. Aber am Tatort war in dieser Hinsicht nichts zu finden."

„Gut, wenn ihr was Neues habt, gebt mir sofort Bescheid. Ich stecke zurzeit in einer Sackgasse. Vielen Dank erst einmal."

Mommsen überlegte, ob er von Staatsanwalt Renner schon Auskünfte über Sotters finanzielle Situation und über Bewegungen auf seinen Konten bekommen könne. Er rief sich aber in Erinnerung, dass das Verfahren zur Erlangung von Bankauskünften recht umständlich sei und Zeit brauche. So entschied er sich, mit einem Anruf bei Renner noch zu warten.

Nach einiger Zeit erschien Susanne Regenhorst, Mommsen bat sie, Platz zu nehmen. Mit einem halblauten „Frau Hositz, können Sie sich über unser Gespräch Notizen für das Protokoll machen?" bezog er seine Kollegin in die Vernehmung der Studentin ein.

„Frau Regenhorst, wir haben Informationen, dass Sie am Donnerstag vergangener Woche Professor Sotter in seinem Haus in Oevenum besucht haben. In unseren Gesprächen hatten Sie dagegen behauptet, mit ihm auf Föhr keinen Kontakt gehabt zu haben. Warum haben Sie uns angelogen?" Susanne Regenhorst war überrumpelt. Sie hatte gehofft, dass die Polizei von ihrem Besuch bei Sotter nichts erfahren werde, aber die Beamten wussten offensichtlich Bescheid. Also musste die Frau, der sie vor dem Haus begegnet war, mit ihnen geredet haben, woher hätten sie sonst davon wissen können? Ihr Versuch, sich eine glaubhafte Begründung für ihre frühere Aussage zurechtzulegen, wurde durch Mommsens schroffe Stimme unterbrochen: „Frau Regenhorst, wir warten!"

„Also, ja …, ich meine, äh …, ich dachte … ", die Worte wollten ihr nicht über die Lippen kommen. Sie nahm noch einmal einen Anlauf: „Es gab schon so viele Verdachtsmomente gegen mich, ich hätte mich doch noch verdächtiger gemacht."

„Frau Regenhorst, warum haben Sie Professor Sotter aufgesucht? Wie ist das abgelaufen? Ist Ihnen etwas aufgefallen?"

„Es ging um meine Klausur, der letzte Versuch. Ich hatte ihn vorher in der Vorlesung im Namen der Kommilitonen gebeten, die Themenbereiche für diese Arbeit einzugrenzen, das ist durchaus üblich. Er hat mich dann vor dem ganzen Plenum runtergemacht. Bei meinem Besuch in Oevenum wollte ich den Versuch machen, für die Benotung um gutes Wetter zu bitten. Er hat das als sexuelles Angebot uminterpretiert, das war überhaupt nicht meine Absicht. Ich war so wütend, dass ich einfach rausgerannt bin. Ich weiß gar nicht mehr, was ich ihm geantwortet habe. Draußen im Garten bin ich dann einer jungen Frau begegnet, an der HUTTT habe ich sie schon mal gesehen. Ich glaube, sie ist Doktorandin bei Sotter gewesen."

Mommsens Antwort wurde durch eine unverständliche, gedämpfte Bemerkung Schöns verzögert, als er zu ihm hinübersah, winkte dieser beruhigend ab. Auch Caroline Hositz machte sich bemerkbar. Mommsen nickte ihr zu und bedeutete ihr, das Gespräch mit Susanne Regenhorst fortzusetzen.

„Frau Regenhorst, ich sehe das doch richtig: Ihre Wut auf Professor Sotter, die vorher schon groß war, wurde durch dieses Gespräch noch verstärkt?"

„Das kann ich kaum leugnen. Mir wurde klar, dass ich durch meinen Besuch bei ihm meine Chancen noch verschlechtert hatte."

„Sie mussten demnach erwarten, dass der letzte Versuch danebengegangen wäre, wenn Sotter die Klausur erst einmal benotet hätte. Ihre letzte Chance bestand also darin, dass er die Arbeit erst gar nicht benotet. Und das konnte er nun nicht mehr, inzwischen war er ja tot. Jetzt können Sie hoffen, bei einem anderen Prüfer doch noch zu bestehen." Die Bilanz, die Caroline Hositz zog, entsprach auch Mommsens Eindruck.

Die Vorhaltungen der Kommissarin machten Susanne Regenhorst klar, wie stark in den Augen der Kriminalbeamten ihr Motiv für den Mord an Sotter war. So in die Ecke der Verdächtigten gedrängt, erwachte ihr kämpferisches Naturell. „Ja, ich habe meinen Besuch bei Sotter nicht gleich zugegeben, das war vielleicht dumm von mir. Aber diese Auseinandersetzung mit ihm war am Donnerstag und er ist erst am Sonntagabend zu Tode gekommen. Bis dahin war meine Wut auf ihn zumindest teilweise verraucht. Und wenn ich wegen des Scheiterns bei meinem letzten Versuch das BWL-Studium hätte abbrechen müssen, wäre mein Leben ja nicht zu Ende gewesen. Sicher wären meine Eltern enttäuscht, aber ich würde dann einen anderen Studiengang oder eine Ausbildung anfangen, da kann ich mich auf Unterstützung meiner Eltern verlassen. Ich würde deswegen doch niemals einen Mord begehen."

Mommsen bewunderte, wie geschickt Susanne Regenhorst, deren Verhalten bei ihren ersten Begegnungen eher dem Klischee der unbedarften Naiven aus den Blondinenwitzen entsprach, die Stärke des ihr unterstellten Motivs abschwächte. Um sie aber nicht aus der Anspannung des Gesprächs zu entlassen und ihre Kooperation zu erhalten, übernahm er wieder die Gesprächsführung: „Frau Regenhorst, auch auf Ihren Einwand hin, Sie hatten ein gewichtiges Motiv, Professor Sotter aus dem Weg zu haben, und Ihr Alibi ist – wie das Ihrer Kommilitonen – sehr, sehr schwach, nun noch eine Frage: Wo fand am jenem Donnerstag Ihre Auseinandersetzung mit Professor Sotter statt?"

„Sagte ich doch schon, in seinem Haus in Oevenum."

„Gewiss, ich meine, in welchem Raum des Hauses?"

„Ach so, gleich im Flur. Er hat mich gar nicht weiter reingelassen."

„Frau Regenhorst, meine Kollegin wird bei Ihnen gleich die Fingerabdrücke nehmen. Die brauchen wir, um sie mit Abdrücken vom Tatort zu vergleichen und um Ihre Angaben zu überprüfen. Sie und Ihre Kommilitonen bleiben bitte auf der Insel, bis Sie von uns die Erlaubnis zur Abreise bekommen. Aber ihr Praktikum dauert ja noch an." Caroline Hositz begleitete Susanne Regenhorst zu dieser Maßnahme hinaus.

Mommsen nahm die Gelegenheit ihrer Abwesenheit wahr und sprach Schön an. „Dirk, sag mal, was ist los? Die Hositz und du, redet ihr nicht mehr miteinander? Müsste ich da was wissen?" Schön verzog mit einem Anflug von Trotz den Mund. „Nee, nichts Besonderes. Man muss ja nicht immer reden." Dann lenkte er ab: „Aber mir ist hier im Laptop von Sotter was aufgefallen."

„Lass hören. Aber was da mit der Hositz war, darauf kommen wir noch zurück. Also, worauf bist du gestoßen?" Schön starrte konzentriert auf den Bildschirm „Sotter hat so etwas wie ein Archiv über Kollegen eingerichtet – also eher so eine Art Vorstrafenregister, er hat offensichtlich nur Negatives festgehalten, aber nur Stichworte. Die Teilnehmer an der Klausurtagung hier auf Föhr tauchen alle auf. Schauen wir mal. Zum Beispiel Gorek: ‚WS 2010/11, eine Woche vor Ende der Vorlesungszeit Urlaub/Beschwerden von Studierenden über verspätete Benotung von Prüfungsarbeiten.' Oder Heckenrock: ‚SoSe 2011, Bericht über Forschungsprojekt zu spät und inhaltlich unzulänglich.' Er runzelte die Stirn. „Und so geht das weiter."

„Das müssen wir genauer haben, vielleicht finden wir da noch mehr zur Motivlage der Betroffenen." Mommsen war hinter Schön getreten und schaute wie dieser gebannt auf den Bildschirm. „Liste das doch mal für die Professoren auf, die hier auf Föhr waren. Und schau nach, ob auch die Namen Gabriele Parau, Stefan Liesen, Susanne Regenhorst und die von Sotters Nachbarn – Jessen und Brodersen glaube ich – auftauchen."

Inzwischen waren auch die Obduktionsberichte über die beiden Opfer angekommen. Mommsen ging sie durch, doch ergaben sich für ihn daraus keine neuen Erkenntnisse, nur die Bestätigung der Angaben über die Tatwaffe im Fall Stefan Liesen: ein harter, schmaler, länglicher Gegenstand. Ferner, dass Sotter die Schlagverletzung am Kopf etwa eine halbe bis ganze Stunde vor der tödlichen Stichverletzung beigebracht worden war.

Mommsen erinnerte sich der Fingerabdrücke von Felden und Regenhorst. Er bat Caroline Hositz, diese umgehend an Schröder zu übermitteln, er möge sie mit den Abdrücken aus Sotters Haus vergleichen.

Lürrsen kam zurück und berichtete Mommsen, dass Brodersen für die Zeit des Mordes an Sotter kein Alibi habe, Jessens Alibi für diese Zeit jedoch bestätigt worden sei. Da Mommsen nach dem Gespräch mit Lürrsen etwas Leerlauf hatte, beschloss er, doch schon Staatsanwalt Renner anzurufen und sich über die Bewegungen auf Sotters Konto zu informieren. Dieser erzählte ihm, dass er keine Auffälligkeiten entdeckt habe. Er sagte jedoch zu, eine Auflistung über die letzten drei Monate per Internet zu schicken.

Mommsen schaute auf die Uhr. „Hört mal her. Wir sollten uns gleich noch einmal zusammensetzen und sichten, was wir an neuen Informationen haben. Frau Hositz, wie sieht das bei Ihnen aus?“

„Ich habe alles einmal durchgeblättert. Ein paar Sachen würde ich mir gern noch genauer ansehen, aber für einen Zwischenbericht reicht es.“

„Dirk, wie weit bist du?“

„Gib mir noch zehn Minuten, dann habe ich die Aufstellung der Sündenregister von Sotters Kollegen fertig.“

„Gut – in einer Viertelstunde also.“

Mommsen ging in den vorderen Raum der Polizeistation und unterrichtete Lürrsen und Friederichsen über den Termin. In der Zwischenzeit setzte Mommsen die Kaffeemaschine in Gang. Als sie sich versammelt hatten, versorgte Mommsen seine Kollegen mit Kaffee.

Dann schaute er sich in der Runde um. „Also, zum Stand der Dinge, fangen wir mit dem Mord an Sotter an: Der Obduktionsbefund hat nun bestätigt, dass das Opfer zuerst einen sehr heftigen Schlag an den Kopf bekommen hat. Erst eine halbe bis eine Stunde später folgte die tödliche Stichwunde. Bisher haben wir uns gefragt, ob wir für die Morde an Sotter und an Liesen von einem oder zwei Tätern ausgehen müssen. Jetzt stellt sich zusätzlich die Frage, ob für die Kopf- und die Stichverletzung bei Sotter zwei verschiedene Täter in Frage kommen. Weiter: Der Student wurde durch einen Schlag mit einem harten, schmalen und länglichen Gegenstand, jedoch nicht mit einem Hammer, auf den Kopf getötet. Die Tatwaffe haben wir noch nicht gefunden.

Zur These, dass verschiedene Täter für die beiden Morde verantwortlich sind: Bei Sotter haben wir es mit einer Vielzahl von Personen zu tun, die ein Motiv für eine solche Tat haben. Zu Liesen: Soweit wir seine Biografie kennen, sehe ich bei den Anwesenden auf Föhr keine Motive. Ich könnte mir allerdings vorstellen, dass Liesen etwas über den Mord an Sotter gewusst hat, das dem Täter gefährlich werden konnte. Darauf hatte Kollege Lürrsen ja schon hingewiesen. Soweit das Neueste aus den Obduktionsbefunden.

Dann sind da noch zwei Dinge erwähnenswert. Zur Tatzeit war die letzte Geliebte von Sotter, eine Gabriele Parau, Doktorandin von ihm, hier auf der Insel. Sotter hatte kurz vorher das Verhältnis mit ihr beendet. Wie sie sagt, hatte er ihr keine Gründe genannt. Sie war sehr sauer auf ihn, zumal er auch ihre Promotion nicht weiter betreuen wollte. Sie war nach eigenen Aussagen am Donnerstag voriger Woche bei Sotter zu einer letzten Aussprache, aber erfolglos. Als sie dort ankam, verließ gerade eine andere Frau das Haus. Wir wissen, dass es sich um die Studentin Regenhorst handelt, die für ihre Prüfungsarbeit um gut Wetter bitten wollte, bei Sotter aber abgeblitzt war. Dann ist seit gestern der Schwager von Sotter, der Bruder seiner verstorbenen Frau, hier auf Föhr, Robert Felden. Er lebt auf Barbados und arbeitet in der Karibik als Taucher. Zur Tatzeit war er auf Angelurlaub an der Schlei, wie er behauptet. Es spricht einiges dafür, dass es so war, das ist aber nicht sicher."

Der Hinweis, dass Felden als Taucher arbeitete, erinnerte Lürrsen an die Tatwaffe für den Mord an Sotter. Er wies darauf hin, dass die Kriminaltechnik bestätigt habe, dass es sich um ein Tauchermesser handelt. „Herr Lürrsen, wir werden dem bei der nächsten Befragung von Robert Felden nachgehen. Aber mit so einem großen Messer wäre er nicht ohne Weiteres durch die Sicherheitskontrollen an den Flughäfen gekommen."

„Wissen wir, wie genau die in Barbados das nehmen?"

„Wir behalten das auf jeden Fall im Auge. Frau Hositz, wollen Sie weitermachen?"

„Ja, gerne. Ich habe Sotters Unterlagen überflogen. Da war wenig Auffälliges – Unterlagen über das Haus hier auf Föhr, mit entsprechenden Rechnungen, Versicherungsunterlagen, Unterlagen der Hochschule, Planungen für den Haushalt der Fakultät. Weiterhin Skripte, Prüfungsarbeiten, Notenlisten. Die Arbeiten der Studenten hier auf Föhr waren noch nicht benotet, also werden die Prüfungen bei einem anderen Prüfer wiederholt. Für zwei Studenten, Regenhorst und Liesen, war die letzte Klausur ihr dritter Versuch. Wenn sie nicht bestanden hätten – und das haben sie befürchtet –, wäre das das Ende ihres Studiums gewesen. Jetzt haben sie noch eine weitere Chance. Also ein starkes Motiv, Sotter durch einen Mord an der Benotung zu hindern. Herr Mommsen hatte ja auch schon auf den Besuch der Studentin bei Sotter hingewiesen.

Ich habe unter den Unterlagen auch einen mehrseitigen Anhang mit Statistiken gefunden. Offensichtlich beruhen die auf Befragungen über die Lebensqualität in verschiedenen Städten. Als Quelle wird ein Forschungsprojekt an der Uni Mainz angegeben. Autoren sind Fasthoff – ich vermute unser Professor hier – und ein Leon Wangler. Aber da kann ich wenig mit anfangen.“

Bei den letzten Ausführungen von Caroline Hositz sah Mommsen, wie Schön aufmerkte. Als diese zum Ende kam, wandte er sich Schön zu. „Dirk, du wolltest gerade was sagen?“ Schöns zusammengekniffene Augen deuteten auf angestrengte Konzentration hin. „Augenblick mal, Frau Hositz, wie war der zweite Name?“

„Leon Wangler.“

„Den hatte Sotter in seinem Internet-Adressbuch. Mit dem hatte er also Kontakt.“

„Gut, schreib mir mal auf, wie ich ihn erreichen kann.“ Auch Mommsen war interessiert. „Herr Lürrsen, Herr Friederichsen. Was ist mit den Alibis?“

„Wie schon erwartet, Brodersen hat keins, aber ein starkes Motiv. Jessens Alibi ist okay, sein Motiv dagegen ist recht schwach. Es hängt davon ab, ob er Chancen hat, dass sein Land mal Bauland wird. Das scheint auf längere Zeit aber unwahrscheinlich.“

„Dirk, du hast Sotters Sammlung über Verfehlungen seiner Kollegen zusammengefasst. Was ist mit den Professoren, die hier auf der Klausurtagung waren? Gibt das was her?“

„Also … Ich habe nur die Eintragungen über die Professoren hier auf Föhr erfasst. Fangen wir an mit Cornelis: ‚SoSe 2010, WS 2011, Nebentätigkeit ohne Genehmigung, Abrechnung Erasmus verspätet.‘ Dann van Demme: ‚SoSe 2008, Verhältnis mit Studentin?‘ Engström: ‚WS 2010/2011, vier Fehltage ohne Krankschreibung, Organisationsmängel bei Exkursion Weinbauverband Rheinland-Pfalz, Termine mit Akkreditierungsagentur nicht wahrgenommen.‘ Fasthoff: ‚Diss. Uni Mainz?‘ Gorek: ‚WS 2010/2011, Urlaub eine Woche vor Ende der Vorlesungszeit, verspätete Benotung von Prüfungsarbeiten.‘ Heckenrock: ‚WS 2011/2012, verspätete Abgabe Zwischenbericht Forschung, inhaltliche Mängel.‘ Das zu den Professoren, die hier sind oder waren. Es gibt aber noch weitere Auflistungen für andere Professoren."

Bei Schöns Ausführungen war Caroline Hositz' Gesicht immer missmutiger geworden. „Mein Gott, was für ein Schwein. Bespitzelt seine Kollegen und sammelt Munition gegen sie. Was hat der denn davon?" Mommsen wiegte mit einem wissenden, aber verhaltenen Lächeln den Kopf. „Als Dekan bestimmt er über die Leistungsprämien. Und wenn – wie regelmäßig – Einsparungen vorgegeben werden, muss er Gründe haben, die Prämien zu kürzen. Leistungsprämien sollten eigentlich zu besonderen Leistungen motivieren, in der Regel führen sie aber zur Anpassung an die geistige Vorstellungswelt der Vorgesetzten, mit welchen Scheuklappen die auch immer eingegrenzt ist.

Aber lassen wir mal unsere Entrüstung. Wir sollten der Liste nachgehen und die Betroffenen mit den Vorwürfen oder Verdächtigungen konfrontieren. Die meisten Verfehlungen sind auf den ersten Blick mehr oder minder folgenloser Kleinkram und kaum Motive für einen Mord, aber das müssen wir überprüfen. Wir laden die alle noch einmal einzeln vor. Herr Lürrsen, bilden Sie mit Herrn Schön ein Gespann? Dann werden Frau Hositz und ich das andere sein."

Mommsen schaute auf die Uhr. „Herr Lürrsen, würden Sie bitte die Professoren einladen? Je Gespräch sollten wir dreißig Minuten vorsehen. Und planen Sie immer zwei Gespräche parallel. Fangen wir um vierzehn Uhr an, dann können wir vorher noch eine kleine Mittagspause einschieben." Da die Professoren ihre Handynummern angegeben hatten, konnte Lürrsen sie auf direktem Weg erreichen, nur Hiltrud Engström hatte ihr Handy ausgeschaltet. Cornelis und van Demme wussten auch nicht, wo sie sich aufhielt. Er nahm sich vor zu versuchen, sie später noch zu erreichen.

Die Runde löste sich auf. Lürrsen und Friederichsen gingen zum Essen nach Hause. Mommsen begab sich mit Hositz und Schön in ein kleines Café, das auf der Meerseite des Seedeichs am Bootshafen lag. Die mit holländischen Kacheln gefliesten Wände des Gastraums vermittelten ein Gefühl der Kühle, die er als angenehm empfand, da sich schon seit dem Morgen eine Schwüle wie eine Glocke über die Insel gelegt hatte.

In der Falle

Kurz nachdem sie in die Polizeistation zurückgekommen waren, fanden sich Heckenrock und van Demme ein. Mommsen trug Schön und Lürrsen auf, sich mit Heckenrock zu unterhalten. Er und Caroline Hositz sprachen mit van Demme. Mommsen konfrontierte ihn mit der Liste, die Sotter über eventuelle Verfehlungen seiner Kollegen geführt hatte. „Der Tote hatte darin über Sie einen Vermerk gemacht, dass Sie mit einer Studentin ein Verhältnis gehabt haben. Was hat es damit auf sich?“

Van Demme entschloss sich zur Offenheit. Er sagte sich, dass Leugnen mit Sicherheit zu einer intensiven Untersuchung führen werde, die unliebsames Aufsehen erregen könne. „Ja, es stimmt. Das hat nur ein Semester gedauert. Wir haben uns freundschaftlich getrennt. Mir war der Bestand meiner Ehe wichtig, sie hatte ihren späteren Mann kennengelernt. Es wäre mir lieb, wenn das unter uns bleibt.“

„Wenn es für die Aufklärung keine Rolle spielt, können wir das diskret behandeln. Aber woher wusste Sotter davon?“

„Keine Ahnung, ich dachte, nur Cornelis hätte Bescheid gewusst. Und der hat Sotter bestimmt nichts gesagt. Ich hatte allerdings mit Sotter eine Auseinandersetzung über Kriterien der Benotung. Anlass war eine Prüfungsarbeit dieser Studentin, ich war im Studium ihr Tutor und sie hatte sich deswegen an mich gewandt.“

„Hat Sotter Sie auf Ihr Verhältnis angesprochen?“

„Nein, nie. Mir war auch nicht klar, dass er davon wusste.“

Mommsen überlegte, ob er van Demme zu den Verfehlungen seiner Kollegen befragen sollte, die Sotter aufgelistet hatte. Er ging aber davon aus, dass er keine offenen Antworten bekommen werde. Als er abschließend van Demme befragte, ob es noch andere Dinge gebe, die Sotter ihm hätte vorwerfen können, erntete er nur ein nüchternes „Nein, nichts“ als Antwort.

Als van Demme gegangen war, blieb ihnen noch Zeit bis zur Ankunft ihres nächsten Gesprächspartners, Professor Fasthoff. Das Gespräch mit Heckenrock, das Lürrsen und Schön führten, war noch im Gange.

Hositz sah ihre Unterlagen durch und fischte die Statistiken heraus, die zu der Erhebung gehörten, die Fasthoff an der Universität Mainz durchgeführt hatte. Sie händigte diese Mommsen aus, der sie mit einem Kopfschütteln kurz durchblätterte. Bald darauf trat Fasthoff ein.

„Herr Professor Fasthoff, bitte nehmen Sie Platz." Mommsen wies auf den Platz gegenüber am Tisch. „Wir haben bei dem Toten, ich meine jetzt Herrn Sotter, eine Auflistung gefunden, in der er Verfehlungen seiner Kollegen festgehalten hat. Dazu brauchen wir von den Betroffenen noch einige Auskünfte. Bei Ihnen steht: ‚Diss. Uni Mainz?' Was kann er damit gemeint haben?"

Fasthoff schwieg und studierte eine Zeitlang die Maserung der Tischplatte. Dann hob er den Blick. „Nein, ich habe keine Ahnung. Ich habe an der Uni Mainz promoviert. Aber das steht wohl auch in meiner Personalakte. Für einen Professor ist es sicher keine Verfehlung, promoviert zu haben."

„In der letzten Zeit waren Promotionen von Prominenten ein großes Thema in den Medien. Da ging es um Plagiate. Entschuldigen Sie, wenn ich also nachfrage: Könnte es Anlass für Plagiatsvorwürfe im Zusammenhang mit Ihrer Dissertation geben?" Fasthoff schaute Mommsen gerade in die Augen. „Nein, ganz sicher nicht." Mommsen reichte Fasthoff die Bögen mit Statistiken, der schaute sie verständnislos an. „Was soll das?"

„Das haben wir unter Sotters Unterlagen in seiner Hamburger Wohnung gefunden, Sie sind einer der Autoren. Warum hat Sotter sich dafür interessiert?" Fasthoff sah die Seiten noch einmal Stück für Stück durch. „Die Daten stammen aus einem größeren Drittmittelprojekt, an dem ich damals in Mainz beteiligt war. Es ging da um das Entscheidungsverhalten bei der Wahl von Urlaubsregionen. Warum Sotter das interessierte, ist mir unklar."

„Wer ist Leon Wangler?"

„Ein Kollege, der die statistischen Auswertungsprogramme für die empirische Erhebung geschrieben hat."

„Sotter hatte mit Leon Wangler kürzlich Kontakt. Können Sie sich vorstellen warum?"

„Da müssen Sie ihn schon selber fragen, Leon Wangler meine ich."

„Gut, das werden wir tun."

Mommsen befragte Fasthoff noch zu der Ausschreibung für das Westküstenprojekt, konnte jedoch keine neuen Erkenntnisse gewinnen. Fasthoff hatte auch keine Vorstellungen, wer nach dem Tod Sotters zum Vorsitzenden der Jury berufen werden könne.

Nachdem Fasthoff gegangen war, trug Mommsen Caroline Hositz auf, Schön und Lürrsen zu bitten, nach der Vernehmung von Cornelis auch mit Hiltrud Engström zu sprechen. Er selbst versuchte, Leon Wangler zu erreichen. Zu seinem Erstaunen hatte er ihn auch gleich an der Leitung.

Mommsen stellte sich vor und fragte ihn, ob er in der letzten Zeit Kontakt mit Professor Sotter gehabt habe. Leon Wangler zögerte, bevor er zugab, diesen im Winter bei einem BWL-Symposium kennengelernt zu haben. Man habe sich hinterher fachlich einige Male ausgetauscht. Er wollte dann wissen, warum die Polizei sich dafür interessiere. Mommsen bat ihn, erst noch etwas zu Professor Fasthoff zu sagen. „Wir haben vor Jahren gemeinsam an einem Forschungsprojekt in Mainz gearbeitet. Wir waren beide Doktoranden. Ich habe ihn danach aber aus den Augen verloren. Ich glaube, Fasthoff ist danach als Assistent nach Wien gegangen."

„Haben Sie mit Sotter über Fasthoff gesprochen?" Wieder ein Zögern. „Ich glaube nicht, zumindest kann ich mich nicht daran erinnern." Mommsen hatte den Eindruck, dass Wangler nicht offen war. „Herr Wangler, bitte überdenken Sie Ihre Antwort noch einmal. Ich glaube nicht, dass Fasthoff zwischen Ihnen kein Thema war. Sotter ist ermordet worden, ich leite die Untersuchung und werde alles tun, um den Mord aufzuklären." Mommsen machte Druck. „Also, entweder Sie sagen mir alles über die Inhalte Ihres Kontakts zum Mordopfer oder ich werde Sie offiziell vernehmen. Das lässt sich ohne Aufsehen kaum durchführen. Es dürfte Ihrer Karriere nicht dienlich sein, in einen Mordfall involviert zu sein."

Mommsens forsches Vorgehen zeigte Wirkung. Wangler entschied sich für Offenheit. „Auf dem Symposium waren wir abends gemeinsam zum Essen gegangen. Da haben wir wohl etwas viel getrunken – ich zumindest. Im Gespräch stellten wir fest, dass wir beide Fasthoff kannten. Ich habe dann aus dem Nähkästchen geplaudert und Sotter erzählt, dass Fasthoff damals die Daten aus der empirischen Erhebung des Drittmittelprojekts zur Grundlage seiner Dissertation gemacht habe. Für seine Fragestellung waren die empirischen Daten aber nicht repräsentativ, also nicht ausreichend. Er hatte daher in erheblichem Umfang zusätzliche empirische Ergebnisse frei erfunden, eine Nacherhebung war aus zeitlichen und Kostengründen nicht mehr möglich. Seine ganze Promotion beruht also auf manipulierten Daten und das ist im wissenschaftlichen Betrieb eine der Todsünden."

„Warum haben Sie das damals nicht angezeigt? Sie waren doch Mitwisser – oder gar Beteiligter?"

„Nur Mitwisser. Ich wollte mir Ärger ersparen, Verräter werden nirgendwo geschätzt. Aber etwas anderes: Müssen Sie mich bei einer eventuellen Verhandlung gegen den Täter erwähnen?"

„Das kann ich jetzt noch nicht sagen." Mommsen verabschiedete sich und legte auf. „Also hat Fasthoff in erheblichem Umfang Dreck am Stecken", überlegte er. „Aber was hatte er zu befürchten, wenn Sotter das wusste? Hätte Sotter das an die Hochschulleitung weitergegeben? Das wäre Fasthoffs berufliches Aus gewesen. Wollte er ihn erpressen? Aber wozu?"

Mommsen berichtete Caroline Hositz kurz, was er von Wangler erfahren hatte. Er bat sie, sich nach der Auswertung der Handys nach den beiden Toten zu erkundigen und bei der Spurensicherung nach den Ergebnissen der Vergleiche der Fingerabdrücke zu fragen. Er hielt die wesentlichen Aussagen Leon Wanglers schriftlich fest, um sie später in einem Protokoll von ihm bestätigen zu lassen.

Lürrsen hatte doch noch telefonischen Kontakt mit Hiltrud Engström bekommen. Er hatte dann mit Schön die Gespräche mit Cornelis und Engström relativ straff geführt, nachdem Heckenrock sie in seiner empfindlichen und abschweifenden Art viel Zeit gekostet hatte.

Als die vier Beamten wieder zusammensaßen, tauschten sie die Ergebnisse ihrer Gespräche aus. Mommsen ließ zunächst Schön und Lürrsen berichten. Von Heckenrock war nichts Neues zu erfahren gewesen. Er hatte seinem Ärger über Sotter in einer mehr oder weniger langatmigen Jammerei Luft gemacht. Cornelis gab zu, für eine geringfügige Nebentätigkeit keine Genehmigung beantragt zu haben. Die Abrechnung eines Erasmus-Projektes hatte sich wegen Häufung von Prüfungsterminen um zwei Wochen verzögert, war aber vom Projektträger nicht einmal gerügt worden. Auch Hiltrud Engström hatte die von Sotter festgehaltenen Tatbestände nicht geleugnet.

Dann führte Mommsen aus, dass van Demme das Verhältnis mit der Studentin zugegeben habe. Dieser war überrascht gewesen, dass Sotter davon wusste, er hatte ihn nie darauf angesprochen.

Nach einer kleinen theatralischen Pause fuhr Mommsen fort: „Das Gespräch mit Fasthoff hat etwas wirklich Überraschendes ergeben. Es scheint, dass er bei seiner Dissertation Daten manipuliert hat. Sotter wusste davon. Wenn das die Hochschulleitung erfahren hätte, bedeutete das sein berufliches Aus. Da steckt ein ganz dickes Tatmotiv drin, von dem wir bisher nichts wussten.“

Schön und Lürrsen merkten gespannt auf, aber nicht sie, sondern Caroline Hositz meldete sich zu Wort. „Ich kann dazu etwas beisteuern. Auf der Kontaktliste von Sotters Handy taucht die Nummer von Leon Wangler auf. Er hat wenige Tage vor seinem Tod mit ihm gesprochen. Und noch eine Überraschung: Fasthoffs Handy ist zweimal von Liesens Handy angerufen worden, einmal hat Fasthoff seinerseits Liesen angerufen.“

Nun war auch Mommsen überrascht. Lürrsen und Schön fingen gleichzeitig an zu sprechen. Mommsen hob die Hand, um das Durcheinander zu stoppen. „Herr Lürrsen, rufen Sie doch bitte Fasthoff an. Er soll sofort hierherkommen.“ Lürrsens Bemühungen blieben vergeblich, Fasthoff hatte sein Handy ausgeschaltet. „Herr Lürrsen, Dirk, gehen Sie bitte zu Fasthoffs Hotel und versuchen Sie, ihn dort zu erwischen.“

Die beiden Beamten eilten los. Mommsen und Caroline Hositz blieben zurück. Gemeinsam schauten sie ihre Aufzeichnungen durch, um zu überprüfen, ob Fasthoff Gelegenheit zu beiden Morden gehabt hatte. Seine Alibis für die Tatzeiten beruhten nur auf eigenen Aussagen.

Kurze Zeit später klingelte Mommsens Handy. „Dirk hier. Wir sind zu spät gekommen. Fasthoff hat vor einer Viertelstunde beim Hotel ausgecheckt. Es sieht ganz danach aus, dass er türmt. Lürrsen sagt, dass die nächste Fähre in zwanzig Minuten fährt. Wir gehen zum Anleger und versuchen, ihn dort abzufangen.“

„Ist er mit einem Auto gekommen?“

„Lürrsen hat schon daran gedacht, wir werden bei der Wyker Dampfschiffs-Reederei danach fragen. Aber zurzeit dürften die Fähren für Autos so kurzfristig ausgebucht sein. Lürrsen empfiehlt, dass Friederichsen beim Bootshafen kontrolliert, ob Fasthoff nicht mit einem Boot aufs Festland abhauen will. “

„Okay, wird gemacht. Los mit euch!“

Nun war Bewegung in den Fall gekommen. Mommsen merkte, wie sein Adrenalinspiegel anstieg. Am liebsten wäre er in den Streifenwagen gestiegen, um die Bewegung auch körperlich mitzumachen und Fasthoff zu suchen. Aber er sagte sich, dass ein zielloses Herumfahren ziemlich sinnlos sei. Stattdessen rief er Staatsanwalt Renner an, um ihn über die neueste Entwicklung zu unterrichten.

Danach teilte er sich mit Caroline Hositz die Anrufe bei den anderen Professoren. Diese konnten ihnen nur mitteilen, dass sie auch nicht wüssten, wo Fasthoff sei. Den Fragen, warum die Polizei gerade Fasthoff suche, wichen die Beamten aus.

Lürrsen meldete sich mit der Nachricht, dass Fasthoff nicht auf die Fähre nach Dagebüll gelangt sei. Sie hätten sowohl in die Autos geschaut als auch die Fußgänger in Augenschein genommen. Von der W.D.R. habe er erfahren, dass Fasthoff mit einem Auto angereist sei. Die Rückfahrt am letzten Montag habe er aber gecancelt. Er wolle nun schauen, ob Fasthoffs Wagen auf Heimanns Parkplatz oder auf einem der Parkplätze im Gewerbegebiet zu finden sei.

Mommsen gab eine Fahndung nach Fasthoff heraus. Hositz hatte währenddessen die heimatliche Telefonnummer des Gesuchten herausgefunden. Doch auch dort meldete sich niemand.

Lürrsen kam zurück. Schön war auf der Mole geblieben, um den Zugang auf die nächste Fähre nach Dagebüll zu überwachen. Mit Lürrsen zusammen organisierte Mommsen den Überwachungsdienst am Fähranleger und am Bootshafen. Schön bekam einen der Beamten der Wyker Station als Unterstützung auf der Mole zugeteilt. Ein Anruf beim Flugplatz ergab, dass dort heute kein Flugzeug mehr abheben werde. Jetzt konnten sie nur noch warten.

Fasthoff war auch nicht unter den Passagieren der nächsten Fähre nach Dagebüll. Mommsen überlegte mit Lürrsen, wie man sonst noch von der Insel fliehen könne. „Gut, für eine Wanderung durchs Watt zum Festland fehlt Fasthoff sicher die Ortskenntnis, zumal wir in den letzten Stunden auch auflaufendes Wasser hatten. Und mit einem Paddelboot wird er auch nicht abgehauen sein." Mommsen gab seine fruchtlosen Überlegungen auf, aber Lürrsen hatte eine Idee: „Vielleicht machen wir einen Fehler, wenn wir uns nur um die Fähren Richtung Festland kümmern. Es ist möglich, auf dem Umweg über Amrum zum Festland zu gelangen – erst mit der Fähre nach Wittdün und von dort mit der ‚Hilligenlei' über die Halligen nach Schlüttsiel."

„Ja, Sie haben Recht, die Fähre nach Amrum ist unkontrolliert abgefahren. Wir müssen Ihre Kollegen auf Amrum benachrichtigen, dass sie die Passagiere der ‚Hilligenlei' Richtung Festland überprüfen." Lürrsen holte einen Fahrplan aus der Schublade. „Die nächste Fähre von Wittdün nach Schlüttsiel fährt erst morgen. Ich rufe gleich die Kollegen auf Amrum an."

*

Fasthoff hatte das Gespräch mit Mommsen noch mit äußerer Fassung durchgestanden, innerlich aber hatte sich die Panik bis an sein Herz heraufgearbeitet. Beim Verlassen der Polizeistation hatte er Atembeschwerden und das Gefühl, als schnüre eine Klammer seinen Brustkorb ab. Wenn die Beamten Leon Wangler ausquetschen und aus den Informationen, die sie jetzt schon hatten, die richtigen Schlussfolgerungen ziehen, war er geliefert. Und Mommsen war klug genug, dies auch zu tun. Fasthoff, der sich sonst seiner rationalen Fähigkeiten so sicher war, merkte, dass er keine Ordnung mehr in seine Gedanken bekam.

Das Einzige, was er jetzt noch denken konnte, war: „Weg, nur weg von der Insel! Wenn ich noch länger hier bleibe, bekomme ich Klaustrophobie.“

Fasthoff eilte ins Hotel, dort packte er nur seinen Rucksack, seinen Koffer ließ er im Zimmer zurück. Ohne nähere Begründung checkte er aus. Auf dem Weg zum Parkplatz wurde ihm klar, dass eine Flucht mit seinem Wagen zu viel Aufmerksamkeit auf sich ziehen werde. Auch war es zweifelhaft, ob er für das Auto noch einen Platz auf der Fähre erhalten könne. Er bemühte sich, Übersicht über seine Situation zu gewinnen. Er musste damit rechnen, dass die Polizei bald hinter ihm her sei, also würde man die Fähre nach Dagebüll überwachen. Aber vielleicht war es möglich, über Amrum nach Schlüttsiel zu gelangen.

Unbemerkt gelangte Fasthoff auf die Fähre nach Amrum. Er hatte sich erkundigt, dass die ‚Hilligenlei‘, die kleine Fähre, die vor allem die Halligen mit dem Festland verband, erst wieder am nächsten Tag nach Schlüttsiel fuhr. In Wittdün ging er unbehelligt von Bord. Er hatte sich entschlossen, die Nacht versteckt in den Stranddünen zu verbringen. Sich irgendwo einzumieten erschien ihm zu gefährlich.

Mit dem Inselbus fuhr er nach Nebel, dort ging er zum Kniepsand hinüber. Mit Blick über den weiten Strand ließ er sich nieder. Was sollte er tun? Inzwischen zweifelte er, ob seine kopflose Flucht ihm aus seiner Falle helfen werde. Selbst wenn er auf das Festland gelangen könne, was dann? Sein Kopf, der ihm auf dem Weg hierher wie ein Vakuum vorgekommen war, füllte sich mehr und mehr mit bedrückenden Bildern. Er sah sich, wie er Susanne, seiner Frau, und seinem Sohn Falko sein Versagen beichtete. Wie sollte er es ihnen sagen? Könnten sie als Familie weiterleben? Das Bild seiner Familie wurde wiederum dadurch verdrängt, dass er sich auf der Flucht ausgehungert durch Wälder streifen sah. Zwischendurch hatte er sich immer wieder als Strafgefangenen in Häftlingskleidung vor Augen. Beruflich war er auf jeden Fall am Ende. Wenn der ganze Polizeiapparat hinter ihm her war, fassten sie ihn mit Sicherheit. Irgendwelche Netzwerke, die ihm helfen konnten, zu entkommen, kannte er nicht, schließlich war er kein Verbrecher.

Fasthoffs quälende Gedanken hielten noch eine Stunde an, ohne dass sich ihm ein Ausweg auftat. Die Minuten dehnten sich zu Ewigkeiten. Schließlich fasste er einen Entschluss: Er suchte sein Handy heraus und meldete sich bei Mommsen.

Mommsen war mit Lürrsen zu Fasthoffs Wagen, einem BMW, gegangen. Wie erwartet, war er abgeschlossen. Da beide keine Erfahrung als Autoknacker hatten, beschlossen sie, den BMW zur Polizeistation bringen zu lassen. Beim Blick ins Wageninnere war Mommsen aufgefallen, dass Fasthoff seine Golfausrüstung mitführte. Er erinnerte sich, dass dieser ausgesagt hatte, auf dem Golfplatz eine Runde gespielt zu haben.

Mommsen wollte gerade Lürrsen zurück zur Polizeistation folgen, als er plötzlich innehielt. Er drehte sich noch einmal um und musterte den Innenraum. Auch Lürrsen kam zurück, mehrere Golfschläger fielen ihnen ins Auge. „Wie waren die Angaben zur Tatwaffe im Fall Liesen?“, fragte er Lürrsen. „Hart, schmal und länglich! Tatsächlich, es könnte also ein Golfschläger gewesen sein“, antwortete Lürrsen. „Das muss sich die Kriminaltechnik ansehen.“

„Ja, ich glaube, jetzt sitzt Professor Fasthoff in der Falle. Wenn wir ihm genügend Druck machen, kriegen wir vielleicht ein Geständnis aus ihm raus. Bei intelligenten Tätern ist es häufig so, dass sie einsehen, wann sie keine Chance mehr haben, oder aber dass sie mit einem gewissen Stolz das Copyright für ihre Tat beanspruchen. Mal sehen, wie das mit Fasthoff sein wird.“

Zurück auf der Station, teilte Caroline Hositz ihnen die Ergebnisse des Abgleichs der Fingerabdrücke mit. Robert Felden hatte Abdrücke am Schreibtisch in Sotters Arbeitszimmer hinterlassen. Liesens Abdrücke waren in Sotters Haus nicht gefunden worden. Die Auskunft über Feldens Abdrücke irritierte Mommsen etwas. Er bat Hositz, ihn unverzüglich zur Polizeistation zu beordern.

Kurz darauf klingelte das Telefon. Mommsen hob ab. „Herr Mommsen“, hörte er, „Fasthoff hier. Ich möchte mit Ihnen sprechen.“

„Wo sind Sie? Ich muss auch dringend mit Ihnen sprechen.“

„In Amrum. Ich komme mit der nächsten Fähre nach Föhr.“

„Gut, ich hole Sie am Anleger ab.“

„Das ich doch nicht nötig.“

„Doch, das mache ich gerne.“

Mommsen unterrichtete Hositz und Lürrsen über den Anruf Fasthoffs und blies die Suche nach ihm ab. Er rief Schön an und bat ihn, auf der Mole auf ihn zu warten, damit sie beide Fasthoff in Empfang nehmen können.

Die Zeit bis zur Ankunft der Fähre aus Amrum verging nur zäh. Immer wieder schaute Mommsen auf die Uhr. Endlich war es Zeit für ihn aufzubrechen. Als die Fähre sich schwerfällig an den Anleger schob, merkte er, wie angespannt er war. Auch Schön wippte unruhig auf seinen Fersen. Fasthoff verließ als einer der letzten Passagiere das Schiff. Mit einer fast schon theatralischen Geste streckte er den beiden Beamten seine Hände hin. „Herr Fasthoff, ich glaube, Handschellen sind nicht nötig, kommen Sie einfach mit.“

Auf der Wache angekommen, führte Mommsen Fasthoff gleich in den Nebenraum. Er schaltete das Aufnahmegerät ein, dann eröffnete er ihm, dass er der Morde an Sotter und Liesen verdächtigt werde.

Fasthoff hatte auf dem Rückweg von Amrum immer wieder neu überlegt, wie er sein Geständnis formulieren solle. Schließlich hatte er sich für die einfachste Version entschieden. „Ja, ich bin für den Tod von Sotter und Liesen verantwortlich. Sotter hatte eine Verfehlung herausgefunden, die mich beruflich ruinieren musste, und Liesen hatte mich gesehen, als ich Sonntagnacht Sotters Haus verließ, und wollte mich erpressen."

„Herr Fasthoff, das müssen Sie uns genauer schildern. Wir wissen schon ein ganze Menge, aber wir wollen das alles von Ihnen hören."

„Sotter hatte durch Zufall erfahren, dass ich bei meiner Promotion Daten manipuliert hatte – über den Kontakt zu Leon Wangler, der davon wusste. Er bestand darauf, dass er bei allen weiteren Publikationen von mir als Mitautor aufgeführt werde. Ich habe mir da einen gewissen Ruf in Fachkreisen erarbeitet, er wollte davon profitieren. Wie ich Sotters Charakter einschätzte, war mir klar, dass seine Forderungen immer weitergehen werden und ich mehr und mehr in seine Abhängigkeit gerate. Sonntagnacht bin ich noch einmal zu ihm gefahren, die Haustür war offen. Als ich eintrat und nach ihm rief, antwortete er nicht. Im Arbeitszimmer habe ich ihn dann entdeckt. Er lag auf dem Boden und schien gerade wieder zu sich zu kommen, offensichtlich war er durch einen Schlag auf den Kopf außer Gefecht gesetzt worden. Als er mich bemerkte, rief er immer wieder wie von Sinnen: ‚Schweine, alles Schweine, du auch, dich mach ich auch fertig!' Er zog sich hoch und taumelte zu seinem Schreibtischsessel, da sah ich ein Messer auf seinem Schreibtisch liegen und stach zu … Ich durchsuchte dann den Raum nach seinem Laptop, konnte den aber nicht finden. Um den Verdacht von mir abzulenken, griff ich mir eine der Klausurarbeiten, die da lagen, und stach mit dem Messer noch einmal durch das Papier in Sotter hinein. Dann rannte ich aus dem Haus. Im Nachhinein weiß ich selber nicht, wie das über mich gekommen ist." Fasthoff schwieg erschöpft.

Lürrsen hatte Kaffee gekocht. Mommsen nickte ihm zu und er brachte ihnen jeweils einen Becher. Mommsen ließ Fasthoff Zeit, sich zu sammeln. „Und was war mit Liesen?"

„Liesen muss mich gesehen haben, wie ich das Haus verließ. Er rief mich später auf dem Handy an und wollte für sein Schweigen Geld und gute Noten. Ich konnte es nicht darauf ankommen lassen, dass er zur Polizei geht. Ich habe ihn dann zur Lembecksburg bestellt, dort ist in der Nacht bestimmt niemand. Da ich im Wagen meine Golfschläger hatte …, na ja, Sie wissen es ja."

„Woher kannte Liesen Ihre Handynummer?"

„Die kennen viele Studenten. Wenn sie Hausarbeiten oder Ihre Thesen schreiben, können Sie mich anrufen."

Mommsen fragte nicht weiter. Im Raum herrschte erschöpftes Schweigen. Nach langer Zeit schüttelte Fasthoff den Kopf. „Und jetzt bin ich ein Mörder." Mommsen blickte ihn an: „Mord oder Totschlag, das entscheidet das Gericht."

Fasthoff war abgeführt worden. Als Erste rührte sich Caroline Hositz. „Also ist an dem Grundsatz doch etwas dran, den man uns auf der Polizeihochschule beigebracht hat, dass absichtlich oder unabsichtlich das Opfer den Täter provoziert."

„Ja – und das führt uns häufig zu den Tätern", bestätigte Mommsen aus seiner Erfahrung.

Als Robert Felden hereingeführt wurde, blieben nur noch Mommsen und Schön im Raum. Mommsen begann mit einer Schweigeminute, die Felden offensichtlich irritierte. „Herr Felden, Sie haben uns sehenden Auges angelogen, das schätzen wir gar nicht. Also?"

„Was meinen Sie? Können Sie Ihren Vorwurf erläutern?"

„Sie haben gesagt, dass Sie erst nach dem Mord an Sotter hierher nach Föhr gekommen sind. Ferner, dass Sie nicht in Sotters Haus waren. Wie kommen Ihre Fingerabdrücke an seinen Schreibtisch und an seinen Laptop?"

Nun schob Felden eine Schweigeminute ein. Mommsen wartete geduldig. „Denk dir nur eine komplizierte Ausrede aus, darin verfängst du dich dann", ging es ihm durch den Kopf. Immer noch Schweigen. Schließlich ergriff Mommsen die Initiative. „Herr Felden, wir wissen, dass Sie Sotter nicht ermordet haben, auch nicht den Studenten. Den Mörder haben wir, er hat auch gestanden. Also, was war los?“

Felden schaute verblüfft auf. Es dauerte eine ganze Weile, bis sich seine Züge vor Erleichterung entspannten. „Ja, ich war da. Sie haben Recht. Es kam mit Sotter zum Streit. Ich bin immer noch der Überzeugung, dass er mit dem Tod meiner Schwester zu tun hatte, auch dass er mich mit einem gefälschten Testament betrogen hat. Ich habe ihn niedergeschlagen. Als er dalag, dachte ich, dass ich ihn erschlagen habe. Ich bin dann geflohen.“

„Hatten Sie ein Tauchermesser mitgebracht?“

„Nein, ich hab so ein Ding in Barbados bei meiner Ausrüstung. Solch ein großes Messer geht durch keine Sicherheitskontrolle am Flughafen. Aber ich hatte vor Jahren meiner Schwester ein Tauchermesser geschenkt. Ich glaube, die nutzte das als Brieföffner.“

„Was haben Sie mit Sotters Laptop gemacht?“

„Nichts. Ich glaube, Sotter hatte den neben seinem Schreibtisch auf den Boden gestellt. Bei unserer Auseinandersetzung ist er dann unter den Sessel gerutscht.“

Die Beamten merkten Felden seine Erleichterung an, dass er nicht zum Mörder an seinem Schwager geworden war. Er wurde mit der Auflage entlassen, sich am nächsten Morgen auf der Wache für ein genaues Protokoll einzufinden.

Schön und Caroline Hositz fuhren am nächsten Tag mit der Fähre um zehn Uhr fünfzig zurück. Ihre Rückreise verlief recht wortkarg.

An einem anderen Tisch saßen die Professoren. Heckenrock schaute geistesabwesend auf das Wattenmeer. Auch Engström, Cornelis und van Demme waren ungewohnt schweigsam. Als sich der Kellner näherte, um ihre Wünsche abzufragen, brach van Demme das Schweigen. „So, ich brauche zu meinem Cappuccino einen Grappa, auch wenn es erst Vormittag ist.“

Engström und Cornelis schlossen sich seinem Wunsch an, Heckenrock verlangte einen Tee. Als die Getränke kamen, hob van Demme sein Glas. „Trotz allem, auf Fasthoff. Er ist jetzt verdammt beschissen dran!“

Nur Heckenrock verweigerte den Toast.

Mehr Spannendes auf Föhr von Reimer Jürgensen

Der Tote im Reet - ein Föhr- Krimi

Die sommerliche Urlaubsidylle der Insel Föhr wird durch den grauenhaften Fund eines Mordopfers im Reet gestört. Hauptkommissar Ludwig Mommsen und sein Kollege Dirk Schön reisen vom Festland an, um den Mord aufzuklären. Zusammen mit dem Föhrer Polizisten Henning Lürrsen machen sie sich daran, herauszufinden, wer der unbekannte Tote ist. Nach und nach stellt sich heraus, dass der Tote, der sportliche Frauenheld Tobias Kirchner, viele unliebsame Kontakte hatte. Eine ganze Reihe von Personen auf Föhr hatte Gründe, das Ableben des Opfers zu wünschen. Als erstes steht seine Ehefrau, die Tobias Kirchner vor einigen Jahren mit einem Schuldenberg sitzen gelassen hatte, in Verdacht. Der Geschäftspartner der neuen Freundin des Opfers, welcher seine Eifersucht nur mühsam bändigen kann, ist ein weiterer Verdächtiger. Ein Vertreter eines kriminellen Syndikats und eine attraktive Urlauberin, deren Avancen er abgewiesen hatte, stehen auch im Blick der Ermittlungen. Ein Unbekannter sucht aus der Deckung heraus Kontakt zu den Beteiligten. Die Landschaft und die Atmosphäre der Insel Föhr spielen neben der hochspannenden Geschichte die Hauptrollen. Die Symbiose von bäuerlicher Landwirtschaft, Gastronomie, Kunst und Tourismus vor dem Hintergrund der friesischen Kultur bildet den Horizont, in dem die Ermittlungen der Beamten stattfinden.

ISBN-13: 978-3941758599, 12,95€